劍　舞　輪　迴

Sword Chronicle

Vol. 2

Setsuna　著

CONTENTS

第五迴－Fünf－

邂逅－ENCOUNTER－

1

在愛德華醒來的同一個早上，在安納黎的另一邊，有兩位少年正踏上往西的旅途。

現在已經是早上九時，但太陽才剛升起不久，天色剛亮，微弱的灰白陽光不足以照亮整片墨綠的松林，令墨綠看起來像是黑色。但在漆黑中有一道異常明顯的緋紅，正在林木間奔馳。

在寬闊華麗的緋紅馬車裡，兩位少年正面對面坐著。鋪上天鵝絨的座椅看似舒適，但走在顛覆的山路上，就算是多高級的馬車，抗震力仍是有限，因此不算太舒適。

其中一位金髮少年無所事事，一臉呆滯地凝視窗外的風景。只見風景由針葉林慢慢轉為雪山，再慢慢變為落葉樹林，就這樣過了三小時，馬車依然在行駛，未有停下。

「彼得森，我們還有多久才能到？」沒法再忍耐下去，金髮少年——也就是路易斯，終於開口問他的隨從。「昨天不是已經在作為中途站的威根市逗留了一晚的嗎？為什麼到現在還未到達安凡琳的？」

「少爺，地圖上寫著威芬娜海姆和安凡琳郡邊界之間約為三十五公里，而且我們的目的地是位處郡中心的安凡琳，用馬車最快都要兩天左右才能到達。」坐在他對面的褐髮少年——彼得森見主子感到不耐煩，立刻解釋現況，為他解憂：「我們已經在走捷徑，還請忍耐一下吧。」

他剛才雖然說兩郡在地圖上的距離有三十五公里，但要從威芬娜海姆郡一路往西面到達安凡琳郡，必需要經過位處安凡琳郡東面，繞過接壤兩郡邊界的寧芙米亞山脈，並渡過同樣位處邊界的蒂莉絲莎河，才能進入安凡琳郡的範圍。所以實際上從路易斯的家到精靈之鄉的邊界，實際路程距離約為七十公里左右。當中不乏狹窄且崎嶇不平的山路，馬車在這些路段不能全速前進，所以才需要大約兩天的時間——彼得森耐心地補上解釋，但他的主子路易斯有否認真聆聽就是另一回事。

其實要解釋還有第三個理由，就是昨天二人是在中午才從威芬娜海姆出發的。如果路易斯願意早點出發，大概現在二人已經在安凡琳郡內了。

二人前往安凡琳的原因不為其他，正是跟當地的領主——安凡琳女公爵有關。

事情得回溯到幾天前。路易斯冒著右手腫傷可能好不了的風險，忍痛寫完給布倫希爾德的情信，並勒令僕人必須在當天寄出。起初他以為未到半個月也不會有回音，怎知對方在收到信後便立刻回覆。信中流露的情感當然沒有路易斯的多，但最重要的是，布倫希爾德邀請路易斯到身為溫蒂娜本家的安凡琳城堡作客，同時商討訂婚事宜。

路易斯讀完信後頓時心花怒放，立刻下令眾下僕準備出門所需的行李和馬車，就算彼得森多番勸說要從長計議，也徒勞無功；加上他的父親歌蘭剛巧休假完畢，已離開宅邸，回到首都工作，當時身為家主的路易斯所說的話便無人能阻。

就這樣，二人就在這個陰雲密布的日子裡，踏上前往神祕的「精靈之鄉」旅途。

因為不是正式公開場合，所以路易斯並沒有身穿染有家族顏色的高領燕尾服和佩帶紋章，取而代之的則是一件黑紅長外套。外套的領口部分皆為紅色，其餘位置則黑如夜空，外套上的鈕扣和鏈全都金光閃閃，配上金黃色絲邊，以及外套內形似軍服的高領上衣和白色長褲，這種設計有力地彰顯了路易斯作為公爵的威嚴和權力，貼身的剪裁也把他略為強壯的身體線條表露無違。

「對了，少爺的手腕已經好了嗎？」這時，彼得森想起一件事。

「差不多。你看，紅腫已經退了，醫生說，只要不做劇烈動作就不會有事。」路易斯一臉平淡且無趣地揮了揮右手腕。略長的衣袖和他手上的手套剛好遮住手腕上的繃帶，就算他把手舉起，也只能勉強看到白色一角。

希望安凡琳女公爵不要留意到手腕上的繃帶，就算看到也別問緣由吧。正當彼得森祈求主子決鬥輸掉的事不要被提起時，路易斯一個不留神，右手狠狠撞上窗框，令他的臉容瞬間扭曲，連連叫痛。

「少爺，沒事吧？」彼得森急忙問。

「這些小痛楚才不過甚麼……咦，河邊？」

正當路易斯掩著手腕連連叫痛時，一陣陣柔和的水聲從窗外傳進二人耳中。路易斯好奇地轉身望出窗外，才發現馬車不經不覺已經離開樹林，來到一處河畔。

「是蒂莉絲莎河嗎？」他立刻變得興奮雀躍，手腕的痛楚早就飛到老遠去了。

遠眺河道，只見它像大蛇一樣蜿蜒曲折，但水面卻平靜如鏡。縱使在陰暗的天色下，那清澈如鏡的水仍閃耀著純潔的光芒。偶然被風吹起的水珠如水晶一樣晶瑩剔透，通過它們，能夠清楚地看到對岸茂盛的常青樹林。

而在馬車前的則是一條石橋。石橋設計簡單，與四周優美的自然環境融為一體，橋上沒有任何雕塑，只有數枝充當裝飾、沒有被點亮的燈柱。橋的盡頭是無盡的墨綠森林，從對岸看過去，只能看見一條從橋墩開始延伸，像是由樹林一同充當拱券而搭成的長廊，令橋看上去就像是未知世界的引路橋。

二人頓時猜到，這條河就是被安納黎人敬稱為「生命之河」的蒂莉絲莎河。換言之，他們已經到達威芬娜海姆的東面邊界。而在他們面前的石橋，正是威芬娜海姆和安凡琳郡之間的唯一通道。

「過了這條橋，便能進入安凡琳郡內了！」路易斯高興地歡呼。辛苦等候數天，又捱過一天半的馬車旅程，終於可以見到心上人，路易斯的喜悅在臉上表露無違，笑逐顏開，絲毫留意不到對座彼得森一副擔憂的表情。

「嗯，過了這條橋後，就會到安凡琳郡內了。」彼得森的語氣裡盡是憂慮。

而馬車就在渡河後不久，突然停了下來。

2

「前面的馬車，請停下。」

有兩把聲音在馬車的面前擋住去路。在車裡的路易斯向前張望，卻看不到任何身影。

「請告知你們的來歷，以及前來精靈之鄉的目的。」

聽畢，彼得森好像知道發生甚麼事似的，未等馬伕請示，便已跳下車廂。

「我們是齊格飛家族的人，車上的是齊格飛家族家主，威芬娜海姆公爵大人。」彼得森彎下腰，說明來意的同時，從大衣裡取出一份文件。「先前收到安凡琳女公爵的邀請，今天到府上作客，這裡是安凡琳女公爵給我們的文件。」

剛才其中一把聲音的主人從彼得森手上接過文件——布倫希爾德寫給路易斯的回信裡附上的一份確認書。彼得森往前一看，只見兩位不到他的一半身高、雙眼大得像珍珠一樣的身影，正站在他面前仔細審視紙上資料。他們的膚色像土一樣瘖啞，稀疏頭髮的顏色如同冬日的枯葉，遮掩不住那雙又長又尖的耳朵。他再仔細觀察，這才發現在他們殘舊的褐色衣服裡，都各自收藏了一把鋭利斧頭。

原來這就是土精靈嗎？彼得森頓時記起小時候曾經在書上看過的草圖，如今土精靈就在眼前，心裡覺得有點奇妙。

「『龍之子』嗎，請進，這位土精靈會為您們引領通過森林的道路。」

過了一會，那位土精靈總算確認完畢了。把文件交還後，牠便指示同伴坐在馬伕身旁，協助帶路，而彼得森也隨即回到車廂。

「彼得森，剛才的是？」

才剛踏進車廂，路易斯便急不及待詢問狀況。礙於馬車和土精靈的身高，他一直看不到外面到底發生甚麼事，只看到有個陌生的矮小身影突然跳上馬車前座。

「土精靈。他們是郡的守門人，不會讓閒雜人等進去精靈之地。」彼得森解釋。

「他們就是土精靈？」聽畢，路易斯好奇心大發，立刻靠到車窗邊，想看到土精靈的身影。就在這時，馬車再次行走，因為是在平地，所以速度比之前更快，但路易斯仍能看到一個在樹林間隱藏著，目送他們離開、毫不起眼的矮小身影。

「果然如書上所說，是侏儒呢。」他直截了當說出心中所想。

「……」一聽到這句，彼得森立刻變得著急，壓下聲線說：「這二字還請不要在他們面前說，『侏儒』的形容被視為對他們的侮辱，」

他說時還偷睨前方，希望馬伕旁邊的另一位精靈沒有聽見如此失禮的話。

「這是他們成年後的體型，根據書上記載，幼年期的土精靈只有一根手指那麼高。」彼得森告訴路易斯。

「竟然！」路易斯雙眼睜大，露出驚訝神色，看來完全不知情。

「高度並不代表甚麼，我們在必要的時候能夠成為強悍的戰士，搞不好比你們人類更強。」

這時，車廂外一把粗獷的聲線插入二人的對話。二人往前一看，發現說話者正是坐在馬伕旁的土精靈。他以手指告訴馬伕前進的方向，同時仍有閒情聆聽車廂裡二人的對話。

「你是？」

精靈的聽力比人類好上很多，牠剛才已經把二人的對話聽得一清二楚了。心感失策的彼得森拉開車廂與馬伕位置之間的小窗戶，剎時窗戶湧來勁風陣陣，吹散了彼得森整齊的瀏海，但土精靈卻好像不受強風影響似的，無論是頭髮和身體都絲毫不動。

「叫我凱姆就好，人類，」馬車如風奔馳，彼得森幾乎聽不到自己的聲音，可是精靈卻爽快地自報家門，聲音響徹四周。「我們是大地的兒女，只要一天仍然與世界相連，便不會敗下陣來，更何況是面對區區人類之輩。」

牠在言語間透露出充分的自信，但路易斯心裡卻不以為然：既然如此，那麼為什麼四百年前你們會甘願被納入安納黎的版圖裡？不就是因為敗於人類腳下嗎？

正當他想出口反駁時，才剛出了樹林不久的馬車面前出現了另一處大樹林。從遠處看，裡面的都是松樹，但奇怪的是，在高聳的墨綠間瀰漫著一陣突兀的蒼白迷霧，與蔚藍的天空構成強烈的違和感。感覺到異樣的馬伕立刻勒緊轠繩，打算令馬車減速，但凱姆只是指著東北方，並說：「往前走便可。」

馬佚疑惑地轉向凱姆，看到土精靈一雙大得快要掉出來的眼睛，露出十分認真的眼神後，便把快要出口的說話吞回肚子，揮動韁繩，讓馬車慢速前進，進入森林。

一直注視著窗外的主僕二人起初還能看見茂盛且高聳入雲的松林，但不經不覺，眼前景色已被薄霧圍繞，舉目所見只有白色，以及數棵墨綠的松柏。突然好像想到甚麼似的，馬佚臉上開始冒冷汗，握著韁繩的手越來越緊張，但旁邊的凱姆只是從容地指著前方，口中唸著「總之往前駛便可以」。

「這裡到底是甚麼地方？」路易斯好奇地問。

冬日的中午陽光沒能完全穿過樹葉，驅散白霧。路易斯望向四周，只見都是松樹和霧，幾乎都是一樣的光景，絲毫不見人影，也完全弄不懂方向。

「大概是精靈之森吧。」彼得森回答時，聲線略帶擔憂。

這裡是終日被濃霧圍繞的茂密松林——「精靈之森」，其形象在安納黎簡直是家傳戶曉，不少遊記、詩歌、童話皆有提及。她是精靈的居住之地，有一說法是說這裡是他們的神林，十分神祕，但最為人知曉的，不是她的真面貌，而是關於她的一些可怕傳聞。

「孕育精靈的大地之母
如翠綠寶石一樣，閃耀優美
又如大海一樣，深邃溫柔
白霧如紗遮掩她的真貌
誰又能看破塵沙

能夠從紗中回來的
又有多少」

路易斯頓時想起在課堂上學過的一首詩詞，並純熟地唸出。

「不錯的詩詞，想必出自名人之手吧，」看來凱姆很喜歡偷聽和插話，這回牠又來了。「而且寫得挺準確。」

說畢，三位人類不約而同地打了一個顫抖，氣氛迎來恐怖的沉默。這時，一股強風吹來，馬伕立刻驚慌地拉緊韁繩，但凱姆只是無奈地搖頭揮手，指示繼續前行。彼得森則一直注視著窗外，絲毫沒有放鬆。

「但……那些人為何會回不來？」依偎在窗邊沉思半晌後，路易斯小聲地自言自語。

「霧把那些人都吞噬掉啊！」但凱姆還是聽見了。他故意壓低聲音，粗獷的聲線頓時變得嚇人：「可能你有一天也會有同一下場啊！」

「別嚇人吧，這怎麼可能？」路易斯身子先是一震，再強忍恐懼反駁。

「真實是甚麼，就由你的雙眼去判斷吧，龍之子。不過可以告訴你一件事，在精靈的世界裡，萬物皆有靈。」凱姆一笑，並打算用靈的存在嚇唬一下這位無知少年。

「靈……是那些嗎？」路易斯沒有被嚇倒，而是指著窗外，一些在霧和松林之間隨風飄逸的七彩光粒，問。

「不是只有白霧嗎？」聽不明白的彼得森走到主子身邊，望向同一方向，但他只能看見淡淡的蒼白和墨綠，沒有其他。

「你竟然能夠看得見？」凱姆露出難得的驚訝神色，過了一會才冷靜下來，解釋道：「沒錯，那些是靈體，精靈界裡最低等的存在。」

「那麼在飛的是仙子嗎？」路易斯指著遠方一些擁有蝴蝶或蜻蜓般的透明翅膀和半透明身體，體型比嬰兒更嬌小的小生物，問。他們全身被光包圍，隨意在薄霧之間穿梭，凡飛過的地方都留下七彩的軌跡，跟靈體的七彩光芒一樣。

在安納黎的童話故事裡，仙子經常會出現。在路易斯眼中，此刻情景猶如童話書的插畫在眼前展開，又或自己走進了童話書一樣，感覺很奇妙。在柔和陽光下閃耀的七彩光粒，就像天上閃耀的繁星，漂亮迷人。

「沒錯。」凱姆肯定路易斯的猜測。

也許是因為龍血的關係，所以他能看見吧。凱姆心想。這次是牠第一次遇見龍之子，之前未曾聽說過很多關於龍族的事，所以不太肯定這人類小鬼能夠看見靈體和仙子的真正原因。

同時，注視著主子陶醉地看著自己所看不見的窗外生物，彼得森不禁眉頭深鎖。雖然是生於齊格飛的分支家族之一，但自己是個不折不扣的人類，既沒有龍血，也沒有任何特殊力量。他一直盡力為總是想得太美的主子提防著精靈，但剛才路易斯的反應令他心裡的憂鬱加上一層：面對自己看不見的生物，又怎樣幫忙提防呢？

危險的精靈之森、正體不明的靈體和仙子，他感覺到的只有擔憂。

「少爺，容我再提醒一遍，接著您會見到的，是貴為『精靈女王』，統治精靈一族的水精靈家家主。無論如何也請小心，務必不要輕易冒犯對方。」彼得森儘量以中性的說法奉勸路易斯。他感覺到說話時，自己身上的肌肉都拉得繃緊。

「行了，彼得森你擔心太多。」面對彼得森的擔憂，路易斯還是一貫的從容，這反而令他更為擔心。

「我倒覺得那位人類擔心得正好，」這時，凱姆又來插話：「別小看我們精靈，龍之子。就算你懷有龍血，也不過是人類。我們精靈比你活得長，知識也比人類多很多。對我們來說，你不過是一介嬰兒而已。」

「我哪裡有小看啊。還有，你們的平均壽命是？」路易斯對凱姆的輕視感到不滿，並反問。

「平均四百年。」

「四百年左右吧。」

彼得森和凱姆異口同聲地回答。

「嘩，很長！」路易斯驚呼。

「真受不了，要當我們的王者的人竟然是個甚麼都不知道的小鬼。竟然連這些簡單知識也不知道，你別告訴我連精靈和水精靈的歷史也不認識吧？」凱姆說時向路易斯反了一雙大白眼。

「我知道！……個大概。」說到後面，連路易斯自己也不好意思地低下頭了。

唉，彼得森頓時在心裡嘆了一口氣。他就知道路易斯幾乎甚麼都不知道，明明在起行前就曾經多番叮囑過，要他看一下相關書籍，但未被理睬。

「彼得森，你知道嗎？」路易斯把彼得森拉到座椅一邊，小聲地問，心怕被凱姆聽見，又會被取笑一番。

唉，就算怎樣壓低聲音，恐怕都已被聽見了，彼得森感到無奈。但相比起在安凡琳女公爵面前出醜，凱姆的幾句嘲諷算得上甚麼？得出結論的他深一口呼吸後，便開始對主子訴說家傳戶曉，卻又神祕的精靈傳說。

在安納黎的土地上，除了人類，還有兩大非人種族同時聚居於此。但在歷史的巨輪下仍存活至今的，就只有精靈一族。

「精靈」是聚居於今天被稱為安凡琳郡的生物總稱，當中包括精靈、仙子和靈體。靈體顧名思義，沒有實體，存在於世界各處。而仙子則是比靈體高級，但低於精靈的存在。他們擁有實體、體型嬌小，各自生來擁有不同屬性，對精靈絕對服從，也沒有甚麼家族之分。

而身為這些生物之首的精靈，他們有四種屬性，並依照屬性分為四大種族。這四大種族分別是火精靈莎羅曼達一族、風精靈西爾芙一族、水精靈溫蒂娜一族和土精靈諾姆一族。火精靈司掌火焰，風精靈能夠操縱空氣和風，水精靈能自由控制水和冰，而土精靈則能使役花草土木。

在甄珮莉娜曆前四千五百年，首次有精靈在大陸上居住的記載。而自從八百年前起，水精靈開始成為精靈族之首，管理所有精靈。精靈界裡最有名的女王要數第一任精靈女王萊茵娜・溫蒂娜，以及四百年前，也就是甄珮莉娜曆元年時在位的精靈女王亞絲特蕾亞・溫蒂娜。

萊茵娜女王被譽為「女王中的女王」。她統一了本來群龍無首、互不侵犯的四大家族，建立精靈之國，並登基成為女王。在傳說中，她操縱元素的能力是全族至今為止最強的，能夠自在操縱四大元素，同時擁有傾國傾城的美貌。在當時，敵人懼怕她的力量，同時又仰慕她的美貌；就算是同族，也在敬仰之中抱有恐懼。

　而在四百年前，在女王亞絲特蕾亞的管治期間，精靈一族歸順人類，本來的王國成為現今安納黎的一郡。很多人以為這是戰爭或是權鬥落敗的結果，但實際上兩大種族在當時簽下的是和約。亞絲特蕾亞女王允許精靈的土地併入人類的國家，但同時，兩種族不會輕易互相干涉，未經批准，人類更不能隨意踏足精靈的土地。

　由萊茵娜女王開始，直到亞絲特蕾亞女王，以及現任的「精靈女王」布倫希爾德・溫蒂娜，水精靈在精靈界的領導地位一直未被動搖，直到今天。

「你知道的挺仔細的呢，人類。」聽畢彼得森的詳細解釋，凱姆佩服地說。

「沒有，只是覺得有興趣，從歷史書上讀過而已。」彼得森心裡並沒有因為凱姆的話而感到高興，因為他知道的都只是一些表面知識而已，根本派不上用場。

「至於要當我們的王的那位……還是不說了。」說時，凱姆一臉不肖地斜睨路易斯。

「喂，你想說些甚……」

「路易斯大人，不能對他們無禮啊。」

　正當路易斯因憤怒而想站起來抗議時，彼得森連忙按著他，要他冷靜。

「就是。明明要娶我們的女王，但竟然連這些簡單的事都不清楚，到底是那個人類還是你要娶我們的女王啊？」但凱姆並沒有就此打住。對他來說，就算對方是「龍之子」，眼前的路易斯只不過是一介柔弱而且無知的人類而已。他沒有需要對人類表示敬意。

「你……！」路易斯無話可說，因為凱姆所說的確是事實。他只好垂下頭，打算回家後要到家裡的圖書館，仔細閱讀一些關於精靈的書籍。

「我……！」

「啊，到了。」

正當路易斯要回應凱姆的嘲諷時，後者卻無視他，望向森林盡頭，並命令馬車停下。只見前方白茫茫一片，好像甚麼都沒有。

「這裡是？」馬伕疑惑地問。

「萊茵娜湖。」拋下一句話後，凱姆跳下馬車，走到前面。

「這就是精靈族的神湖……終年大霧不散果然是真的。」彼得森看著眼前的大霧，一臉驚嘆。

眼前的白霧比精靈之森的霧來得更濃。在森林裡，縱使身處霧中，還能看見四周景色，但眼前卻是蒼白一片，絲毫看不見遠方有些甚麼，更不要說是水平線了。不是凱姆告知，沒有人會猜到前方是一座大湖。

「神湖……即是說溫蒂娜小姐的家就在霧的對面？但這麼大霧，我們怎樣過去啊？」

就算對精靈的歷史毫不知情，但路易斯還是知道溫蒂娜的家族城堡、精靈一族的權力象徵「安凡琳城堡」，它位處萊茵娜湖的中央島，安凡琳郡的郡治——安凡琳。

他往前觀看，看見凱姆正與兩位相貌跟布倫希爾德相似的身影交談。她們都留有一把海藍色的長髮，身穿以淡藍絲綢編織成的連身裙。二人手上並沒有任何武器，但路易斯隱約感應到，在她們的身旁正豎立著一些肉眼看不見，十分危險的東西。

是水精靈，看來應該是湖的守門人吧，他心想。

凱姆說了幾句，待水精靈們點頭後，他便回到馬車上。

「接下來換我來駕駛。」二話不說，便命令馬伕更換位置。

要走進霧中嗎？在車廂裡的主從二人思考這問題的同時，馬車經已駛進白色的世界。

白色的世界裡甚麼都看不見，既看不到前路，後路也像消失了一樣，整架馬車如同在霧中浮游；單色的世界甚麼都聽不見，只有呼嘯風聲響徹四周。路易斯本以為馬車進入霧界時會聽見「撲通」的水聲，怎知沒有。

沒有車輪與石頭的碰撞聲，也沒有流水聲，那麼到底馬車是怎樣越過大湖，進入安凡琳呢？心頭有些微抽搐，但他告訴自己，絕對不會出問題的。

隨著時間推進，濃霧開始散去，一道灰白的石牆若隱若現地出現在眾人眼前。主從二人往天仰望，看見一座以白色為主調，配有數座寶藍高塔的建築物。被白霧圍繞的它，就像海市蜃樓，令人不禁疑惑，現實和虛幻的邊界到底在哪裡。

終於來到了，溫蒂娜小姐的家。

原來安凡琳城堡是如此夢幻的嗎？一想到快將可以見到朝思暮想的溫蒂娜小姐，路易斯便眉歡眼笑；但坐在他對面的彼得森臉色卻十分凝重，緊繃眉頭，跟快要上戰場的戰士一樣，絲毫沒有喜悅。

終於到達了，精靈女王的家。

3

安凡琳城堡，座落於精靈界的神島、「精靈之鄉」安凡琳郡的郡治——安凡琳裡。它覆蓋整個安凡琳，所以安凡琳城堡基本上等於安凡琳。

被神湖萊茵娜湖包圍的它被譽為全國最美的城堡。雖然是這樣說，但幾乎沒有人見過城堡的真貌，只能依靠吟遊詩人和旅者留下的作品猜測。

有吟遊詩人把安凡琳城堡描寫成一座雪白的城堡，堡內有多座高塔；也有旅者說它跟安納黎其他地區的城堡一樣是褐色的，但內裡極盡華麗，有數不盡的珠寶。各家描述都各執一詞，但都有一個共通點——他們文字裡的安凡琳城堡都是座落在高山之上。

而現在，路易斯和彼得森終於能夠親眼確認事實。

這個共通點是對的，而且城堡的確是雪白色的。

隨著馬車駛進灰白的下城牆，霧開始散去，馬車也就開始進入城堡的範圍。馬車先是穿越黑壓壓的隧道，又在山崖邊緣的磚路上奔馳。舉目相見，道路兩邊只見懸崖和白霧，加上馬車奔馳快速，令人不禁萌生下一秒便會掉下山崖的死亡想像。

就這樣迂迴曲折轉了數圈，當眾人都快要失去方向感時，馬車穿過另一道灰白城牆，轉眼間便在一座高六層的純白建築物正門前停下。

迎面而來的是一位站在門前等待的精靈。依她的水藍髮色判斷，路易斯猜到她也是水精靈。

「歡迎來到安凡琳城堡，威芬娜海姆公爵。請進來，家主安凡琳女公爵正在等待您的到來。」身穿雪白絲綢長裙、束有水藍髮髻的精靈走上前，打開馬車的大門，恭敬地請路易斯和彼得森進入建築物門後的大廳。

稍微整理好儀容後，路易斯便離開坐了一整個上午的車廂。雙腳落地後，他立刻抬頭仰望天空，呼吸新鮮空氣的同時，欣賞四周景色。他心裡感嘆，只相隔了一個湖，在湖外，大霧把穹蒼完全遮蓋，但在湖內，卻絲毫不見霧的蹤影。陰霾的天氣籠罩在雪白的城堡之上，令人覺得壓抑。

「今早才天晴，現在卻是陰天呢。」路易斯喃喃自語。

「安凡琳的天氣是變幻莫測的，大人。今天稍後可能會下雪。」藍髮精靈聽見路易斯的自言自語，立刻有禮地回答。

下雪呢……路易斯頓時想起幾天前彼得森曾經提及，關於阿娜理下大雪的事。這時不知怎的，他突然想起愛德華生死未卜一事。

哼，才不管那個人啊。

把那個黑髮身影拋諸腦後，他便徐徐踏進青金石大門後的世界。

⚔

「歡迎來到精靈的城堡。遠道而來，真是辛苦了。」

才剛踏進大廳，未幾，一把如鐘鈴般動聽的聲音從上方傳來。主從二人皆被那把聲音吸引，同一時間把目光投向他們身後，大樓梯的方向。

大樓梯佔了整座大廳的一半位置，分為兩部分。從下往上看，樓梯先是一體，並在中間位置分叉成兩條小樓梯，各自指向幾層樓高的走廊兩邊。大廳的水藍花卉牆紙加樓梯上的群青地毯，給人莊重高貴的感覺，彰顯了溫蒂娜家作為精靈王者的氣派，也展示了精靈自然純樸的美學。在小樓梯的左邊走廊出口站著兩個人影，一位是留有藍綠短髮的精靈，而另一位，就是剛才聲音的主人。

「我是這座城堡的主人，布倫希爾德・溫蒂娜。」

只見她用一條小麻花辮圍著頭顱，任由淡藍長髮散落在肩膀兩側。長度及腰的長髮如同瀑布般清澈，髮上的光澤猶如水珠般閃亮。一身的絲綢長裙沒有任何刺繡或裝飾，若隱若現地散發出綠藍的光芒，配合純白半透明的兩袖，猶如天仙下凡，或是由花卉化成的女神。

她在藍綠髮精靈的攙扶下，緩緩走到左右兩條樓梯的交匯處。路易斯看得入迷，過了半晌才回過神來，緊張地回應道：「啊、嗯，感謝安凡琳女公爵邀請我們到貴宅。安凡琳不愧為精靈之鄉，一路過來所看到的景色仿如仙景，美麗絕人。」

「感謝威芬娜海姆公爵的稱讚，相信精靈們都會感到高興吧，」對於路易斯發自內心的一席話，布倫希爾德報以淡淡一笑：「您們一路遠道而來，相信都已經累了，不如先由我的僕人帶您們到房間安頓，再決定之後的行程吧。」

現在只不過是下午二時左右，距離日落還有三小時，時間十分充裕。

「今天天氣不錯，或許是個在園林散步的好日子。」布倫希爾德遠眺樓梯對面的窗戶後，提議道。

「園林散步，嗯，不錯呢。」路易斯報以燦爛笑容，心裡的感情全都寫到臉上了。

「莉諾蕾婭，你和卡莉雅納莎一起帶威芬娜海姆公爵一行人到他們的房間吧，我可以自己回房間，」布倫希爾德小聲向身旁的藍綠髮精靈交代數句後，再望向樓梯下的路易斯：「那麼，威芬娜海姆公爵，待會見。」

正當路易斯期待和對方有更多對話時，布倫希爾德此時突然回頭，打算返回房間。

「請兩位跟我們到這邊來。」未等路易斯反應過來，名叫莉諾蕾婭，剛才站在布倫希爾德旁邊的水精靈走到二人面前，聯同先前在門前恭候二人，名為卡莉雅納莎的水精靈一同恭敬地指著右邊的樓梯，請二人前行。

「安凡琳女公爵！」路易斯正要出口問些甚麼，但被彼得森拉著。彼得森甚麼都沒說，只是搖頭。

「但……」知道他的僕人意思是「別急，先安頓好再算，反正對方都說園林散步了」，但路易斯心中仍有猶疑。此時布倫希爾德回眸一笑，那淡薄的笑容似乎是表示肯定路易斯的想法。

……咦？

路易斯正要回應，可是才一眨眼，她的蹤影便消失了。

他陶醉於這份依戀和不捨，直至到達位於四樓的客人房間後，才總算醒過來。

⚔

一小時後，路易斯獨自站在溫蒂娜宮大廳的樓梯下，腦袋放空，凝視窗外的景色。

剛才到達房間後，女僕們告訴他二人身處的是整座城堡最大的建築物——溫蒂娜宮。整座宮殿高六層，二人身處的客人房間在第四層，而布倫希爾德的寢室則在第三層。

路易斯本來想更快出發遊園，但無奈舟車勞頓，除了早餐以外甚麼都沒吃過。為了補充體力，他要在吃完女僕們準備的午餐後才能夠出門，與布倫希爾德一起遊覽森林。

隔著玻璃，他留意到天空的灰雲好像比剛到埗的時候變多了。

這樣真的是好天氣嗎，他心裡疑惑。

「要您久等了。」

這時，從身後傳出一把熟悉的聲音。布倫希爾德的動聽聲線在整個大廳回盪。她未有束起長髮，只是多戴了一頂雪白皮毛帽。縱使全身都掩蓋在純白的天鵝絨斗篷下，但仍能隱約看見篷下那條以淡藍為主調的長裙，以及長度及腰的雙袖下擺。

安納黎貴族女性的遊園裝扮都以白色為主的——指的是夏日的花園裝扮。他們並沒有特定的冬日遊園裝扮，原因十分簡單，有誰會在寒冷又沉悶的冬天到花園散步呢，留在溫暖的室內享受甜點不是更舒服嗎。所以在安納黎貴族之間，也就沒有針對冬天遊園裝扮的規定。

但布倫希爾德把本來適用於夏天的禮儀巧妙地套用到冬裝上。這一舉令她顯得更加純潔高貴。在路易斯眼中，這一刻的布倫希爾德就像是冬天的仙子，不，也許冰雪女王的比喻會更為合適。

她在莉諾蕾婭的陪同下，緩緩地走下樓梯。隨著距離拉近，路易斯慢慢觀察到一些細節。布倫希爾德比一般女性為高，跟路易斯的身高相比只差數釐米。就算頭戴皮毛帽，她那對精靈尖耳仍然顯而易見。她的身邊飄逸著一陣鈴蘭香氣，為本來已經優雅的氣質錦上添花。

跟上次舞會一樣的香氣……路易斯記起來了。

「不要緊，那麼我們起程吧。」

他半跪在布倫希爾德面前，在戴著手套的手上吻一下後，便牽起她的手，一同穿過大門，小心扶她走上馬車的後座，而自己則坐到馬車前座。韁繩一揮，四匹馬便聽令離開宮殿。

跟路易斯來時所坐的馬車不同，現在二人所乘坐的馬車是屬於溫蒂娜家的開蓬馬車。米白的車身布滿雪白色的萬花雕刻，充滿自然氣息，跟以速度和難駕馭有名的深褐純血馬相映襯，似是集靜與動、寧靜和狂野於一身，令人眼前一亮。

紳士駕駛馬車，帶領淑女遊覽園林，是安納黎貴族的其中一種休憩活動。

依照莉諾蕾婭所說，路易斯剛來到城堡時是經內城牆的左門到達宮殿所在的內庭園。只要從溫蒂娜宮往右走，便會見到內城牆的右門。那裡有一條石磚路，只要一直走，便能直達包圍內城牆、位處內庭園下方的大園林。

或許他對精靈的歷史不熟悉，但講到騎馬，路易斯還是有幾分自信。四輪馬車繞過一幢以紅磚砌成的建築物——布倫希爾德說它叫「兀兒肯大廳」，象徵四大精靈中的火精靈一族，之後便看到灰白的城牆。穿過城牆後，一望無際的針葉林便映入眼簾。

嘩……來的時候一直在隧道間穿插，路易斯毫不知道原來城堡裡有這麼大的園林。

這根本不是園林，而是森林吧！

未等他回過神來，褐馬們便向下狂奔，他要立刻拉緊韁繩，才不至於失控。

經過一段石磚路後，褐馬們帶著二人駛進黑壓的松林。縱使墨綠松柏高聳入雲，但當路易斯抬頭，仍能清楚看見一座翠綠建築。翠綠的光芒在陰天顯得異常亮眼，它的顏色跟充滿礦物質的泉水十分相像。

這種顏色的建築物，從未在別的建築看過，是使用稀有物料而建造的嗎？他心裡疑惑。

「那座是西爾雲莉觀景樓，象徵風精靈一族。那裡景觀開揚，可以遠眺整座園林。」見路易斯一直仰望，安坐於後座的布倫希爾德便主動開口介紹。

安凡琳城堡內庭園的建築都是以四大精靈命名的，她補上一句。

「任何一處都能看到嗎？」路易斯好奇地問。

「嗯，」她點頭。「都能，十分清楚。」

後半句的語氣稍微沉了下去，她稍微咬緊唇邊。

馬車繼續在呼嘯風中行駛。冬天的園景十分單調，沒有色彩鮮艷的花卉，又或青草，舉目所見就只有禿枝和松柏。

「冬天遊覽花園，威芬娜海姆公爵並不會覺得奇怪？」布倫希爾德問。

在安納黎，遊覽園林是夏日的貴族休憩活動。在寒冷而且陰天日子較多的冬天很少人會去欣賞只剩禿枝、寸草不生的花園，更不要說約會了。

「不會。一年四季，景色各有不同。我挺喜歡冬日園景，只剩高聳入雲的松柏和禿枝，以及滿地的枯葉，給人一種寧靜的感覺，十分舒適。」出乎布倫希爾德的意料之外，路易斯竟然享受著這一切。她起初以為他在逞強，卻看見他說話時的表情毫無虛假。

但怎樣可能呢。就算有如此見解，也不過是愚者。

她看一看手掌，繼續享受幽幽的風聲。

在陡峭的山坡上跑了半小時後，一座被松林圍繞的湖泊慢慢出現在二人的眼前。布倫希爾德說想下車散步，路易斯便把馬車停泊在樹林一角，扶著她的手一同走到湖邊。

「好像比之前更冷……」

湖水清澈如鏡，不見有任何動物的蹤影；二人剛踏出松林，一些純白物體從天上緩緩飄落，路易斯用戴著皮手套的手一接，竟是雪花。

「是雪啊！」路易斯驚呼，像個小孩子一樣興奮地接著雪花。

「嗯，下雪了。」但相比起的路易斯的興奮，布倫希爾德卻一臉淡然，她的眼神像是早已把一切看得通透。

精靈從世界而生，與世界共處，留意天氣變化是與生俱來的能力。她一早就知道今天會下雪，所以並不感到驚訝。

凝視著從天而降的白雪，不知為何，路易斯突然想起兩星期前那場假面舞會的燈光。閃閃生輝的水晶燈光、如夢似幻的情景，以及在舞會上邂逅，那位戴著面具的黑髮少女……

「安凡琳女公爵……」路易斯欲開口發問。

「叫我布倫希爾德便可。」布倫立刻打住他，並允許他叫自己的名字。

「布倫希爾德小姐，我有點好奇……在那次舞會上，您是怎樣把頭髮變成黑色的？難道是某種魔法？」路易斯想起當時布倫希爾德把面具脫下時，一頭黑髮在眾人面前慢慢變回淡藍的情景。直到現在他仍然深刻記得那情景，因為他一直想要尋找的人，原來就在身邊，只是自己一直不為意。

「這個……」布倫希爾德面部略有難色。

「嗯？」路易斯有點疑惑地追問。

「抱歉，舞會的事，我不太記得。」過了一會，似是經過一番思索，布倫希爾德別過頭去，不好意思地小聲說。

「……是這樣嗎。」聽畢，路易斯有點失望。還以為今天可以得知方法呢……

「別看我這樣，我的記憶不太好呢，」見路易斯表情失落，布倫希爾德露出些微苦笑，解釋自己的狀況。「但如果我沒記錯的話，應該是用了染髮魔法吧？只要把黑色的光元素暫時覆蓋在頭上，就可以改變髮色。」

「原來如此！」路易斯欣然接受這個解釋，但布倫希爾德一點也不高興。

腦袋裡一片空白，剛才她說的不過是自己的猜測而已。

她知道自己在兩星期前左右去過舞會，但當中發生甚麼事，一概不記得。

她伸手握緊口袋裡的某件東西，心情總算穩定下來。

二人緩緩走到湖邊，站著欣賞風景。白雪飄落到湖中，掉落到湖中央的薄冰上，又或融入蔚藍水中。在四周松林的互相映照下，綠與白，白與藍，令人覺得彷彿置身在冬日樂園裡，又或童話世界。

路易斯想起霧裡的精靈之森，以及被霧圍繞的萊茵娜湖。只相隔了一層白霧，霧裡的世界竟然跟外面截然不同，別有洞天，他覺得很奇妙。

「這個世界真美麗。」面對眼前的美景，路易斯忍不住讚嘆。

「世界並不是如您想像般美麗無瑕，而是殘酷無比。」但布倫希爾德卻頓時回以一句冷酷的話。

路易斯只是單純的為眼前的景色發出感嘆，怎知布倫希爾德的一句如同沉重的鐘聲，狠狠打破他的陶醉。起初他想以「但這裡呈現的一切就是如夢似幻」來回應，但重複思索數回後，他覺得自己稍微明白了她想表達的意思。因此，他不知道應該如何回話，結果令剛開始不久的對話陷入沉默。

對我來說，無論如何，世界仍是美麗的。路易斯心想。

而布倫希爾德，只是望著從湖邊也看得清楚，位處東北方的西爾雲莉觀景樓，沒有作聲。

「請問介意我問一件事嗎？」過了半晌，布倫希爾德打破沉默。「為什麼您會選擇我？」

連她自己也知道這條問題有多愚蠢。雙方都是公爵家的人，而且同為舞者，結為連理也不過是為了結盟和互相牽制吧。不然一直口和心不和的龍家和精靈族怎會走在一起？

她只不過是為了打破沉默，但又想不到該問些甚麼，而隨意問道。

「因為我喜歡您，」路易斯不假思索地回答：「從十二年前第一次見到你時，便已經喜歡您。」

「十二年前？」布倫希爾德有點疑惑。

「十二年前，你不是趁母親參加我家的家族舞會，躲在她的影子裡偷走出來嗎？我就是那個和你玩了一晚的小男孩……難道你忘記了嗎？」見布倫希爾德一臉疑惑，路易斯立刻說出那段深藏心裡多年的回憶。他仍然清楚記得，當時七歲的他在家裡舞廳附近的樓梯上遇見瑟縮一角的布倫希爾德，並和她快樂地玩了一個晚上。她當時的笑容、美貌，都深深烙印在路易斯的心裡，這些記憶日後成為愛上她的種子。但說到一半，見布倫希爾德對此事似乎一點印象也沒有，他心裡頓時有點受傷。

「啊……對，嗯，我記得，只是一時想不起而已。」布倫希爾德強裝鎮定，卻藏不住心裡的慌張。別說稀疏記憶，她對這件事一點印象也沒有。對她來說，眼前的金髮少年是鄰郡龍族齊格飛家的新晉小家主，是她的婚約者，是她自己在舞會答應婚約的，但除此之外，便再記不起其他事。

但她心裡懷疑，路易斯又不像是在說謊，難道真的是我忘記了？

她轉過身，偷偷從口袋裡取出一本陳舊的記事本，以斗篷作遮掩，快速翻看。記事本並不大，但十分厚，每一頁都有不同程度的皺摺，是經常揭頁的痕跡。上面都寫著密密麻麻的字，全都是她的日程記錄。

「布倫希爾德小姐？」見布倫希爾德低著頭，路易斯對她的行動拋出疑惑。

「有甚麼……啊！」一聽見路易斯的聲音，布倫希爾德連忙把記事本塞回口袋裡，怎知動作太慌張，手一滑，記事本便滑落到她腳下不遠的地方。布倫急忙跪下把記事本拾起，但為時已晚，路易斯已經看到它了。

「這本是？」路易斯有點好奇，又怕冒犯到布倫希爾德，所以只敢小心翼翼地問。

「這本是我的日記本，」小心翼翼掃走書封上的雪後，布倫希爾德雙手握著它，向路易斯介紹，但她沒有讓他拿著。「它對我來說是十分重要的物件，我每次出門時都一定會帶著。」

「原來是日記本嗎……」原來布倫希爾德小姐是喜歡把重要物件帶在身邊的人，路易斯有點意外。他沒有察覺到布倫希爾德那強裝鎮定的面容，笑著問：「布倫希爾德小姐喜歡寫日記嗎？」

「嗯，我喜歡把每天發生的事都記下。」布倫希爾德輕輕點頭，此時她已經再次換上一副冷淡的面容。說完，她緩緩把日記本放到口袋裡，放好後便緊緊握著它，呼了一口氣。

幸好，他並沒有察覺到異樣。

她看了看路易斯一眼，只見他臉上的微笑是真誠的，似乎真的不覺得剛才的小插曲有甚麼問題。她頓時慶幸眼前人是個天真傻瓜，但同時心裡又有別的憂慮。

不會……有影響吧？

她遠眺城堡的方向一眼，很快收回視線，回復平靜。
二人繼續散步，談到雪的話題時，布倫希爾德走到水邊，蹲下身子，脫下手套，把雙手放到湖水裡。
「在這個下雪天把手放到水裡，不會冷病嗎？」路易斯著急地關心。
「我是水精靈，水是我的生命，怎會有冷病之說呢？相傳『女王中的女王』萊茵娜女王就是每天浸泡在冰水裡，來加深和世界的聯繫，」但布倫希爾德似乎並不領情，一句讓路易斯語塞：「而且冰冷而帶來的刺痛，令我感到活著的實感。」
「……是嗎。」
殘酷的世界、以痛覺來獲得活著的實感，眼前人在言語間散發著一種灰黑的氣息。路易斯記得在舞會裡，從她身上看到，瀟洒和不羈的閃爍黑光。同樣是黑色氣息，但現在他看到的更為黯淡，跟舞會的時候有些出入。
是我的錯覺嗎？他心裡疑惑。
另一邊廂，布倫希爾德沒有理會他，仍然把手放在深不見底的湖水中。未幾，湖面漸漸結起一層薄冰，一條細長的冰柱慢慢在她身前形成……
「嗯……您答應了求婚，當時我是很高興的。」
「誒？」
這時，路易斯對天感慨吐出的一句，獲得布倫希爾德的注意。
「怎樣說呢，終於能依照自己的意思為屬於自己的事下決定，感覺十分舒暢，而且那時候我覺得，原來有人是需要我的。」路易斯繼續抬著頭，向布倫希爾德解釋。

「為自己的事下決定？」布倫希爾德有點不明白路易斯的意思。

「雖然之後被罵得很慘呢……」路易斯說時不好意思地摸頭，他頭上一部分雪花也因此掉落：「父親責罵我在決定前為何不先過問，或者告知一聲，但最後還是同意了我的想法。」

大概是有自己的想法或計謀，或者從一開始就預計了會出現這個局面吧，布倫希爾德聽後頓時有了想法。但她對他的說話起了興趣，收起了浸在湖水裡的手。

「您的父親……不太喜歡您？」布倫希爾德問。

「也不是，只是他……可能是太為我著想吧，總是為我決定一切，無論我做甚麼，都會被罵。」路易斯說時想起，十八年人生中未曾被父親責罵的唯一一件事，應該就是決定到路特維亞學院就讀一事。而被罵得最厲害的一件事，是他在決鬥中敗給愛德華一事。

每次和父親見面，路易斯都是抱著去被罵的心態。每逢想起父親的臉，腦海首先浮出的都是他憤怒的神色。父親的笑容、他讚賞自己的樣子？路易斯早就忘掉了。甚至可能是，他從未見過。

「那麼您的母親……」布倫希爾德猶疑。

「在我很小的時候已經去世了。」路易斯答得直截了當。

「啊，對不起。」察覺到自己說了錯話，布倫希爾德心感抱歉。

「沒關係，她走得太早，我對這件事幾乎沒有實感。」路易斯笑著搖頭，完全不在意。

路易斯的母親在他一歲的時候已經去世，他只能從家族畫裡得悉母親的樣貌，但絲毫沒有和她相處過的記憶。對他來說，比起真實存在過的人，「母親」二字更像是一個概念。

「那麼，是您的父親一直看著您長大？」布倫希爾德心裡好奇。

「一直都是路德大哥看著我長大，但他已經不在，二哥……那個人現在不知道在哪裡，但我才不管他。」路易斯毫不介意，直接回答。

看來他和二哥的關係不太好。布倫希爾德記得，齊格飛家的大少爺在五年前已經去世，而二少爺現正下落不明，好像也是五年前開始的事。

她是獨女，對兄弟姊妹的概念一直感到好奇。人們經常說的兄弟、姊妹之愛，到底是怎樣的呢？

她一直都是一個人，沒有被愛。

「我一直都是一個人，直至與您相遇，就覺得我也是被愛的。」這時，路易斯轉身望向布倫希爾德，認真地表達他心裡的感受。

「被愛嗎？這麼簡單？」乍聽是過氣的表白語句，但布倫希爾德卻有點好奇。

「嗯，我需要您，您需要我，就是這麼簡單。」說完，路易斯伸手握著布倫希爾德冰冷的雙手，從手傳來的溫暖令她臉紅，但只是一瞬間而已。

也許你需要我，但就不會覺得我需要你不是因為愛，而是手段嗎？路易斯真誠地笑著，但布倫希爾德的腦內卻充滿著不解。

而且，愛是如此簡單便能解釋的事嗎？

你連我的事都不清楚，又何來愛？

「如果是這麼簡單，那就好了。」她低下頭，語調生硬。

不知不覺間，雪已散去。夕陽的晚霞如火般把地上的白雪染成一片橙紅。縱使二人因為被松林遮蓋而看不見火紅的太陽，但隔著墨綠仍能清楚看見日華的巨環。

「已經日落了，不如我們回去吧？」靜心欣賞美景過後，路易斯詢問。

熾熱燃燒的火，是終結前的餘暉，還是宣告明天的光芒？

布倫希爾德別過頭去，跟隨路易斯的腳步，踏上回程的馬車。

如果是後者，那就好了。

4

從那次園林散步後，又過了兩天。距離新一年只剩兩天，除了精靈，全國都陶醉在新年的氣氛之中。精靈平均的壽命為四百年，人類的一年對他們來說只是一瞬間，所以不會有慶祝新年的習俗。

過去兩天，路易斯一直住在安凡琳城堡裡。他的每頓飯都是和布倫希爾德一起進食的，有時候也會和她一起到園林或是內庭園散步，但始終對方是一郡之主，需要時間處理公務，所以二人並非形影不離。

路易斯被邀請過來的其中一個原因是商討訂婚儀式的細節，二人也有就此稍作討論。經過一輪相討後，二人同意在一個半月後，也就是梅月中旬舉辦訂婚典禮，結婚典禮的日子則容後決定。至於地點等事宜，二人在請示雙親後，會再經書信聯絡溝通。

因為要回家過新年，路易斯和彼得森在拜訪的第三天早餐過後便離開城堡，起程回到威芬娜海姆。住在溫蒂娜宮三樓的布倫希爾德披著一件單薄的蕾絲睡衣，在書房裡凝視窗外，目送鮮紅的馬車緩緩在連接內外城門的石磚路下坡，離開安凡琳。

「布倫希爾德大人，您覺得他怎麼樣？」外面狂風大作，見主人穿得單薄，莉諾蕾婭連忙為她披上一件絲絨外套。「經過這三天的相處，您對威芬娜海姆公爵有甚麼評價？」

「莉諾蕾婭，你覺得呢？」布倫希爾德沒有回答，反而先問莉諾蕾婭意見。

「一貫的年輕貴族，跟一般人類沒有太大分別，『龍之子』也不過是這種能耐。」莉諾蕾婭以清澈的聲線直截了當說出辛辣的評語：「不過，他的隨從表現出的危機感顯然比主人來得高。三天以來一直戒備著，未能從他身上套出甚麼有用的情報。」

「有一個如此忠心的僕人，他真是幸福。」看著剛剛到達下城門的馬車，布倫希爾德的語氣似帶嘲諷。

「那麼小姐，您認為呢？」莉諾蕾婭問。

布倫希爾德想起幾天以來，在共餐和散步時和路易斯的對話。他不是完全的笨蛋，知識是有的，但不夠深入；而且人太天真，對很多國家議題都只是一知半解。如果是一般凡人，這個程度是可以接受，但作為三大公爵家之一的家主，他的表現就要打折扣了。

「不過是個未見過世面的大少爺而已。」她的話如窗外的寒風一樣冰冷刺骨。

說畢，她想起幾天前路易斯在園林湖邊說過的話。

——「直至與您相遇，就覺得我也是被愛的呢。」

被愛呢……她不禁在心中偷笑。

愛豈是如此簡單便能述說的事，他的想法只是幼稚。

「關於夫人吩咐的事，為什麼您沒有下手？」莉諾蕾婭問。

「只是覺得未是時機。可以再觀望一會，再決定時機。」布倫希爾德知道莉諾蕾婭指的是甚麼事，直截了當說出自己的想法：「他也許有不錯的利用價值。」

「但不早出手的話，恐怕夫人……」莉諾蕾婭頓時憂慮起來。

布倫希爾德只是著她放心：「我會解釋的，她應該也會明白。」

以那個人的性格，她應該比較喜歡長線觀望才是，不然怎會有樂趣呢？

咳咳，一不小心便用了她的思維來思考。布倫希爾德立刻回過神來，頓時感到噁心。不想讓莉諾蕾婭擔心的她把不安的情緒壓下，在心中不停叫自己放鬆，同時提醒自己別再有同樣的想法。

話說，依她的性格來看，應該差不多是時候吧，她心裡有種不祥預感。

「小姐，請問您的身體狀況怎樣了？」過了一會，莉諾蕾婭突然想起一件事。

「沒事。」似是從莉諾蕾婭的話得到提醒，布倫希爾德走到不遠處的書桌前坐下，並從抽屜取出一本暗紅色封面的筆記本——她那本隨時旁身的日記本。

「您要現在寫日記嗎？」莉諾蕾婭有點疑惑地問。

「嗯，過一會又忘記的了。」布倫希爾德點頭。

她細心翻開日記本，米白的紙張上寫滿優美的字體，文字裡仔細記錄著每一天所發生的事，從起床時間，到園林散步時看過甚麼都有記下。比起日記，更像是記錄。依著書籤的位置，她翻到空白的一頁，並從今天起床的天氣開始，到早餐後歡送路易斯，把所有事情一一仔細記錄。而莉諾蕾婭則從旁定睛注視主人寫的一字一句。

「事情我都記得，沒關係的。」布倫希爾德感覺到從自己的貼身女僕而來的視線，知道她在擔憂甚麼，在寫的同時試圖以言語令她放心。

這時，從房間盡頭的桃木門傳來清澈的敲門聲。

「進來吧。」布倫希爾德向莉諾蕾婭點頭後，後者便說。未幾，門被推開，門後冒出一個水藍色的頭頂。

「是卡莉雅納莎嗎，有甚麼事？」門才剛被打開，莉諾蕾婭就已猜到來者是誰——是負責服侍布倫希爾德的另一位精靈，卡莉雅納莎。莉諾蕾婭代布倫希爾德發問，語氣不算友善，似是對卡莉雅納莎的出現感到不快。

「夫人想請小姐現在前往西爾雲莉觀景樓的三樓，她有事找小姐。」身穿雪白女僕服的卡莉雅納莎站在門邊，低頭恭敬地說。

「布倫希爾德大人……」才剛提起她，人就到了嗎。一聽完，莉諾蕾婭便緊張並擔憂地看著布倫希爾德。

只見後者身體略微顫抖，但很快便冷靜下來，並抬頭望向卡莉雅納莎，鎮定地命令：「告訴夫人，我換過衣裝後便會前往。」

「我明白了，夫人表示還請儘快。」鞠躬後，卡莉雅納莎便離開房間。

她離開後，莉諾蕾婭聽到主子微微嘆了一口氣。寫完日記後，布倫希爾德把筆放回筆座，再站起來，吩咐道：「莉諾蕾婭，協助我更衣。」

莉諾蕾婭接過布倫希爾德肩上的外套，但並沒有走到房後的更衣房取出更換衣服，只是呆愣地站著。

「不用擔心我，」知道她的心思，縱使心中有些微恐懼，但布倫希爾德仍壓下這些感情，儘量露出溫柔的笑容，安撫身邊這位一直為她著想的僕人：「反正我不能反抗，而且夫人應該是詢問她所吩咐的事情進展而已。我們要走了，快協助我更衣吧。」

「……好的。」

聽見莉諾蕾婭違心的回應，布倫希爾德感激她真誠為自己擔心，同時也感到抱歉。

但沒有辦法，反正都已習慣了，她對自己說。而且我就猜到她要見我。

換好衣裝踏出房間時，她想起路易斯說過，這個世界真美麗。

也許你的世界是美麗，她心想。但別覺得其他人的世界和你的是一樣。

5

「這個夢是無意義的。」

在溫暖的陽光下，夏絲妲的話冷酷如冰。

「你……」被否定後，憤怒頓時從愛德華的心深處燃起：「這是甚麼意思？」

「就是說，你所追隨的只是一個幻想，早日醒來，選個更好的目標吧。」夏絲妲的語氣淡然。她早就大概猜到愛德華的答案了。

「憑甚麼你如此肯定？」愛德華不滿地反問。

「我看過很多呢，跟你差不多的人的末路，」夏絲妲嘆了一口氣：「看在之前能讓我享受到一場難得的對決份上，我就誠意奉勸你一句吧。在你的願望盡頭，甚麼都不會有。」

怎麼會？愛德華想起他的父親和爺爺。肯尼斯也是追求著最強，而他的確做到了。他站在無人能夠攀上的高原上俯瞰一切，手握很多人都夢寐以求的權力，這樣叫做「甚麼都沒有」嗎？

「但是……」

「你又不是想要權力，」未等愛德華反駁，夏絲妲就好像看穿他的心思一樣，立即插話：「如果是想要權力，剛才你就不會這樣回答。不過如果你想要的是權力，那麼話還好說。」

愛德華聽不明白：「甚麼意思？」

「我換個說法，如果讓你真的成為最強，你想得到些甚麼？」這時，夏絲妲換了另一條問題。

「我只是想成為最強，達成的一刻就會得到想要的東西。」愛德華不明白她問題的意思。他要的是最強，這不就是他想得到的東西嗎？

「不，『最強』只是一個抽象的概念，是一種力量。你想利用這股力量去做甚麼？成為國家中樞嗎？成為一人之下，萬人之上嗎？還是索性想做所有人之上？」夏絲妲只是搖頭，並繼續問。

「這個……」在夏絲妲的質問下，愛德華又再想起肯尼斯。遲疑了一會後，他鎮靜地回答：「我不求甚麼，只求成為最強。」

他討厭權力，討厭為此而奮鬥的肯尼斯，也鄙視有著相似想法的貴族們。他想要的，只是不受任何人的擺佈，站在眾人之上，無需被懷疑實力。

「那你就認清現實，」聽畢，夏絲妲的語氣頓時變得比冰更冷：「放棄吧。」你……你憑甚麼來否定我？因為是全國最強的女劍士，所以就有這個資格嗎？愛德華心裡頓時燒起一團火，激動地反問：「你憑甚麼判斷？只是你看過的，不就等於全部吧……！」

在激動的同時，他不慎拉扯到腰部的傷口，面容頃刻扭曲。

「你坐下來休息吧，」見他痛苦地掩著傷口，夏絲妲立刻伸出手，溫柔地扶他到草地上坐下，語氣是緩和了一點，但仍是冰冷。「既然如此，不如我告訴你一個故事吧。你知道『天鵝騎士』嗎？」

覺得再繼續直接否定並沒有意義，夏絲妲便換了個模式，忽然說起故事來。

「當然知道，是北鵝郡歷代郡主的別稱吧，記得現任的是……皇家直屬騎士團團長，安德烈．約翰．威爾斯侯爵。」不明白眼前人為何前一刻才剛狠狠否定自己的願望，下一秒卻突然要說故事，主角還是全國知名的「天鵝騎士」家族，但愛德華決定先聽再算。

負責管理北鵝郡的威爾斯家族本為騎士家族，因為其管理地方的名稱，歷代家主都被稱為「天鵝騎士」。在四百多年前，他們一家為安納黎的南北合併付出了莫大功勞，因而從騎士被提升到侯爵家族，一直協助皇室管理安納黎的北部國土。

「哼，那傢伙不過是羽毛沾污了的天鵝而已，我說的是上一任的『天鵝騎士』。」一聽到安德烈的名字，夏絲妲立刻露出不屑之情。

「啊……」說到這裡，愛德華想起來了。肯尼斯在世時的另一位劍術高手，他的稱號幾乎全國皆知：「『騎士之最』、『天鵝之王』，『天鵝騎士』艾溫．約書亞．司提芬．威爾斯侯爵。」

當肯尼斯在世的時候，安納黎流傳著一句說話，「只要南方黑鴉尚存，北方天鵝仍在，必定為國家帶來和平」，當中的「南方黑鴉」和「北方天鵝」正是指肯尼斯和艾溫。艾溫在世時被世人稱為最強的劍士，無人能及，大家認為及得上的應該就只有肯尼斯一人，但二人從未決鬥過，所以這個說法沒有根據。

當肯尼斯正在努力在國家中樞爭一席位時，相反艾溫卻毫無對權力的依戀。同樣是騎士團長，但他絲毫沒有想過要利用這股權力令自己得益。他拒絕一切應酬，沒有巴結任何人，周圍的人都努力想跟他拉上關係，但都攀不上那座名為實力的陡峭山峰。

「全國上下都敬畏他的強大，但並不多人知道他到底追求著甚麼，」夏絲妲輕描淡寫地說：「如果說肯尼斯是追求著權力而變得強大，艾溫就是單純為了追求最強而變強。但最後他得到甚麼？就只有原因不明的死亡。」

愛德華記得，艾溫在十一年前以二十五歲之齡突然去世，死因至今未明。

追求著虛無縹緲目標的下場，就是甚麼都得不到。在孤高的盡頭，只有虛無。

「愛德華，還是回頭吧，現在的話還來得及。」夏絲妲以冰冷的語氣告誡愛德華，想他知難而退。

愛德華明白夏絲妲的意思。她想說，他和艾溫所追求的東西十分相似，因此終有一日會走上和他一樣的道路。

但不會的，那只是艾溫的故事，相似又不是相同，他怎會跟他一樣呢？

而且眼前這個人知道我的甚麼，否定也不過是阻礙敵人的計畫吧？

「那又怎樣，我已經決定了，無人能阻。」在心裡思考一會後，愛德華狠狠地回絕夏絲妲的話。

這時一陣狂風吹過，把他的頭髮都吹亂，但他卻絲毫不動，彷彿證明了其決心。

「唉，」夏絲妲無奈地嘆了口氣。愛德華的拒絕在她的計算之內，但沒想到他可以如此固執。果然勸告是沒有用的嗎，她心想。

「既然如此，那麼你就留下吧，我教你變強的方法，到那時候再慢慢思考我說過的話。」她給予一個提議。

「……甚麼？」愛德華一臉驚訝。

「就是說，在你的傷口全好之前，我會陪你練劍。你就趁這段時間慢慢變強，再下決定吧。」夏絲妲說得像一早就已計畫好一樣。「先說一句，你沒有拒絕的權利。」

到底搞甚麼啊？愛德華頓時一頭問號。

明明是敵人，強行讓我留在自己家裡養傷也就算了，才剛狠狠地否定我，現在又說陪我練劍？她到底想做些甚麼？

不行，我很累了，愛德華下意識地托頭，他的思緒已經跟不上進展。

「但你現在的身體狀況未能練劍，就從生活細節開始學習吧。想要獲得真正的強大，就得先由扎根大地開始。不知民間疾苦的貴族是不會明白的。」這時，夏絲妲面帶笑容地補上一句。

愛德華頓時無言。這句話狠狠刺痛了愛德華的心。他經常否定貴族的一切，覺得自己跟其他人不同，但到頭來自己仍是活在那個世界，目光也只困於貴族世界裡。夏絲妲的一番話澈底喚醒了他，也令他確切感受到二人之間的差距。

「太陽要下山了，我們快點回去準備晚飯吧。諾娃小妹應該快要餓翻了。」說完，未等愛德華起來，夏絲姐便一奔一跳地走下山坡，向著快要消失的紅霞走去，身影變得越來越細小。

目標被否定，連一貫的自信也被否定，到底以後他該怎樣做？

真的如眼前人所說，跟隨她練劍就可以了嗎？

看著在風中飄逸的紅髮，愛德華想起對決當晚中毒時的情景，耳邊彷彿聽見清澈鏗鏘的金屬聲，一陣恐懼頓時湧上心頭。

攤開手掌，看到手在些微顫抖，不禁失望地嘆了一口氣。

他真的不知道。

6

「啪」、「啪」、「啪」、「啪」。

一陣規律的聲音像鬧鐘一樣喚醒了愛德華。

凝視簡陋的天花板，從窗外灑進來的灰暗陽光像是映照著他的心情，令他不禁嘆氣。

迷惘，從昨晚開始就一直如此。

一直以來，他都是為了成為最強者而奔走著，但直到昨天，他才醒覺那是多麼虛無飄渺的目標。不，其實在和夏絲姐決鬥後，他就已經開始懷疑了。他以為自己實力不差，只是旁人看不清，但那位紅髮女士用一把劍鞘上長滿玫瑰的劍狠狠把他打醒。

以後該做些甚麼，就真的跟隨她練劍？這樣做能獲得些甚麼？

他不知道。

愛德華嘆了一口氣，再小心地從床上起來。為了不會動到肩上和腰的傷口，他得小心翼翼地下床梳洗。在鏡裡看到自己那雙失色的紫瞳，他的心情就更失落。

「啪」、「啪」、「啪」、「啪」。

用冰涼的水驅走疲倦後，他走出客廳，怎知一個人也沒有。

咦，諾娃和那傢伙呢？

「啪」、「啪」、「啪」、「啪」。

規律的聲音從他起床至今一直沒有停止。起初他並不覺得奇怪，認為只是樹枝掉落的聲音而已，但那聲音持續了近十分鐘仍未停止。他帶著疑惑的面容追蹤聲音的來源，慢慢走到大門前，一打開，便看見一個意想不到的情景。

「咦？你在做什麼？」

愛德華一走出門外，看見夏絲妲雙腿張開，坐在一張小木椅上，用手上的斧頭有規律地劈開身前的一堆樹幹。雖然有長裙遮掩雙腿，但她的坐姿仍然跟優雅完全拉不上邊，而其身旁有一堆已被劈開的柴枝，這種光景對他來說是新鮮的。

「啊，你起來了嗎，」聽見愛德華的聲音，夏絲妲悠然地抬頭：「早安。」

「你在幹什麼？」愛德華指著她身旁柴枝，好奇地問。

「不就是劈柴啊，沒柴怎能燒水煮飯。」夏絲妲對愛德華的驚訝表情不以為然。她輕輕抬頭，同時俐落地把身前的一條粗樹幹砍成兩截，整個過程不費吹灰之力，和用劍時一樣：「你想嘗試嗎？」

說完，她把斧頭遞給愛德華。

為什麼說得像是平民生活體驗課的樣子……愛德華頓時想起眼前人在昨天說他不知民間疾苦。

他低下頭，凝視斧頭。

沒錯，我甚麼都不知道，他在心中嘆氣。如果我知道，剛才第一眼見到她時就不會感到意外了。真是可笑。

見愛德華愣著沒反應，夏絲妲叫了一聲：「愛德華？」

愛德華頓時回過神來，並舉一下仍綁著繃帶的左手。明白意思的夏絲妲把斧頭收回，繼續工作，並問：「那麼幫我準備早飯吧。」

「……我可以理解為被使喚嗎？」愛德華眉頭輕縐，語帶不爽。

「小子，你現在寄住在我家，當然得付出一點勞力吧？你家諾娃早就外出洗衣服了，身為主人的你不是打算甚麼都不幹吧？」夏絲妲沒好氣地問。

原來一早起來不見她是因為如此，愛德華恍然大悟：「我可不是自願住在這裡的。」

「對啊，想走的話隨便，」這時，夏絲妲故意用奸怪的聲音說：「前提是你能夠離開。」

你連這裡是哪裡也不知道，她補上一句。

切，語塞的愛德華沒有再說甚麼，拂袖而去。

「烤麵包。」見愛德華轉身回屋，夏絲妲再劈開兩條樹幹後，叫住了他。

「……」果然是使喚吧，愛德華無語。不過算了，反正本來我就想幫忙，畢竟說好了的。

「對了，今天是紫堇月三十一日嗎？」走到門前握著門柄時，愛德華突然想起一些事，然後回頭問。

「嗯，應該是吧，那麼明天就是新年呢。有甚麼事嗎？」語畢，夏絲妲放下斧頭。她已經劈完柴，接下來把柴放到廚房裡便完成工作。

「沒有，確認一下而已，」愛德華思索了一會，再說：「那麼就讓我準備一個簡單的年末晚餐吧。」

他不是太注重傳統節日的人，但覺得反正負責做飯，便順便慶祝一下吧。

「你懂嗎？」夏絲妲有點驚訝。安納黎的傳統年末晚餐包含了燒鵝或燒雞，還有焗薯、肉派，還有新年布甸，每一道菜都有不少工序，打理時間長而且不容易。她雖然懂得煮食，但技術未算精湛，而且過往的經歷令她覺得只要有得吃便可，不會注重份量和味道。

「太難的未學懂，但簡單的還可以，例如焗薯和肉派，」愛德華點頭：「不過傳統的新年布甸就真的不懂。」

「諾娃小妹知道後定會抱怨的，」以李子為首，充滿肉桂和各種乾果，以酒精釀成的傳統甜點一定是諾娃的喜好之一，夏絲妲想時不禁微笑。

「唯有用薑餅補償吧，有甚麼辦法。」不用她說，愛德華早已想像到那位甜點少女得知消息後會露出的失落表情。

就算他懂得製作新年布甸，但根據傳統做法，布甸最少要放置三星期，味道才會濃郁。現在怎會趕得及，所以從一開始就是不可能的，他心想。

「嘻嘻，溫柔的小主人。」夏絲妲笑著說。

「我才不溫柔！」她簡單的一句，怎知惹來愛德華激動的反駁。

「為什麼反應那麼大？」她有點嚇到。

「我討厭別人說我溫柔。」愛德華的語氣冰冷。夏絲妲的一句似是觸動到他的神經，令其態度頓時一百八十度轉變。

「為什麼？你明明就是一個溫柔的人。」夏絲妲問。

「我不是！到底哪裡像了？」但愛德華仍然激動地否認。

「就算你如何努力要去否定，事實是不能被推翻的，你的行為已經實在地證明了。」未等愛德華回話，夏絲妲像是看透他的心思般，繼續說下去：「你說服自己關心諾娃，只是因為主僕和同伴關係。但換著是一個冷血的人，又怎會理會這些事呢？如果你是冷酷無情，那麼又怎麼會主動提出以煮食答謝收留的恩情，甚至打算為我們準備年末晚餐？這種人，不是溫柔，那會是甚麼？」

說到冷血，愛德華立刻想起肯尼斯。對，他一定不會做這些事，反而是父親才會做。

想起他的笑容，愛德華心裡就浮起一陣厭惡。

「……就算不是冷血，也不會是溫柔，」他緊握拳頭：「溫柔是懦弱的象徵，我不需要。」

夏絲妲輕輕呼了一口氣，有點無奈：「為什麼你會得出這樣的結論？溫柔和懦弱是截然不同的兩回事。」

「怎會不一樣？不抵抗、被人傷害到失去一切仍不還手，這樣不是懦弱是甚麼？」愛德華繼續與她爭論。

「溫柔並不等於懦弱，」夏絲妲的語氣變得柔和：「懦弱是怕事、凡事沒有堅持。溫柔雖然是對人不抵抗、不報復，但是有堅持，知曉正邪，堅持真理，絕不會做錯誤的事，也不會輕易屈服。兩者看起來相似，但其實差之千里。」

「不抵抗、不報復，不就是因為怕事、怕鬥爭嗎？」愛德華不明白。

「不，這是包容的結果，」夏絲妲笑著搖頭：「他們不隨便出手抵抗，是因為尊重、體諒、諒解別人。但他們從不畏縮，會在適當時候會站出來，掏出刀刃保護需要保護的事物，甚至願意為所愛的人犧牲。真正的溫柔，是心靈內在的美德，精神修養的極緻，能使人變得強大。」

怎麼會？溫柔等於強大？愛德華覺得不可思議。

如果溫柔等於強大，那麼那位總是溫柔對人的父親不就是強大的象徵？

他哪裡強大了？如果真的如此，那就不會落得今天如此下場！

夏絲妲留意到愛德華的神色轉變，知道他在想些甚麼。她報以微笑，但不作聲。

「話說回來，為什麼你叫諾娃小妹為『諾娃』？」半晌，似是想緩和緊張的氣氛，夏絲妲轉換話題。

「如果只是『虛空』（Nullitaria）的略稱，叫『露』（Null）或者『露莉』（Nuli）不就好嗎？為什麼要用『黑』（Noir）作她的名字？」

她問了一條諾娃初遇愛德華時也曾經問過的問題。

「啊，只是覺得虛無的形象是黑色，而且『諾娃』二字好聽，所以就決定用它了，而且她本人也說好。」愛德華不假思索便回答。

「原來如此，」聽畢，夏絲妲露出一副若有所思的樣子：「希望影響不大就是。」

這是甚麼意思？但愛德華沒在意太多，目送要到河邊找諾娃的夏絲妲離開後，他便回屋準備早餐。

溫柔等於強大……他一邊準備麵包，一邊嘀咕。

那麼真正的強大又是甚麼？真的是如夏絲姐所說，溫柔嗎？

唉。他想不通，不禁為自己的無知而嘆氣。

7

「啊，有小弟在真是幸福，只是一個早餐便已經那麼好吃，我很期待今晚的年末晚餐呢。」夏絲姐半躺在木椅上，一臉滿足：「把你留下真是明智之舉。」

怎麼聽上去像是為了有好吃的才會把我留下？幾天以來，愛德華漸漸習慣了夏絲姐似是而非的說話方式，所以沒有在意。

而且今天的他沒有這個心情。他沒有動力做任何事，腦中思緒混亂如麻。

諾娃本來想說些甚麼，但看到愛德華悶悶不樂的表情後，又把話收了回去。就算桌上放著幾件泡芙，她也無動於衷。

「愛德華，你的傷怎樣了？」良久，她才問出一句。

「肩膀的傷已經不疼，腰部的話則仍需時間復原。」愛德華淡然地說，諾娃的話沒能改變他的心情。他問：「甚麼事？」

「啊沒有，只是想知道而已……」見愛德華一副不想對話的樣子，諾娃立刻戰戰兢兢地縮了回去。本來她想說自己可以幫忙，但他的態度令她卻步。

接著又是一陣寧靜。三人就坐在灰沉沉的屋子裡，任由微弱陽光照亮滿天飛揚的塵埃，讓窗外的呼嘯風聲數算時間的流逝。

「唉……」見眼前的少年少女一直不作聲，夏絲妲受不了這種異樣的寧靜，便打開話題：「對了，關於『虛空』的事，你們知道多少？依照我的觀察看來，你幾乎甚麼都不知道吧？」

「沒辦法，我找不到任何資料，而且她失去了記憶，所以一切都斷了線索。」呆愣了一會，愛德華才回過神來。

對了，我都差點忘了問她！這時愛德華才想起自己近幾日以來都忘了「確認記憶」這件重要的事。在祭典開始之前，他曾經多次到學院圖書館，甚至國家圖書館尋找關於「虛空」的資料，但都失敗而回。不只一本書，就連數頁的記載都沒有。祭典開始後，他曾經帶諾娃到二人相遇的山丘上尋找封印「虛空」的地方以及黑狼的線索，可惜徒勞無功。而理應擁有最多線索的對象，偏偏又失憶，因此他的搜查工作一直毫無進展。

「原來如此，」夏絲妲看來早就猜到了。「那麼諾娃小妹，你到現在仍然甚麼都記不起嗎？」

「嗯，我只知道自己是誰，主人是誰，其他事就只有零碎的片段。」諾娃點頭。她身穿一條簡便雪白連衣裙，烏黑長髮隨意散落在背後，加上略帶呆滯的表情，比起人類，看起來更像是活生生的人偶。

夏絲妲用手托頭，提議道：「那麼諾娃小妹，你嘗試說出現時記得的所有事來看看。」

「慢、慢著，為什麼要在你面前說啊？」發覺情況不妙，愛德華立刻出口阻止。他覺得要是慢了一秒，諾娃大概就會開始回答了。

這可是機密情報，怎能跟眼前這個完全不知道她想做甚麼的敵人共享？

「我只是想知道而已，而且如果讓我聽，依照情況，我可以告訴你們手頭上擁有的資訊，以及幫你整理。」夏絲妲開出了條件：「不是很好的交易嗎？」

愛德華頓時想起遇上夏絲妲當晚，她對「虛空」的事似乎略知一二的態度。但她真的知道得比自己多嗎？如果賭錯了，損失的可是自己啊。

「唉，」見他猶疑不決，夏絲妲忍不住嘆氣：「這麼努力計較得失是沒用的，而且我先告訴你，知道『虛空』的事的大概不只有我一人。記得『吸血鬼』嗎？」

「同為舞者的奈特動爵嗎？」經她一說，愛德華記起了。他並不懼怕「吸血鬼」的傳聞，但奈特卻給人一種神祕的感覺——雖然大部分的舞者都一樣，但最重要的是……

「你忘了他的佩劍也是擁有人型劍鞘的嗎？難道你覺得他甚麼都不知道？」夏絲妲點出。

也對，愛德華心裡認同。

「而且使役黑狼，在學院襲擊你和諾娃的始作俑者大概也知道啊。」夏絲妲補上一句。

……她竟然連這件事也知道？

「你知道他的身分嗎？」愛德華吃驚並追問。連身為當事人的諾娃也不知道！

「怎麼會，我只是知道事情的大概經過而已。」說完，夏絲妲轉頭望向諾娃：「你記得關於他的事嗎？」

諾娃遲疑了一會，望向愛德華，待後者點頭後才答：「我不知道，只記得醒來之後便看見那些黑狼，下意識覺得危險，就逃離了。」

然後和愛德華相遇，不用她說，夏絲妲已經猜到了。

「你知不知道黑狼是從哪裡來的？」她問。

諾娃搖頭。

「但是那些真的是黑狼嗎？」愛德華問：「它們被我殺害後，便化成黑煙消失在夜空。」

主動說出自己擁有的情報來換取更多，看來明白了呢。夏絲妲微微一笑後托頭深思：「黑煙呢……可能是術式。」

「欸？」愛德華一臉疑惑。

「沒有，只是我的猜測而已。可能是某位術士的使魔，或者單純的術式。愛德華，你知道術士是甚麼吧？」

在安納黎，術士是懂得使用巫術、魔法的人的總稱。愛德華點頭，心想：我為什麼一直都沒有想到是術士！

但他知道，就算知道也沒有用處。術士通常鮮少露面，以他這種外人中的外人，怎能尋得他們的蹤跡？

「那麼諾娃小妹，你記得些甚麼事？」夏絲妲轉頭望向諾娃，問。

「我只隱約記得，自己和劍一同活了好長時間，之前被封印著，但在一個月前突然某人解除了封印。」說時，諾娃的腦海浮現出一種空虛感。這些星期以來，她一直與這種空虛感同在。

她曾經作過幾次夢，夢見自己在一條時間之河上飄浮，很久很久，卻對時間的流逝感到模糊，不記得做過些甚麼。她的身體告訴她，記憶就埋藏在河床裡。想要潛進水裡，但如銀河般閃爍的水面下方，是如混沌般灰黑的水，看不清前進的路，也摸不到盡頭。每次她想潛進去時，大腦都會發出危險的信號，警告她不要輕易前往挖掘。

她只記得，在時間之河一直在一起的，就只有體內那把烏黑長劍。

「你知道解除封印的人的身分嗎？」夏絲妲思索了一會後，問。

諾娃搖頭。

「這只是我的猜測，解除封印的人可能跟黑狼有某程度上的關係，或者可以說，黑狼的主人可能就是他。依照術式的理論，身為術式的黑狼理應不能直接解開同為術式的封印才是。要解開封印，據我所知，是需要術士在場的……嗯，未知的情報太多，很難猜呢。」夏絲妲自言自語般，一邊沉思一邊說出推論：「還有呢？」

「我隱約記得『八劍之祭』。」諾娃回答。

「她對我說過，記得祭典的勝利禮物是一個願望，但詳細就不清楚。」愛德華補充。

「原來如此，是她告訴你的呢，」聽後，夏絲妲立刻露出一副恍然大悟的樣子：「雖然這個已是半公開的祕密，但並不是人人都知道。諾娃小妹看來並不簡單呢。」

「為什麼是半公開？」愛德華問。

「你知道三大公爵家，尤其齊格飛和溫蒂妮家是『八劍之祭』的常客，每次都有被選中參加吧？他們一定已經知道禮物到底是甚麼，而且皇室貴為主辦者，沒可能不知道，所以是半公開。」

愛德華記得，課本上只有提及「八劍之祭」的勝利者會得到由神送出的一份禮物，這件也是全國家傳戶曉的事。但內容是甚麼，卻沒有記載。

「你是怎樣知道這一切的？」隨著對話進行，愛德華發現眼前人所知道的比自己多出很多。但他明明連全國藏書量最多的國家圖書館也去了，卻遍尋不果。

她是怎樣知道這麼多的？他十分好奇。

「這一切？」夏絲妲問。

「『八劍之祭』，還有『虛空』。」愛德華補上解釋。

「到處打聽回來的。」聽明白後，夏絲妲爽快回答。「關於這把劍的事，還有『八劍之祭』，很多只流傳在口耳之間，沒有記入文獻。」

「為什麼你會對『虛空』感興趣？」這時，愛德華提出一條想問好久的問題。

「只是到處旅行的某天和某位劍士談天時，提及這把失落的神祕之劍——他是這樣形容的，之後便開始感興趣，然後每到一個地方便順便打聽一下。不過多年來都有沒打聽到甚麼，只有一些簡單的情報。」夏絲妲坦率地說出。

「例如虛空的能力？」愛德華疑惑地問。

「沒錯，還有『黑白』的事，」夏絲妲點頭。

「它們果然是一對的嗎？」這個問題，自起始儀式開始就存在於愛德華心中。

「這個我就不清楚。據我所知，擁有人型劍鞘的劍就只有『虛空』、『黑白』兩把。兩把劍源自四百多年前，製作者不明，劍鞘為人型的原因也不明。有趣的是，劍鞘除了擁有人類的外貌，也似乎擁有跟人類一樣的功能，但內在和人體是否一樣就不得而知。

『虛空』的能力是吸收，不，那次對決之後我知道了，應該是中和吧；但『黑白』就不太清楚，有人說是反彈，有人說是反射。如果將『虛空』視為『虛無』，而它的能力視為『世上所有元素在虛無面前都會被中和』的具現，那麼如果猜透『黑白』所代表的概念，就能猜到它的能力吧。」她滔滔不絕，毫不計較地說出自己知道的所有事。

雖然現在毫無頭緒，不過這些事，只要見過奈特和「黑白」二人後便會知道吧，夏絲妲充滿自信。夏絲妲問諾娃：「諾娃小妹，你記得『黑白』的事嗎？」

一聽到「黑白」一詞，諾娃頓時打了一個冷顫，腦內浮現起始儀式期間，那位劍鞘少女看過來的表情。那副笑容明明溫暖，她只感到恐懼。

「諾娃？」見她發呆似的，夏絲妲再問，她才回過神來，急忙搖頭。

「你記起甚麼了嗎？」看到她一雙隱約顫抖的手，夏絲妲的語氣頓時轉為溫和。

「……沒有。」遲疑了半刻，諾娃才戰戰兢兢地回答。

她不記得，也不想去想關於她的事，總覺得越去想，就會有不好的事湧出來。那副左紅右黑的異色瞳孔，在諾娃看來如同惡魔的血瞳；那副似是看穿自己的笑容，猶如惡魔的微笑。

「是這樣啊，」看見諾娃咬緊唇角，眼角下垂，夏絲妲覺得還是不要繼續問比較好。「今天就到此為止吧。而且都晚了，差不多是時候出門買材料了。」

留意到身邊少女的擔憂表情，愛德華也有同感，今天是時候打住。

「我出門買嗎？」聽見買材料三字，愛德華立刻搶著問。

夏絲妲回以一個燦爛的微笑。見狀，愛德華立刻乖乖坐下，知道自己又失敗了。

「最後奉勸一句，我建議你們小心他們二人啊。」換過衣服後，離開前，夏絲妲以認真的口吻留下一句。

「為什麼？」愛德華不明白她的意思。

「沒有，世事沒有偶然，擁有類似刀劍的二人一定會互相吸引。就算不是如此，大家都是舞者。在身分的神祕度上，那兩位是值得高度提防的。」夏絲妲解釋。

愛德華一驚，立刻追問：「你知道他們二人現今在哪裡嗎？」

「不，但有幾個想法。」夏絲妲直言不諱。

「是哪裡？」他追問。

「這個呢……」

她露出深不可測的笑容。

8

當愛德華正在安納黎的一角為年末晚餐而忙碌著，與此同時，在國家的東邊，路易斯花了一天半，終於安全從安凡琳回到位處威芬娜海姆的家了。一到達城堡內庭的塔樓門口，他就迫不及待跳下馬車，呼吸新鮮空氣。時值黃昏，斜陽的光輝打在棕色石磚上，令城堡閃耀如黃金。清爽的涼風微微吹拂他的金髮。

是家的空氣，他微笑，回來了。

在安凡琳的三天就像住在仙境裡，但始終不及家鄉的環境來得熟悉和舒適。

「家主，歡迎回來。」未幾，一位少年僕人從塔樓走出來，迎接路易斯和彼得森二人。

「家主不在時，有發生甚麼事嗎？」彼得森替路易斯發問。

「並沒有，一切如常。新年前夕的晚餐正在準備中。」

對了，今天是年末呢，路易斯想起一件事：「父親回來了麼？」

「未有，歌蘭大人在首都仍有要事要辦，已派信使傳話，說新年不會在這裡度過。」少僕恭敬地回答。

「又是這樣嗎，不過早就猜到了。」路易斯聞言，嘆了一口氣。父親到底有多少年沒有回家一起過新年呢，他不太想去數算。他抱著最後一絲希望，問：「那麼父親的信使有否提及他何時歸家？」

「抱歉，並沒有，」少僕搖頭，並回答：「信使只提及歌蘭大人目前工作忙碌，短期內都未能回家，請路易斯大人自行處理一切關於領地，以及『八劍之祭』的事項。」

「對了，父親知道我去了安凡琳嗎？」聽到八劍之祭，路易斯立刻想起他和布倫希爾德的婚事。

「似乎沒有，但信使已得知此事，應該會向歌蘭大人稟告吧。」少僕回答。

聽畢，路易斯和彼得森心裡都想著不同的事。路易斯害怕歌蘭知道此事後，又會責怪他擅自決定，而彼得森聽後則是鬆了一口氣，覺得在這次見面裡，歌蘭應該不能，或者說沒有介入太多。

「好的。」路易斯點頭，表示明白。

無論如何，進程還是得匯報，吃過孤獨的年末飯後便寫信吧，他心想。

見路易斯步向塔樓，彼得森立刻上前，為他推開大門，門一開，一條鮮紅的樓梯立刻映入二人的眼簾。只見從大廳中央伸延至兩側的巨型樓梯鋪滿繡有繁複花紋的地毯，米白的地毯鋪上一層寶藍，萬花刺繡在其上盛放。鮮紅的牆壁上掛有兩幅肖像畫，左邊的是齊格飛家第一代家主的肖像畫，而右的則是剛畫好不久的路易斯肖像畫——幾星期前這裡掛的仍是歌蘭的肖像畫。

一行人緩緩踏上階梯，正當路易斯打算左轉回房間休息時，少僕想起一些事，截住了二人。

「路易斯大人，小人有一事相報。」他說。

「甚麼事？」路易斯問。

「在今早有兩位客人上門，說要拜訪您。我們告知大人回來的時間未定，他們就說可以一直等，現時仍在接待廳等候。」

說畢，少僕伸手指向樓梯右邊，一樓的接待廳，表示客人就在那裡。聽見有客人正在等待，長途跋涉後想好好休息的路易斯唯有強忍疲倦，首先處理重要事。

「找我的客人？到底是誰？」路易斯的話音剛落，一行人就已經到達接待廳的大門前。少僕推開大門，只見在以大理石為主要材料的金碧輝煌的大廳沙發上坐著兩個人。一看到二人的樣貌，路易斯和彼得森都大吃一驚。

沙發上坐著一男一女。男的身穿設計簡單的西裝，一把有如受過月光祝福般的閃耀銀長髮被漆黑髮帶束緊，略長的瀏海隨便散落在左邊臉頰，但未能完全遮蓋戴在左眼的烏黑眼罩。而少女則身穿一條深紅長裙，長裙簡潔且顯得優雅，但眾人的目光都離不開她的額前雪白、耳後漆黑的特異髮色上。

男士正聚精會神閱讀手上的書，而她則寧靜地依偎在男士的肩膀上。

「你、您……奈特勳爵，請問您找我所為何事？」吞了兩口口水後，路易斯強忍驚恐，出口提問。

他絕對不會認錯，眼前的二人正是同為舞者，也是傳聞中「吸血鬼」本人的奈特，以及他的劍鞘少女。他忘了劍的名字，但擁有獨特外貌的二人就絕對不會認錯。

「午安，威芬娜海姆公爵，新年前夕突然來拜訪，實在抱歉。」聽見路易斯的問候，奈特從容地合上書本，和少女一同起立，並點頭敬禮。

「身為舞者的您來找我，是想對決嗎？」路易斯強裝鎮定，充滿戒備地問。

「不，還請公爵放心，」奈特露出頗有深思的微笑：「我來，是想詢問公爵有意一同打敗雷文勳爵嗎？」

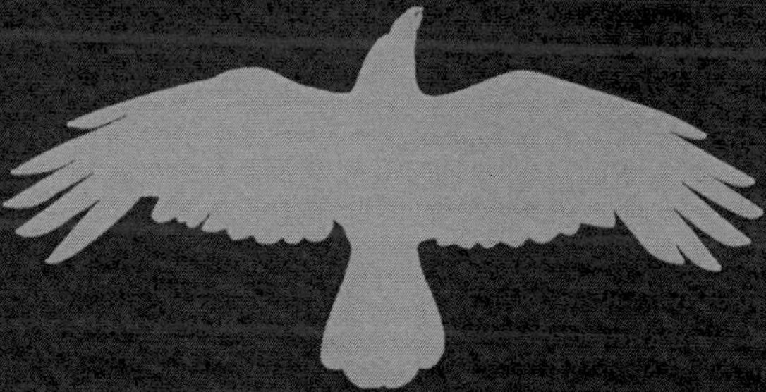

第六迴 — Sechs —

同盟 — ALLIANCE —

1

夜幕低垂，天上銀月高掛，月色皎潔；地上並未被黑暗吞噬，到處亮起了橙黃的火焰，照亮街道建築。

在安納黎西北面的蓉希郡也不例外。蓉希郡西臨普加利珍海，因其地理優勢，經濟主要依賴海上貿易。而今天在蓉希郡西面，海邊城市斯福尼亞市中心的大街，兩旁搭滿大小不一的褐色木屋攤檔。有的售賣當地傳統小吃，有的售賣木製精品，有的則設置了小遊戲，看起來像是在舉辦某些慶祝。

街道人山人海，行人臉上都掛著笑容，而在人群之中，有兩位不速之客正穿梭其中。他們一身黑色裝扮，男子看起來並不像是當地人，一把如月光般閃亮的銀色長髮簡便地用一條灰黑絲帶束起，任由長度過肩的馬尾隨風飄逸。身披灰黑斗篷的他目無表情；相反，他身旁的少女雙手抱著男子的手臂，頭則依偎在他的肩膀上。她比男子矮一個頭，全身都覆蓋在黑色斗篷之下。雖然斗篷的帽子擋住了她大部分的臉，但在燈光下還是能夠清楚看到臉上其甜蜜笑容。

有些路人因為他們的親暱舉動而投來奇異的目光，但少女一概無視。

「奈特，這是甚麼活動？」走了一會，少女抬頭問，語氣溫柔中帶點天真。

「豐收節。每逢甘菊月，入冬之前，斯福尼亞都會舉行豐收節，慶祝漁獲豐收。」奈特一本正經地回答。他說時沒有與少女對視，只看著周圍，表情慢慢從目無表情變成有點尷尬。「話說，莫諾黑瓏，你可以不要靠著我嗎？這樣走路很辛苦，而且周圍的人……」

「但我覺得這樣很好啊，」語畢，莫諾黑瓏更緊密抱著奈特的手臂，完全沒有要放手的意思。

「這些無知的人類就無視吧。」
「我們不要引人注目會比較好……」奈特本想繼續說下去，但當他看到少女再次加重抱緊其手臂的力道，便把話吞回肚裡，再也沒有說話。
類似的狀況在近兩星期以來發生很多遍了。莫諾黑矓在外出時總是喜歡抱著奈特的手臂走路，絲毫不願離開半步，未曾放手超過一分鐘。奈特曾經態度強硬地表示不喜歡這種親暱舉動，卻惹來後者三天不理不睬，甚至威脅要解除契約，所以他現在不會反抗，只要沒有惹上麻煩，都會任由她的意願行事。
斯福尼亞擁有全國最繁忙的貿易海港，以漁市場聞名；是蓉希郡以至安納黎西北部最繁華的城市之一。這年的豐收節已經開始了四天，奈特舉目所見，街道上的人來自不同地方，有穿著簡樸的北方人、衣服顏色鮮艷的南方人，甚至有些他從未見過，充滿異國風情服裝的人，似是來自安納黎東方國家的遊客。他們不分你我，都陶醉在慶祝的氣氛裡。
果然是貿易城市呢，他心想。但這個景象在不久之後便會有所改變吧。
「啊，那個很可愛！奈特，給我一個吧。」正當奈特要把自己沉醉在思考當中，莫諾黑矓的甜美聲線將他拉回現實。他循著莫諾黑矓所指著的地方望去，看到一所掛滿布偶的木屋攤檔。
「你想要那些布偶？」他思索了一會後，才理解到莫諾黑矓想說的話。「我們來這裡可是有正經事要做的，你就忍耐一下吧。」
「不，我就是想要！拜託你吧，不用五秒便能搞定。」莫諾黑矓把身子挨得更緊，以一雙水汪汪的眼睛向他撒嬌。奈特別過頭去，試圖以避開視線來表明他不會同意。

「拜托你，就當是工作的事前獎勵吧？」見奈特不為所動，莫諾黑瓏再次出口請求，更用上可愛的聲線：「奈特啊——」

奈特仍然沒有與少女對視，但他感覺到她正在拉扯自己的手臂，力道一點一點地加強。一陣沉默過後，他嘆了口氣，往少女剛才所指的木屋。

木屋設計簡單，除了放在門口位置的木桌，就只有一個木櫃和靶。放在木櫃前的木靶劃有三個不同大小的圓圈，依小到大分為「金」、「銀」「銅」。木櫃則有三層，依照三個等級放滿不同種類的玩偶，有貓也有狗，而在中間的「金」則放有一些款式一樣，但顏色分別為黑與白的兔子玩偶。

「是那隻黑色兔子對吧？」奈特指著遠方的兔子玩偶問。

「黑色和白色都要，這樣才算是一對。」

奈特看了看少女藏在斗篷下，髮色異於常人的短髮，明白了甚麼：「也對呢。」

他對木屋主人點頭，放下數枚銅幣後，便接過他遞過來的小型弓箭，一消兩秒便把箭全數射中到不遠處的木靶紅心。

木屋主人看得目瞪口呆。通常來光顧他攤位的都是小孩，青年客人還是第一次遇上，而且他第一次看見有人能夠連續兩箭都可以正中紅心。

「這位先生的身手真是厲害，你是居住在附近的人嗎？」說時，老闆定睛看著奈特的銀白瀏海，對他的來歷感到好奇。

「不，只是一介旅者。」奈特回望木屋老闆，一雙黑瞳跟屋外的寒風一樣冰冷，冷淡的語氣猶如在自己面前築起一面牆，把老闆分隔開去。已踏入中年的老闆聽得出他的口音不像是北方人，似是安納黎南方的人，但因為奈特的左眼戴上眼罩，瀏海又遮去了左邊大半邊臉，令他不能從外貌猜測對方的來歷。

斯福尼亞因為是貿易城市，經常有來自各地的人來訪，但木屋老闆還是第一次遇上像奈特這類裝扮神祕，似乎不是來從商的人。他本來想跟這位外來人有更進一步的交談，可在剛才奈特的回應已經暗示了他的取向，識相的他唯有把想問的問題收回。

「那、先生想要些甚麼禮物呢？這、這裡有……」

「那兩隻黑色和白色的兔子，」未等老闆說完，奈特便出口打住他，似是想儘快完成此事並離開。「給她的。」

老闆立刻走到櫃前，依照奈特的要求，把一對黑白兔子遞給莫諾黑瓏。當老闆與她的鮮紅雙瞳對上時，身體不由自主地縮緊。他努力不表現出恐慌，並掛著笑容把禮物遞給她。莫諾黑瓏留意到他的反應和動作，但只是面帶燦爛笑容地接下玩偶，沒有作聲。

「謝謝你們到訪斯福尼亞！希望你們有個快樂的旅程！」老闆熱情地歡送他們，但奈特二人沒有回頭，也沒有回應，就這樣無聲融入人群當中。

「明明今年的漁獲比之前減少了，為何這裡的人仍會這麼快樂呢……」看著街道兩旁的行人，奈特呢喃。

橙黃的燈光照在每人的臉上，為略為寒冷的晚上添加一份暖意。燈光也為他的銀髮染上一點黃，但他卻不能理解這份溫暖的原由。

「是嗎？」莫諾黑瓏問。她雙手抱著玩偶，一臉幸福，比起奈特的話，似乎更在意他所贈送的玩偶。

「普加利珍海的天氣本來就不穩定，加上近兩年海上的風暴變多，船運意外增多，收成自然會減少。」奈特簡潔地解釋。「而且最近海盜增多，聽說要出海的人不是會遇上風暴，就是會遇上海盜，能夠完全一帆風順回來的少之又少。」

「國家沒有出手打擊海盜嗎？海上貿易可是安納黎的重要收入來源之一，不是嗎？」莫諾黑瓏不解。

「應付與鄰國亞美尼美斯的紛爭就已經動用了大部分軍力，國家應該沒有太多餘力應付海盜吧。」奈特回答道。

正如奈特所說，安納黎與南方鄰國亞美尼美斯一直在邊境有零星紛爭，雙方僵持不下，但聽說最近亞美尼美斯的攻勢加劇，曾經佔領安納黎南部的數條村落，但很快又被打回去，一直處於拉鋸狀態。

「不過斯福尼亞的漁民和商人都沒怎樣受到海盜的影響。這裡的領主一直向他們收取苛刻稅款，聲稱這筆錢是用來聘請傭兵，保護他們免受海盜襲擊之苦。不交稅款就不會得到保護，所以大家都不得不服從。」他繼續說。

「收成減少，又要交重稅，他們居然還有心情舉辦慶典呢，」莫諾黑瓏思考了一會，感嘆說。說時，她想起剛才那位中年老闆歡送他們時的語氣，頓時明白奈特剛才那句話的意思。「真不明白人類在想些甚麼，雖然與我完全無關，我也沒有興趣去理會。」

難道這裡沒有人想過領主和海盜串通的可能性嗎？奈特心裡納悶。但他又立刻想到，察覺到的人可能已經不再存在；或者就算察覺到，憑一己之力，也改變不到甚麼吧。

要反抗，除非自行組織一隊能夠勝過海盜的勢力，否則就算殺害領主，也不能改變現況。一般平民又怎樣做到這些事呢？

所以他們只能啞忍，就算明知是不公平契約，也只能接受。

「說起來，你是怎樣知道那麼多的事的？你來過這裡嗎？」這時，莫諾黑瓏的話打斷了奈特的思緒。

「算是吧，有點緣分。」奈特沒有正面回答她的問題。

「你之前到底是做甚麼的？」但莫諾黑瓏沒有就此打住，繼續問。她一直都很好奇，認識奈特已經有兩個星期，縱使每天一起生活，但她對他的過去仍然一概不知。每次問他，他都只是用兩三句說話輕輕帶過。

奈特終於願意轉頭看著她，但眼神似乎有點不耐煩：「一介到處流浪的無名劍士而已，我不是告訴你了嗎？」

「但我從來未看過你本來的那把劍啊？」莫諾黑瓏好像留意不到奈特的表情似的，繼續好奇地追問。

「在封印你的那個洞穴裡扔掉了，因為我有『黑白』。」說完，奈特突然停下腳步。他收起不耐煩，換上一雙認真的眼神看著莫諾黑瓏，表示：「現在我的劍就只有你，莫諾黑瓏。」

沒想到平時一臉冷漠的奈特居然突然告白，莫諾黑瓏頓時臉紅，不好意思地別過臉去。

她還清楚記得，身為「黑白」劍鞘的自己多年來一直被封印在一個叫天不應，叫地不聞的洞穴裡，是奈特在兩星期前來到，解開她的封印，令她得以從數百年間的沉睡中甦醒，重返這個世界。

——「從今開始，你是我唯一的劍，我必不背叛你，違者以死為罰。」

——「你的性命永隨我旁，我的勝利與你同在。我們將一同斬斷世間之律，而我會牽你至願望實現之所。」

至今她仍然清楚記得，當日奈特與她訂立契約時所說的誓詞。那一字一句，對她來說都是一輩子的承諾，是刻在身體，烙印在靈魂上的重大誓言。

而「莫諾黑瓏」的名字，也是奈特替他取的。

於她，奈特是給予她身分，賦予她一切的存在。從來她都只被視為某人，或者某劍的附屬品，是沒有價值的，只有奈特把她當作一個正常的「人」看待，願意給予她想要的愛和關懷。她甘願成為他的一切，以及他唯一所愛的存在。

她從來只有一個願望，成為某人的唯一，直到時間的盡頭，而不被背叛。而背叛者，絕對不能被原諒。

「你不會背叛我嗎？」莫諾黑瓏低著頭，嬌滴滴地問。這條問題，她已經在兩個星期間問過他上百遍。

「當然不會。」與之前百多遍的回答一樣，奈特回答得很快，眼神堅定，面不改容，以簡潔幾字給出堅定的承諾。

再次得到來自愛人的承諾，莫諾黑瓏立刻一笑，十分滿意：「那就好，要記得，背叛者是以死為罰啊！」

「我當然不會忘記。」說完，奈特輕輕地往莫諾黑瓏的額上一吻。當她仍在陶醉，他轉過身，抬頭望向距離大街不遠，山丘上的某座灰白城堡，說：「是時候出發了。」

在大街後方的山丘，兩位身穿盔甲的士兵正在把守城堡的大門。雖然城堡門口裝有火把，但就算加上銀白月光，也只能照亮距離門口約十米的地方，之後就是一片黑暗。從大門往外俯瞰，城堡和大街之間就像被一道沒法跨越的黑暗分隔開去，山下繁華熱鬧，山上單調暗淡，像是兩個世界。

「豐收節，我也想去呢⋯⋯」其中一個把守的士兵輕聲嘆氣，他的聲線雖然低沉，但還留有幾分稚氣，應是二十出頭的少年。「很想跟異國的美人胚子跳舞喝酒，而不是在這裡吃西北風⋯⋯」

「別胡思亂想了，現時斯福尼亞人多混雜，搞不好會有人趁這個時候來打領主的主意，提起精神繼續工作吧。」他旁邊另一位相對年長的士兵立刻糾正他，並以長槍敲打地面，叫他打醒精神，繼續工作。

「既然是這樣，領主就該給我們多一點工資！自己收重稅賺這麼多錢，非但沒有給我們一個合理工資，還要求我們超時工作！用那些貪回來的錢多請幾個人更好吧！」但年輕士兵的怒氣並未因此而熄滅。他跟從斯福尼亞的領主已有兩年，但一直沒得到與工作相等的金錢回報，還被要求超時工作。就像今天，他已經守了一整天的門，理應可以下班休息，但領主卻以「人手不足」作理由，強逼他加班，要求他當守衛至深夜。

他曾經考慮過到其他城市工作，但又不想離開住在斯福尼亞的家人，因此唯有啞忍，只能祈求領主哪天會良心發現，還他合理的工資。

「尊尼！」一聽完，年長士兵立刻憤怒地打斷他的話：「從發誓為主人服務的那一天開始，就應該任勞任怨，這才是騎士精神！」

「但……」

「哈哈，為了這種刻薄的無能主人甘願捨棄獨立思考能力，你真有趣呢！」正當尊尼要反駁時，一把稚嫩的女聲傳入二人的耳裡。

「是誰！」年長士兵立刻警戒起來。

話音一落，一個身影便從黑暗走出，在二人面前現身。少女徐徐脫下斗篷帽子，微風輕輕吹拂，月亮的銀光輕輕灑在她身上，其額前的雪白短髮閃閃發光，臉上肌膚更顯雪亮。尊尼看得入迷，他從未見過外貌如此獨特的少女。

「請問這裡是蓉希郡主勃朗伯爵的城堡嗎？」莫諾黑瓏手抱兩隻兔子玩偶，掛著一副天真笑容，問道。

「小妹妹妳是走錯路嗎？大街在山下啊？」尊尼沒有聽清楚她的問題，一心認為她只是迷路的美麗少女。

「子爵的城堡在大街後方的山上……即是這裡沒錯吧。」她繼續笑著說：「可以讓我進去嗎？我有要事要找子爵大人。」

「是嗎……」

「這裡不是你能來的地方，回去。」

正當尊尼要為她打開大門時，年長士兵卻無情地打斷二人的對話。與尊尼不同，他的視線集中在莫諾黑瓏那雙鮮紅如血的眼睛上。他的直覺告訴自己，眼前的少女不是普通人。

「別這麼兇吧……真的不行嗎？」見目標沒法達成，莫諾黑瓏側著頭，以撒嬌般的溫柔語氣再請求一遍，其模樣令尊尼心裡頓時萌生憐愛之心。

「這個……」

「回去，」正當尊尼猶疑著要放少女進去時，年長士兵狠狠用長槍撞一下地面，叫醒了尊尼，也打斷了他的話。年長士兵斬釘截鐵地說：「不然我就要使用武力了。」

「對手無寸鐵的女士使用武力？這不會有違騎士精神嗎？」莫諾黑瓏問。

「對惡魔之子就不會。」年長士兵沒有被莫諾黑瓏的一席話動搖：「前額白髮、耳後黑髮，以及一雙血紅雙眼，說是一般人也太勉強吧。」

「只因為自己沒見過，就別胡亂下定論，人類，不過算了。」莫諾黑瓏突然收起了笑容，似是憤怒，但說完又立刻換上微笑，令人看不出她的真心。她轉過頭，望向身後不遠處，說：「果然不行呢。」

「那就改個方法吧，」一把男聲從莫諾黑瓏身後響起。他緩緩離開黑暗，走到莫諾黑瓏身邊，但沒有脫下斗篷和帽子。「要上了。」

「嗯，我等這刻很久了，」莫諾黑瓏立刻配合地把斗篷的綁結拉開，斗篷徐徐滑到地上，把其頸項的雪白肌膚暴露在月光之下。她臉帶笑容地把頭側向一邊，身後的奈特深兩口呼吸後，張開口，一口咬在她的頸項上。

「這、這到底是……」尊尼不敢相信自己所見到的，一切都發生得太突然了。

「難道你就是傳聞中的『吸血鬼』！」年長士兵突然想起近一星期打聽回來的傳言。聽說最近在蓉希郡附近出現了一位長得跟傳說中的吸血鬼很像的人。有人聲稱，曾經親眼目擊吸血鬼在某人煙稀少的地方裡吸吮少女的血，也有人說，遇上吸血鬼的人無人生還。傳言有很多版本，但都有一個共通點——在吸血鬼身邊經常有一位擁有紅色瞳孔的少女出現。他不敢置信地望向莫諾黑瓏，只見少女頸項血流如注，鮮紅的血滴緩緩流落她的胸口，然後化成一把純白長劍。奈特一手接著名為那把長劍——「黑白」，未等尊尼反應過來，便一刀割開他的頸項。

「尊尼！」下一刻，年長士兵的手自己動了起來，及時用長槍擋住長劍的攻擊。「吸血鬼！你們到底想怎樣！」

「只是想見子爵大人而已。」縱使被長槍壓制，需要用左手托著劍身才能勢均力敵，但奈特的語調依然平淡，似是不對眼前的情況感到緊張。

「別說笑了！你們根本是想……」未等他說完，奈特突然閃到一旁，嚇得年長士兵失去平衡。未等他反應過來，奈特從後方一劍插進他腰部沒有被盔甲保護的地方。

「太卑鄙了……竟然從後面偷襲……」他倒在地上，血從盔甲裡緩緩流出。

「戰場上沒有甚麼道德，只有生與死。」奈特絲毫不帶憐憫，他多補一刀後，才把劍拔出來。

「擁抱著這些腐爛的想法去死吧，人類。」莫諾黑瓏以開朗語氣說出的冰冷細語，是他最後聽到的一句話。

走在城堡裡，奈特和莫諾黑瓏二人可說是暢通無阻。

可能因為把部分兵力調到大街維持治安吧，奈特發現城堡守衛比想像中的少。二人只用了十分鐘，便已經潛入到距離門口數百米遠，城堡最高的塔樓裡，期間曾經遇到幾名守衛，但都被迅速滅口。

奈特一潛入城堡，便已靠著城堡最大塔樓亮著燈房間的位置，推測出領主應該身處在塔樓最高的第四層。二人從塔樓的後樓梯潛入，不消兩分鐘便到達第四層。他從樓梯出口探頭窺視，整條走廊就只有盡頭的一間房間，門口沒有人把守。

是圈套嗎？奈特猶疑。但唯有硬著頭皮上了。

不同於「虛空」，「黑白」和其劍鞘沒有將光線中和，令自己和契約者隱形的能力。二人小心翼翼地把身影藏在走廊的長柱後方，奈特走在走廊左邊，莫諾黑瓏在右，提防不被窗外的月光照到自己，一步一步接近門口。

「是誰在那裡！」

當二人走到一半時，不遠處突然傳來兩名守衛的呼喝，緊接傳出拔劍的聲音，以及急促的腳步聲。奈特見狀，立刻握緊左手上的純白長劍，靜候時機，待守衛走近便跳出來，瞬速割開其中一位守衛的頸項。

「你！」另一位守衛及時轉身，揮劍擋住了奈特欲斬向其頸的攻擊，但重心不穩，沒過兩秒便被推跌到地上。這時他才留意到躲在右邊牆壁的少女。少女身無武器，只是手抱著一對兔子玩偶，但她一雙血紅的眼睛令守衛感到不尋常。

是同黨嗎！他改為刺向少女的頸項，怎知劍卻在距離她頸項前數釐米被一道看不見的牆壁擋住，無法再往前，然後劍從劍尖開始化為灰燼，消失在黑暗之中。少女一動也沒動，只是對他露出甜美的微笑。

怎麼可能！未等他反應過來，奈特立刻衝前，把劍架在守衛的頸前，將他壓制到牆上，問：「說！領主的房間就在前面嗎？」

「你們……到底是甚麼人……要來襲擊……」縱使頸被架著，但守衛依然不鬆口。

「即是猜對了。」語畢，奈特在他的咽喉割下一刀，再回頭望向少女：「走。」

二人來到走廊盡頭，小心翼翼地推開房門後，發現裡面燈火通明，空曠得像個小型廳堂，而且不見人影。

「終於來了嗎，」正當奈特懷疑這是否真的是領主的房間，而不是接待室時，突然響起的一把低沉男聲令二人警覺起來。

「趁豐收節之際潛入子爵大人的宅第，意圖刺殺領主，真是大膽。你們到底是受誰指派？」

二人頓時望向聲音的所在——廳堂的中央。只見一個灰銀色的身影站在紅與黃的房間中央，身材高大的他除了頭以外都被盔甲保護，銀劍掛在左腰，眼神兇猛，從樣貌看來應有四十歲。

「你就是勃朗勳爵的首席騎士，艾特勒．舒曼夏嗎？看來我的行蹤早就被你看穿了？」奈特不懼於他的眼神，在褐髮的艾特勒面前緩緩脫下斗篷，露出一頭如月光般閃亮的銀白長髮，以及身上的輕便西裝。

「我剛從城內回來，便發現門衛和士兵相繼被殺。既然你來到，目的一定是子爵大人，與其與你玩捉迷藏，不如直接在這裡等候你更為直接。」艾特勒仔細打量眼前人。他比自己要矮幾公分，看上去還很年輕，應該未過二十；不知是因傷還是有其他原因，左眼戴著黑色眼罩。而少年右手握著的單手長劍是他從未見過的——劍身純白如雪，劍身中央有一條漆黑血槽，而柄頭則鑲了一顆晶瑩剔透，像是鑽石的物體。

艾特勒未曾聽過純白的製劍材料，但劍看起來又不像是特別塗色的。那它到底是甚麼？他決定容後再想，反正現時最重要的問題是解決眼前的敵人。

奈特想起在門外遇上的兩名守衛。看來艾特勒並沒有把計畫告知所有士兵，二人的死只是不幸。

「快說，少年，你到底是受誰指使來襲擊子爵大人的！」艾特勒嚴詞質問。

「收重稅、暗中與海盜勾結，斯福尼亞人民的生活民不聊生，一切就用領主的頭來償還吧！」奈特語氣堅定，用劍指著艾特勒，不客氣地宣戰。

「哼。」艾特勒擺出不屑的眼光，拔出長劍：「那就一定不能放你們走了。」

艾特勒單手握劍，擺出劍尖朝上、劍身扁平正對敵方的架式，是標準的迎擊姿態。

「莫諾黑瓏，你退後一點。」見艾特勒準備好攻擊，奈特也擺出架式迎戰。確認莫諾黑瓏走到廳堂的一角後，他左腳踏前，把劍置於右腰間，劍尖指向艾特勒。雙方劍拔弩張，靜候對方先出手。

「啪嗒！」踏步聲未傳至艾特勒耳邊之際，白色劍刃已臨至艾特勒的頭側。但如奈特預想，兩次刺向左右兩邊的突擊都被對方以劍擋下。當奈特再度刺向艾特勒的頭部左邊時，後者從側面壓下他的劍，再迅速以「黑白」全力反擊，力量之大亦令奈特後退數步。

艾特勒抓緊奈特後退的破綻，快速刺向其腰。雖然奈特勉強躲過，但卻被艾特勒緊接而來的連續攻擊逼得節節後退，慢慢被逼到牆上——

奈特在快要被壓至牆上時往左一躍，及時避開艾特勒全力的猛刺，其劍插在牆上。待艾特勒把劍拔出時，銀髮少年已經重整姿態，舉著雪白長劍往前衝，斬向沒有被盔甲保護的頸部——

艾特勒及時避開，待少年轉身後再使出斬擊時，以劍架住其攻擊。二人爭持得不相伯仲。艾特勒這時開始審視眼前的少年，他的一雙黑瞳流露著堅定的眼神，劍術熟練，反應迅速，似是歷經戰場的人，不像是個未滿二十的少年。

「子爵大人在哪裡？」奈特一句打斷艾特勒的思緒。

「你覺得我會說嗎？」艾特勒一笑，把劍移往白劍的劍尖，解除交纏後，再朝奈特的頭部斬去。奈特千鈞一髮以雙手托劍擋住了攻擊，再用盡全力，側身朝對方腹部使出一踢，嘗試化解被壓制的劣勢，但沒有甚麼用——因為對方穿著盔甲。艾特勒是後退了，但只是數步。

為了不給對方喘息的機會，二人同時衝上前，朝對方的弱點攻擊。攻守互替，刀光劍影的對決快得肉眼追不上速度，奈特的西裝和臉孔被劃破數刀，而艾特勒的臉龐也多了幾條血痕，交手數十回，仍未能分出勝負。

身穿盔甲，體力支出相對較多的艾特勒開始感到體力下降。眼見奈特連續使出數十回斬刺後，動作絲毫沒有緩慢，艾特勒心裡開始焦急。正當他盤算該如何在體力劣勢中重奪主導權時，一個不留神，他的銀劍被撥開到一邊。艾特勒的中門大開，只能眼睜睜看著「黑白」刺向自己的咽喉——

「『Wagensis』！」

一道外型酷似細劍的碧藍水柱突然出現，刺中奈特的左腰，並把他打飛到遠方的牆上，發出巨響。成功逃出鬼門關的艾特勒連連喘氣，趁機休息，沒有追擊。

「奈特！」莫諾黑瓏急忙跑去關心奈特，他的傷口血流如注，雙眼緊閉，甚是痛苦。她焦急地連續呼喚他的名字，但他依然沒有反應。然後她轉身站起來，眼神一瞬間從擔憂變為充滿恨意，跟那個愛撒嬌的少女判若兩人。

「你竟敢傷害我的奈特……我要將你碎屍萬段！」她把手上的玩偶放到一旁，慢慢走近艾特勒，同時右手握緊左手腕——

「莫諾黑瓏……別出手……」此時，奈特微弱的聲音從她身後傳出，打住了她的腳步。她立刻回頭，只見奈特用左手掩著傷口站起來，一拐一拐地走過來，「我沒事。」

「但你……」見自己的主人腳步不穩，莫諾黑瓏的語氣立刻變回溫和，一副擔憂的眼神，要上前扶著他。

「沒事，」但奈特揮手錶示不需要她幫忙。他轉頭望向艾特勒，不滿地問：「原來你是懂得使用術式的騎士，為什麼不一早用這一招？」

「騎士之間應用刀劍較量，這招只是留到緊急關頭才用。」艾特勒說得一板一眼，彷彿是理所當然。

「別說漂亮話了，真的要遵守騎士道的話，任何時候都不應該用。」但奈特並不同意。

「倒是你想怎麼辦？受了這麼重的傷，還想贏我嗎？」說時，艾特勒在手上變出另一把水劍，表明會再用術式攻擊的意圖。

「哼，我說過的話，不會改口，」一貫冷酷的奈特此時露出自信的笑容：「來吧。」

「『Wagensis』！」艾特勒射出手上的水劍術式「Wagensis」，卻被奈特一刀斬斷並消失，未等艾特勒反應過來，一道水流突然高速朝他襲來。

「『Labrise』！」他急忙使出「護盾」術式防護，但只來得及減低部分威力。護盾被水造的劍刺破，頸部傳來的異樣冰涼告知自己被割傷了，唯一的慶幸是傷口不深。

他詫異地望向奈特，只見他的白劍不知何時開始被一條水流纏繞。

「你也是使用水元素的術士嗎？哼，一直不亮出這招，是要引誘我先出手嗎？」艾特勒強作鎮定，並嘗試試探。

「自行猜測吧。」奈特握緊劍柄，長劍一揮，碧藍水流隨著劍路，如刺般畢直往艾特勒的左腰刺去。

艾特勒心裡一笑：哼，那裡有盔甲……

「『Lacio』。」就在此時，奈特唸出「冰封」的術式。

「甚……！」

水流擊中盔甲，並在施術者的命令下瞬間把其凍結。未等艾特勒反應過來，奈特一刀直刺，從凍結的位置割破本應刀劍不入的盔甲，在前者的腰上劃下深長一刀。

艾特勒急忙退後，再從上方向下揮斬。奈特及時跳開，再擋住銀劍緊接而來的橫斬。

「『Wilbre（纏繞）』。」在兩劍交纏之間，奈特一聲令下，水流頓時變成藤鞭狀，從白劍流到艾特勒的右手、腰、腳，限制他的行動。

「……『Elens（消散）』！」艾特勒想起不久前奈特使出的「冰封」，急忙集中精神力，趕及在奈特再次出招前把水鞭分解，但這一下鬆懈給他一個大好機會，他把白劍滑往銀劍的劍尖，再舉劍過頭，一刀刺進艾特勒毫無妨備的頸側。

艾特勒倒在地上，奄奄一息。

之所以直到最後關頭才使用術式，是因為他的精神力不足以同時應付術式的使用和刀劍對決，所以如他所說，術式是留到緊急時候才會使用。怎知奈特的精神力超出他的預期，術式和刀劍的聯合攻擊應付自如，看似毫無負擔。

為什麼……他明明受了重傷，為什麼還可以那麼靈活？

他仰望奈特，發現他不久前還血流如注的腰部傷口竟然開始有止血跡象。

怎會這樣？他希望是自己看錯，但他再次望向奈特，發現在決鬥開頭所做成的傷痕早已不見蹤影。

怎麼可能！擁有如此快速的恢復力，這是人嗎？

「你到底……是甚麼人……」艾特勒的聲音小如細語。

「這與你無關，」奈特調整呼吸後，一腳踏在艾特勒的腿上，令其忍不住呻吟。「告訴我，子爵在哪裡？」

「身為騎士……就算到死，也不會背叛主人……」艾特勒守口如瓶。

奈特還以一冷酷眼神，並以劍指向他的前頸：「那我自己去找就是。不過身為騎士的話，你就應該會因為人民所受的痛苦，而放棄侍奉這樣無情的主人。」

「主人的正義便是我的正義，從我發誓效忠的一刻便應如此。」艾特勒還以一個肯定的笑容，其言語應是出自真心。

「正義呢，真是虛偽又可笑的理想啊。」語畢，白劍畢直刺穿他的頸項，就此分出勝負。

「嗄……嗄……」確認艾特勒死亡後，奈特後退數步，無力地跌坐在地上，大口喘氣。

「奈特！你沒事吧？」莫諾黑瓏急忙上前扶著他。只見他面色蒼白、額冒冷汗，緊掩著左腰的傷口，眉頭緊皺，樣子甚是痛苦。

「很……很痛……啊！」奈特不禁呻吟。少女輕輕撥開他掩著左腰傷口的手，傷口經已止血，內外組織皆以可見的速度慢慢自行恢復。傷口越是恢復，他就越痛苦。奈特雙眼半開半閉，意識不清，右手緊握著莫諾黑瓏的腰，全身都在發抖。

「救……救我……」莫諾黑瓏從奈特緊握其腰的力度，感覺到他正經歷的痛苦到底有多大。雖然已經看過許多次，但她還是感到心如刀割。知道此刻的奈特需要甚麼，她閉上眼，溫柔地撥開其已變得散亂的瀏海，往他的嘴唇輕輕吻下去。

廳堂只剩牆上時鐘的滴答聲，片刻過後，莫諾黑瓏放開懷中的奈特，他的呼吸變得暢順，神情也不再痛苦。

「謝謝你……」奈特張開雙眼，向莫諾黑瓏投以感謝的微笑。每次他因傷口恢復而身感如被火燒的極大痛苦時，莫諾黑瓏都會吻他，以她體內的特殊力量緩和他的痛苦。他在少女的攙扶下站起來，俯身拾劍時臉容抽搐了一下。

「還痛嗎？」莫諾黑瓏神情擔憂。

「還好……這裡不能久留，我們要快點離開。」奈特忍痛拾起白劍，再次穿上斗篷後，二人在廳堂——其實是領主的房間的大廳，其後方的更衣房找到一直躲藏的領主——克雷格・勃朗伯爵。沒有騎士守護的他在奈特面前沒法反抗，輕易死在少年的劍下。奈特用克雷格身上的鎖匙打開更衣房衣櫃裡某道隱藏門，在裡面發現了他此行的真正目標——金庫。

金庫放滿金銀銅幣，以及各式珠寶。奈特從口袋取出兩個麻布袋，開始把金幣裝進袋子，並拋一個給身後的莫諾黑瓏，叫她一起幫忙。
「所以這才是你的目的？不是為了殺害貪婪無度的領主？」她問。
「嗯。」奈特直接肯定。
「那麼直接潛進金庫來不就好了嗎？」莫諾黑瓏一臉疑惑。
「反正潛進來有機會要與領主戰鬥，不如順便把他殺掉吧。而且我不知道金庫的位置，沒猜到這個貪婪鬼居然會把金庫建在自己房間的後面。」奈特在解釋的同時繼續把金幣裝進袋子，沒有停下動作。
「那麼替斯福尼亞人民出頭甚麼的……就是謊言對吧？」說的同時，莫諾黑瓏的動作慢慢停下，笑容漸漸消失。
「你不喜歡？」奈特轉頭望向少女。他知道莫諾黑瓏不喜歡謊言，自己事前沒有告知她真正的目的，也許會令她不快。
「還好，但下次不要了。」莫諾黑瓏給奈特回以一個微笑，以示原諒。奈特見狀，也還以微笑，然後繼續取金幣。
「算是順便出頭吧，雖然之後會變成怎樣就不關我的事。」半晌，奈特低聲說。
「領主死了，人民的生活不就會變好嗎？」莫諾黑瓏側著頭問。
「領主是死了，但不等於現況會立刻改變。海盜仍舊存在，如果繼位的人沒有足夠的領導能力聚集兵力，擊退海盜，並依照斯福尼亞的現況改善政策，情況只會變得更糟。不過這些都不關我的事，」說完，奈特提起兩袋裝滿金幣的小麻袋，把它們綁好，放到肩上。「我在意的只有這些……這

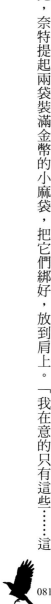

些錢應該足夠五個月花吧？」

他在心裡仔細盤算。嗯，應該剛好夠用。

「為什麼是五個月？」莫諾黑瓏不解。「為了甚麼？」

聽畢，奈特的臉頓時變得嚴肅，流露著幾分決心。

「『八劍之祭』。」他緩緩地說。

2

「我來，是想詢問公爵有意一同打敗雷文伯爵嗎？」奈特的一句話，令路易斯和彼得森驚訝不已。身為舞者的奈特突然來訪一事已令二人嚇一跳，而且他提出要一同打敗愛德華，就更令他們驚訝。而且愛德華不是已經死了嗎？因長途跋涉而感到疲累的路易斯一時間反應不過來。

「路易斯大人。」彼得森在耳旁的小聲提醒令他回過神來，想起還未正式打招呼。他明白侍從一句提醒的言外之音，自己現在是公爵家的家主，也是眼前人的敵人，就算對眼前的狀況充滿疑惑，身體有多疲倦，也不能在對方面前展現一絲弱勢。

「咳，歡迎兩位遠道而來到威芬娜海姆城堡，呃……」一開口，他才發現自己並不知道奈特的封號，剛才直呼其名，實在失禮。

「叫我『奈特』就可以，她是莫諾黑瓏。」

「奈特勳爵和莫諾黑瓏小姐，」路易斯接過莫諾黑瓏伸出的手，在其手背上輕輕一吻。「剛才的失禮實在抱歉。不知道你們到訪，要你們久等，實在不好意思。」

「不要緊，反而是我們不請自來，還請見諒。」奈特回答，莫諾黑瓏也面帶歉意地說了句「十分抱歉」。

「沒關係。」奈特搖頭，表示不介意。

「莫諾黑瓏」，意即「單色」——路易斯一邊寒暄，一邊暗中打量著少女。她的特異髮色實在令人難以移開視線，他隱約記得在起始儀式上，奈特曾聲稱少女為他的「劍鞘」；而上星期愛德華在決鬥前，也聲稱在他身邊的黑髮少女為「劍鞘」。

人型劍鞘真的存在嗎？雖然正如愛德華所說，既然這個國家有龍和精靈等的奇異生物存在，那麼有人型劍鞘也不應感到驚奇，但到底人型劍鞘是怎麼樣的？

依他所見，眼前的少女和當時在愛德華身邊的少女的行為舉止都跟一般人類無異——不，如果要比外貌，在愛德華身邊的少女比莫諾黑瓏更像普通人。她們真的會是劍鞘嗎？

如果只有一個人提出，那還可以當成胡扯；但當兩個沒有關係的人說出同一番話時，那就要稍作考慮了。

如果她們真的是「人型劍鞘」，那他們是如何把劍取出的？

另外，是誰創造出如此酷似人的存在？

而且現時出現過的人型劍鞘外型皆為少女，這只是巧合嗎？

「威芬娜海姆公爵，請問有甚麼問題？」感受到從路易斯而來的視線，莫諾黑瓏輕聲問。

「呃，沒有，不好意思，只是想某些事情想得太投入了，」路易斯回過神來，才發現自己的眼神剛才一直定在莫諾黑瓏身上。少女溫柔純真的微笑似是沒有留意到他的思路，不介意其失禮舉動。

「請問奈特勳爵，」不想浪費時間在寒暄上，路易斯立刻入正題，「你剛才所說的『雷文伯爵』，指的是愛德華・基斯杜化・雷文伯爵嗎？」

「當然，」奈特答得堅定，沒有絲毫考慮：「就是身為舞者的愛德華・基斯杜化・雷文伯爵。」突然來訪，不是為了決鬥，一來就提出類似同盟的建議，到底他在打甚麼算盤？路易斯想不透。

「不如請先坐下，我們再細談吧。彼得森，泡些茶來。」路易斯請二人坐下，並叫彼得森泡茶。彼得森點頭離去，待奈特和莫諾黑瓏坐下後，路易斯便在他旁邊的沙發坐下。

「奈特勳爵之所以特意前來，是希望與我組成同盟，一同打敗雷文勳爵？」坐下後，路易斯繼續話題。

「對。」奈特點頭。

「但我聽說雷文勳爵已經在上星期去世了？」路易斯問。

「沒有，他仍在生。」奈特只是輕輕搖頭。

「請恕我無禮，但請問奈特勳爵是如何得知此消息的呢？據我所知，雷文勳爵已有一星期沒有露面，他被『薔薇姬』殺害的消息已傳得人盡皆知。」在彼得森向他報告關於愛德華的事後，路易斯派出了探子到首都收集消息，但直到起程往安凡琳前，他都未有收到關於愛德華蹤影的報告，所有消息都說他被「薔薇姬」殺害了。

「請恕我無法告知，但我可以肯定地告訴威芬娜海姆公爵，這消息是真確的。」這時，彼得森回來，為二人端上熱茶，同時在路易斯耳邊叮囑他要小心，不要衝動。奈特喝了一口熱茶，再說：「相信再過兩星期……不，今天是年末對吧？再過三星期，雷文勳爵便會再次出現在人前。」

「你為何如此肯定？」路易斯眉頭一皺，問。

奈特只是微笑，沒有回應。

「奈特勳爵，請容許我有話直說，剛才我的下人回報，直到現時仍未有任何關於雷文勳爵生還的消息。我不清楚你的消息來源，但既然你不願意公開，也恕我難以相信……」

「你十分憎恨雷文勳爵，對吧？」

正當路易斯要推卻同盟的建議時，奈特突然的一句打住了他。

「甚麼？」路易斯登時吃驚。

「大人應該是憎恨雷文勳爵到想將他置之死地吧？既然如此，我們就應該一同合作。」奈特沒有被眼罩遮蓋的右眼筆直望向路易斯，眼神尖銳，彷彿能看穿他的內心。

「……你到底有何根據？」沒預期到奈特突如其來的一著，被一語中的地說中內心，路易斯的自信頓時退了一半，由攻轉守。

「看到大人和雷文勳爵的對決便知道了。」奈特的回答就像他也在現場看過二人的對決一樣。

「你想將他置之死地，我也同樣，那就應該合作。」

「既然大家身為舞者，那就注定要互相死鬥，直到剩下最後一名勝者為止。」正如奈特所說，路易斯的確想親手打敗愛德華，但眼前人實在太可疑。只看一場對決就能知道這麼多嗎？他的直覺告訴自己，眼前人似乎知道更多。「就算打敗了雷文勳爵，我們二人也終需為了各自背負的願望而戰……」

「我的願望是打敗雷文勳爵，就這麼簡單。」奈特知道路易斯想說舞者本需互相死鬥，就算今天結成同盟，打敗愛德華，他日二人終需撕裂同盟關係並死戰，沒有結盟的必要，便打住了他。「我不在乎其他事，也不在乎誰打敗他，只要雷文勳爵一輸，我的心願便已達成。既然大人是想打敗雷文勳爵，那為何不合作，以增加勝算呢？現在雷文勳爵生死未卜，大人可以作未雨綢繆，假若他日雷文勳爵真的如我所說再次出現，那麼預先準備好的大人便會有勝機。」

的確，如果是二對一，那麼勝算便會提高，而且就算愛德華真的沒有再現身，那麼到時把同盟解除便可，不會有損失。路易斯開始對此提議感興趣，但一絲理智拉住了他，不能這麼快便下決定。

「還有，大人應該仍未能完全控制龍火吧？」此時，奈特補上一句。

「甚……」路易斯頓時控制不住驚訝。

他是怎樣知道的！他差點把這句說出口。

自從上次決鬥後，雖然歌蘭吩咐過路易斯練習控制齊格飛一族的特殊能力——在家傳之劍「神龍王焰」上變出並控制比一般火焰更為熾熱的龍火，但因為他的手腕受傷，不能握劍，而且在快要康復之際去了安凡琳一趟，所以到現在他仍未開始練習使出龍火，就連寫有使出龍火方法的古籍也只看了幾頁而已。

既然奈特看過決鬥，那麼以他的才智，應該能夠推斷到他未能完全控制龍火一事。路易斯很快便找到一個可以理由，叫自己冷靜下來。

「以我的知識，也許能夠幫助公爵在短時間內掌握技巧。」見路易斯沒有反應，奈特補上一句。

「你怎會知道這些事？」路易斯這時真的質疑了。

控制龍火的方法理應只有齊格飛家的人才知道，就連歌蘭也叫他去翻家裡的古籍，家裡沒有人能教他，那麼一個身分神祕的外人怎會知道？

奈特再次回以微笑，沒有回應。

路易斯沉默了一會，問：「即是說，閣下提出的『合作』，就是教導我打敗雷文勳爵的方法，包括使用龍火？以我之見，閣下在此關係裡看似沒有得益，你到底想從我這裡得到甚麼？」

「並非如此，威芬娜海姆公爵。正如剛才所說，我的願望是打敗雷文勳爵，是誰都可以，但我不確定自己一人能夠完成此事。我把可以打敗他的方法傳授給大人，然後大人去打敗雷文勳爵，那麼我的願望的達成概率便會提升，這就是我希望得到的。」見路易斯仍有疑慮，奈特簡易明白地說明自己的得益，頓時令交易變得吸引──因為怎樣看都是路易斯得益較多。

「路易斯大人，我建議還是從長計議比較好。」彼得森俯身在路易斯耳邊提議，後者以眨眼表示同意。對方提出的條件實在吸引，但未知數太多，很難決定，而且不知道歌蘭會怎樣想，大概會反對吧。

「我明白如此突如其來的提議，需要一點時間考慮，但考慮到時間緊迫，還請儘早，但請記住一點，」見路易斯仍然猶疑不決，奈特想起並說出一句他曾經在別處聽過的話：「不需要完全相信我，去懷疑便對了。我會教導你勝過雷文勳爵的方法，請你抓著這一點，利用我便可。」

這句一出，路易斯的腦海登時冒出兩句說話。

——你利用我來達成自己的目的，而我則利用你來達成我的目的。

——如果想打敗愛德華，就利用我吧。

他低頭沉思，這兩句話不停在他的腦中迴響。

以現在的他，是沒法打敗愛德華的，上次對決已證明了這個事實。

他總覺得愛德華不會輕易死去，如果真的正如奈特所說，他將於三星期後出現，或者仍然活著，那麼掌握了龍火技術的他就可以輕易打敗這個死對頭。

路易斯心想，雖然眼前人實在可疑，但根據「吸血鬼」的傳聞，他的實力值得信任。而且同盟本是互相利用，雖然眼前人想從他身上得到的似乎不只「提高達成願望的概率」這麼簡單，但如果他認為能夠在他身上取走價值相等的東西，這場賭博就賭得過。

父親也許會反對？一想到這條問題，路易斯心裡頓感不滿。現在我是家主，在戰場上跳起劍舞的是我，而不是他，為什麼事事都要經他同意！

「時間不早，請容許我們今天就此告辭……」

「奈特勳爵、莫諾黑瓏小姐，請留步，」正當奈特和莫諾黑瓏站起來準備離去，路易斯似是已有決定，叫住二人。他吞了一口口水，站起來。彼得森看見主人的眼神已無迷惑，不禁緊張起來。

「如果三星期後沒有如閣下所說，雷文公爵再次現身的話，這個合作就此告吹。」路易斯字正腔圓地說出自己的決定。

「路易斯大人！」見路易斯答應，彼得森頓時出口阻止。「請先三思！」

「我已經決定了，這是家主的命令。」路易斯心意已決，他更拿出家主的身分命令，不讓彼得森再說下去。

「但是……！」

「正如奈特勳爵所說，既然我們有同一個目標，就應該合作。」

見路易斯意志堅定，彼得森知道他的主人不會回心轉意的了，唯有作罷。

「決定明快果斷，不愧是威芬娜海姆公爵，」聽見路易斯的回覆，奈特登時露出滿意的笑容，並伸出手：「很高興能這麼快速便得到你的回答。」

「不會，正如閣下所說，時間緊迫。」路易斯握著他的手說，臉上盡是滿意的笑容。

「嗯，既然事情已有結果，那麼我在新年後再來拜訪吧。祝公爵新年快樂。」奈特和莫諾黑瓏敬禮後，便一同轉身走向接待廳大門。路易斯望出窗外，發現不知不覺已過黃昏，天色已黑。「現在時間已晚，如果閣下不介意的話，不如今晚就住下來吧。」

「咦？」面對路易斯突如其來的提議，奈特停下腳步。

「既然我們已是合作關係，那麼就請閣下住下來吧。彼得森，吩咐下人準備好客房給兩位。」說完，路易斯盯著彼得森，不讓他發表任何意見。

「既然威芬娜海姆公爵盛意拳拳，那我們就不客氣了。」奈特先是望向莫諾黑瓏，見少女點頭同意，他便接受邀請。

「我也差不多要告退了，下人準備好房間後便會前來告知，請兩位好好休息。」交帶完後，路易斯便打算和彼得森一起離開。但當他走到門前，卻似是突然想起甚麼，停下腳步，並回頭問：

「對了，請問奈特勳爵和莫諾黑瓏小姐有興趣今晚一同共晉年末晚餐嗎？」

3

時近午夜，疏落的繁星照亮年末的夜空。月光皎潔，銀光徐徐打進奈特和莫諾黑瓏所在的客房。身穿簡便襯衣的奈特躺在床上，任尤其銀白長髮隨意散在枕頭上，仰望窗外。縱使窗戶緊閉，房內爐火旺盛，但仍能隱約感受到幾分寒意。

外面雖然寒冷，但天上灰雲不多，應該不會下雪吧，他心想。

「兩個月呢……」想起一些事，他喃喃自語。

不知不覺便是年末，那意味著距離祭典結束還有四個半月。到底他能否撐過未來的四個半月，又能否達成自己的願望呢？

他輕呼一口氣，望向床頂的頂蓬。頂篷的寶藍絲綢上，繡滿威芬娜海姆郡常見的野花，尤其是藍色的矢車菊，與金黃色的絲線相映成趣，藉著月光的照耀，在黑暗的房間中散發一金一藍的高貴氣息，為沉悶的黑帶來一絲生氣。這樣能夠在黑暗中閃耀的絲線需要在製作時混入黃金，看來價值不菲。連客房的布置用料也如此高貴，不愧是三大公爵家之中最富有的齊格飛家，奈特心想。

想到年末，他忽然回想起一個下雪的夜晚，自己站在灰白的夜空下，用雙手接著從天而降的雪花……

「奈特，你到底在打甚麼算盤？」此時，躺在他身旁的莫諾黑瓏抬頭問，打斷了他的回想。她身穿一件深藍睡袍，頭依偎在奈特的胸口上，而奈特的手則放在她的肩膀上，把她擁入懷裡。

二人所穿的睡袍都是自己的。他們本來的住處不在威芬娜海姆，需要花數天才能來到路易斯家所在的城堡。話雖如此，奈特其實早就猜到路易斯會讓他們住下，所以多帶了幾套換洗衣物。

本來路易斯是為二人準備了兩間相鄰的客房，但莫諾黑瓏才剛進房間安頓不久，就溜到旁邊奈特的房間去。熟知她性格的少年早已預計到會發生此情況，因此沒有阻止她，二人就跟平時一樣，在同一間房間生活，睡在同一張床上。

「嗯？」銀光打在奈特的長髮上，如星光般閃閃發光。

「為什麼你要和那個小鬼合作？」莫諾黑瓏的語氣撒嬌中帶不滿。「他根本只是個被寵壞的小少爺，讓他得益並沒有好處啊？」

「我只是想嘗試利用他去解決愛德華，看看是否可行。反正他也如此希望，借他人之手去做不好嗎？」此時奈特的語氣比傍晚面對路易斯時溫和許多：「而且就算他失敗了，就證明他實力不足，我也會少一個敵人，不會有麻煩。」

「沒有這麼簡單吧？」與他朝夕共處近兩個月，莫諾黑瓏知道枕邊人所打的算盤沒可能這麼簡單。

「還有……就是給他的補償吧。」奈特說的時候露出一個少有的溫柔笑容，他再望向床的頂篷，若有所思。

「甚麼？」莫諾黑瓏感到疑惑。

「沒有，只是自己的事。」奈特似是而非的回答，惹來莫諾黑瓏一副鼓脹的不滿臉孔。他輕輕撫摸她的秀髮以作安慰，但沒有解釋。

「對了。」莫諾黑瓏見奈特不回答，便不打算深究，改而轉個話題：「你說過這個小鬼有兩位兄弟，為什麼剛才就只見他一個人？他的家人呢？」

「這個呢……」

奈特回想起幾小時前的年末晚餐。因為路易斯的邀請，二人得以與他共桌，一同享用齊格飛家的豐盛食材。食桌上分別有產自東方的燒火雞、以自家農場種植的馬鈴薯製成的煙肉焗薯、新年布甸、牛肉、龍蝦等，令人目不暇給，對一直過著節約生活的二人來說是極為新穎的經驗。進餐期間兩位舞者皆有交談，但都是以試探居多。奈特多數以模稜兩可的答案來回應路易斯的提問，例如當路易斯問及他的出生地時，他只回答是安納黎南方，但沒有確實回答是哪一個郡。得知路易斯剛從安凡琳回來後，奈特有問及安凡琳的風光，以作試探，但路易斯也只是簡略地講述了自己的所見所聞，但對精靈和訂婚等事則隻字不提。

路易斯也曾經嘗試向莫諾黑瓏搭話，但對方的冷淡態度令他沒法展開話題，只在進食甜品時偶然得知少女討厭甜的甜點，反而喜歡苦澀的甜點，例如黑巧克力。

「沒錯，他是有兩位哥哥，但長兄路德維希在五年前因病去世，二兄羅倫斯也在同一時間失去蹤影。他的母親伊凡琳早在他一歲的時候過世，父親歌蘭又長年在皇宮工作，所以很多時候都只有他自己一個人。」從一頭思緒回來後，奈特簡單對莫諾黑瓏說明路易斯家裡的現況。

「是這樣啊……」莫諾黑瓏聽上去似乎不感興趣。

「有傳聞說歌蘭一直希望由長子路德維希繼承爵位，但他天生身體抱恙，隨時都有死亡的可能，所以家族眾人對他並沒抱有太大期望；聽說歌蘭十分討厭羅倫斯，就算路德維希死了也不會改讓他繼承爵位；而路易斯也不是歌蘭眼中的滿意繼承人。但不知是不是天意弄人，因為祭典舞者的結果，歌蘭最後被逼選擇無人寄望的路易斯來繼承這個舉足輕重的公爵之位。」沒留意到枕邊少女的心情，奈特繼續說。

「聽你這樣說，那個……歌蘭似乎不想路易斯繼承家族？但既然那個路德維希甚麼……呃，那個長子已死，二子失蹤，那無論如何都一定會是三子繼承爵位的吧？」莫諾黑瓏一直有個問題，就是她不太記得人的名字。與其說是記憶力問題，不如說她只會記得覺得重要的人的名字。

例如主人奈特，又例如「虛空」。

「如果神選中羅倫斯當舞者的話，那就會是他繼承爵位了。但現在沒有人知道他到底在哪裡幹些甚麼，就算他被選中，能否在祭典開始前通知本人也是未知數，到時仍會是路易斯代表家族出戰。」奈特更正。「必須由長子繼承家族——歌蘭是個十分守舊的人，也許因此覺得一定要由路德維希來繼承家族吧，又或者是因為他們家的某些外人不知道的家規。」

「你為什麼會知道這麼多？」聽到此處，莫諾黑瓏不禁問。今天大概是她第二百次問同一條問題。

她一直感到好奇，為什麼奈特可以無所不知。他知道愛德華和被她稱為「姐姐」的「虛空」尚在人間，但又不說出二人到底在哪裡；她能夠憑直覺感覺到「虛空」仍舊健在，但卻無法知道更多，所以很好奇奈特能夠如此肯定二人的生死是真是假。

「到處打聽回來的。」每次莫諾黑瓏問起時，奈特都會如此回答，這次也不例外。

「真的嗎？」莫諾黑瓏的疑惑並未因此而消散。齊格飛家的長子和二子的事幾乎所有貴族都知道，要打聽也不難，但他又到底是從哪裡得知歌蘭為人守舊，以及他並不喜歡羅倫斯呢？

「真的，我有自己的渠道，之後你也許會知道的了，」感覺到少女疑惑的原因，奈特再加以解釋，但答案仍然模稜兩可。「總而言之，因為家庭的關係，這個年輕小家主其實是個孤單的孩子。」

「但他還有那個侍從啊！」莫諾黑瓏突然記起路易斯身邊有個褐髮少年。

「你竟然記得他……」奈特有點驚訝。他還以為這位少女不會對彼得森有興趣，早就把他忘掉了。「雖然現在他是路易斯的侍從，但其實他是效忠齊格飛家的烏艾法家長子，多年前被送來齊格飛家，以示忠誠。縱使他現在留在路易斯身邊當侍從，但終有一日需要離開他，回到領地繼承爵位，到時路易斯又是一個人了。」

「但既然他已經跟『精靈女王』訂婚，那麼就不再是一個人吧……不過那個充其量是政治婚姻，能否維持到祭典完結也很難說呢，搞不好這段期間會被對方將軍。」說完，莫諾黑瓏露出一個略為惡毒的微笑。

「最少，他是真心愛著溫蒂娜小姐的，但對方是否抱著同一想法就不可而知了。」奈特似是想到甚麼，嘆了一口氣。「他其實挺可憐的，例如這頓年末飯，如果我們不在，大概就只有他一個人對著空曠的飯廳吃了。」

現在回想，奈特覺得路易斯也許是抱著不想孤單一人的心情而邀請二人共晉晚餐的。就算對方是潛在的敵人，或者剛結盟、認識不深的人也沒關係，只要不用獨自一人面對整桌食物、孤獨度過年末便可。

奈特想起，雖然整頓飯的整體氣氛僵硬，但他留意到這位年輕家主的嘴角掛有一絲微笑。

「他開心便好了。」回想的同時，他露出一個滿足的微笑。

「不，我不開心，」這時，莫諾黑瓏突然坐起來，並騎坐在奈特的腰上，臉頰微微鼓脹，抿著嘴，略顯不滿。

「你、你做甚麼？」奈特一時間反應不過來，露出少見的驚訝神色。

「幾天以來，我真是忍夠了，」莫諾黑瓏一邊說，一邊緩緩脫下睡袍，露出雪白的內衣。「要忍著不找姐姐，裝著甚麼都不知道的陪著這小鬼過一整天，實在太辛苦了，所以我要獎勵。」

「唉，」原來又是這樣，奈特不禁嘆一口氣，眼前的少女總是動輒就要一個又一個的「獎勵」，像極了小孩子，他早就習慣了。他不耐煩地問：「你這次又想要甚麼？」

莫諾黑瓏俯下身子，把頭靠近奈特的耳邊，把嘴唇貼在他的耳垂上，以誘惑的溫柔聲線輕聲說：「來，給我吧，說好了的。」

「那有說好啊……」說到這裡，奈特立刻明白枕邊少女想要的是甚麼，畢竟類似的情景已經不是第一次發生。每次她一不開心，都會渴求身體上的結合，彷彿需要利用這種行為才能得到心情的慰藉和關係的確認。「我好像沒有答應過吧？而且我似乎說過，最少在這裡的首幾天要小心行事？」

「就算之前沒有答應，現在答應不就行了嗎？」見奈特不肯依自己的意願行事，莫諾黑瓏的撒嬌攻勢就更強烈。「那個小鬼就算知道又有甚麼用？只是一個小獎勵，又怎會有問題呢？」

她輕輕撥開奈特的長髮，先是輕輕撫摸他白皙的臉龐，再在他的頸項留下溫柔一吻，柔聲地請求：「所以，拜託你吧，奈特。」

奈特轉過頭去，莫諾黑瓏那雙黑夜中閃爍的紅瞳正流露著誠懇的渴求之色。她的幾根手指溫柔地從臉頰滑落到頸項，再慢慢落到胸口，逐顆逐顆解開他的襯衣鈕扣；她的臉頰紅潤，櫻紅小唇微微張開，靜心又著急地等待他的答案。

「答應我，明天開始要忍耐，最少幾天。」過了一會，奈特如以前面對類似的情景一樣，決定放棄爭執，依她的意思給她想要的。輕聲說完條件，他便如少女所願，回她一個輕輕的吻。對奈特再次答應自己的莫諾黑瓏歡喜非常，她立刻咬著他的嘴唇不放，二人的舌頭互相交纏，身體也因此而越變熱烘。

「……嗯。」一輪交纏過後，二人總算分開。莫諾黑瓏輕喘著氣，其聲音似是回應奈特剛才的話。她躺在床上，舉頭注視跨坐在她腰上的奈特。紅瞳與黑瞳互相對視，凝視著她紅潤的臉頰和嘴上滿足又帶點魅惑的笑容，應她的默許，奈特輕輕用手撥開其內衣的吊帶。

窗外響起象徵新年來臨的鐘聲，而在房內，少年在少女胸前的一吻，也像鐘聲一樣打開序幕，展開屬於二人的長夜。

4

「既然你的傷差不多全好了，那麼今天就開始練劍吧。」

新年的第一個早上，夏絲妲把愛德華和諾娃帶到木屋後的森林某處，依她所說，準備練劍。

昨晚安納黎一帶再度降雪，皚白厚雪掩蓋枯葉和泥土，令森林變成一片灰白。天上陰雲密布，放眼遠望，整個世界彷彿就只剩下天上的灰、地上的白，以及枯木的褐。在這個灰白的空間裡，夏絲妲鮮紅的長髮和裝束顯得突出。她把長度及胸的長髮束成馬尾，暗紅的吊帶長裙下是另一條雪白的長袖長裙，過膝的漆黑綿襪和皮靴緊緊包裹著她的白皙肌膚，免被寒風凍傷。

「為什麼要練劍……不，我的意思是，為什麼要和你一起練劍？」站在森林裡，愛德華略感不滿。

「之前我不是說過，我會教你變強的方法，在你的傷口全好之前，會陪你練劍嗎？難道你忘記了？」夏絲妲反問。

——對啊。經她一說，愛德華頓時記起了。

「一時間犯糊塗了，抱歉。」愛德華點頭以示歉意，同時打量著夏絲妲全身：「話說你這樣穿不會覺得冷嗎？」

愛德華披著他現時唯一擁有的大衣——就是當晚他和夏絲妲對決時所穿的暗藍大衣，內裡則穿著棉製襯衣和褐色長褲。襯衣和長褲質料簡陋，跟高貴華麗的長外衣絲毫不配搭，看得出是為了保暖而強行把大衣披上身。

「待會運動起來便不會感到冷的了，也許到時你會想把那件大衣脫了。」說完，夏絲妲俯身，舉起從木屋帶出來，一直拿在手上的一把雙手大劍，再說：「那麼我們開始吧。」

「大劍？」站在愛德華身後，一直與他如形隨影的少女——諾娃側頭問道。她把烏黑長髮束成一個髻，身上的長裙款色和夏絲妲的一樣，只是吊帶長裙為跟頭髮一樣的黑色。從遠方看過去，夏絲妲和愛德華二人各據一方，一邊為紅，一邊為黑，對比分明。

見愛德華同樣露出疑惑的表情，夏絲妲不禁嘆了一口氣，對他沒有看穿她的用意感到些微失望：「你應該很想打敗那個火龍小子吧？好像是叫……路易斯？雖然這把劍沒有他的『神龍王焰』那麼重，但作為替代品可以湊合著用。」

說時，她隨意揮舞那把跟她四分之三高度相約的劍，先用右手握著，再改以左手，看起來輕如羽毛。愛德華想起路易斯在對決時因為用單手握大劍而導致手腕受傷，看著眼前這位劍士，到底是劍太輕，還是她的力氣大得可怕？

不過她看清自己想打敗路易斯，明明自己甚麼都沒說。

「嗯……單手還是有點勉強呢……」揮舞幾圈後，夏絲妲凝視著銀白劍身，小聲呢喃。「還是用雙手拿著吧。」

起初聽說她說要練劍時，雖然早就猜到對方不會拿「荒野薔薇」出來，但愛德華想不到居然會是雙手大劍，而原因更是與路易斯有關。雖然心裡還有很多想說的話，但看來無論問甚麼，她都會蒙混過關，所以還是算了。

既然她不用自己的劍，那我是否應該不用「虛空」，以免不必要的麻煩？

「小弟你就用『虛空』吧，這樣練習才會更見效，而且不要想無謂的事了，你覺得我對『虛空』還不夠認識嗎？」夏絲妲再次看穿愛德華的心思，未等他行動便已經出口提醒他。

——也對。愛德華同意夏絲妲的想法。他轉過身並走向諾娃，望著她的嘴唇，深一口呼吸，正要伸出手時——

「說起來，都接吻這麼多次了，你真的對諾娃小妹沒有感覺嗎？」這時，夏絲妲突然從後方問。

「甚麼？」被一條問題打亂好不容易才安定下來的心情，愛德華激動地回頭：「怎會有！那只是取劍必須的程序而已！」

「真的是這樣嗎？」夏絲妲把大劍插在土裡，同時露出捉弄的笑容。「真的對接吻沒有感覺？」

「是啊，誰會有感覺啊。」愛德華別過頭去，話出口後才發現自己回答了些甚麼。

「是這樣嗎，讓我看看。」

「甚麼……」

愛德華才剛轉過頭來，未及反應，眼前只見一片鮮紅，接著雙唇便傳來一種柔軟感覺。少年瞬大雙眼，驚訝發現那道熟悉的鮮紅身影現正就在自己的前方，雙眼緊閉。

——這到底是怎樣的一回事啊？

「夏絲妲？」突如其來的展開，令諾娃少有地驚呼。

「你搞甚麼啊！」愛德華大力推開夏絲妲，失去控制地大叫，聲音響徹樹林。「為什麼無緣無故要親上來？」

他的臉紅如熟透的蘋果，單手掩嘴，氣喘連連，久久不能冷靜。

「你說自己對接吻沒有感覺，所以我就來測試一下了。」突然被推開，夏絲妲一瞬露出受傷的眼神，但很快又掛上一貫的笑容，似是毫不在意，反而顯得二人大驚小怪：「果然是有感覺的呢。」

「你、你……」愛德華似乎還有很多話想說，但看著夏絲妲的笑容，他一句也說不出口。她看來真的只是想捉弄我，愛德華努力令自己冷靜下來。但為何她可以如此不在意？

他的心撲通直跳，隱約感覺到這跟諾娃的吻不一樣。

「好了，不要浪費時間，冬日日照時間短，趁有太陽的時候快點開始練習吧。」正當愛德華的心神仍停留在接吻的緊張時，夏絲妲早已回到本來站著的位置，拔起大劍，好像什麼也沒有發生過似的。

接吻可以是如此不認真的事嗎？愛德華盡力令心境回復平靜，再從諾娃的體內取出「虛空」，但取劍時一直在想剛才的事。

夏絲妲已經擺好起手式。但愛德華仍千思萬緒，即使緊握「虛空」，不停地叫自己集中，但當把目光投到她身上，又不期然會分心。

「唉，被一些小事弄到如此分心，當晚那個冷靜的你去哪兒了？」見愛德華一直不出手，夏絲妲看不下去，舉劍直衝，由上而下的一斬，但攻勢瞬間已被「虛空」架著。愛德華立刻把劍滑到雙手大劍的護手，再用力推開。

見他的烏黑雙瞳已回復冷靜，夏絲妲露出滿意的微笑。銀白大劍斬向愛德華的左右腰側，都被他全部擋開。當大劍再攻向其腰側時，愛德華抓準時機閃到右邊，一個滑步到夏絲妲身後，反轉攻守局面。

在雙手大劍面前，單手劍的優勢就只有相對靈活的速度——愛德華清楚記得之前跟路易斯對決時所學到的教訓。要贏，就唯有靈活閃避和攻擊，一抓到機會就不能放手，以及每一下攻擊都要抓準最佳用力點，以減少體力消耗。

愛德華把劍提到身前並衝前，被夏絲妲正面擋下。兩人稍微爭持一會後，愛德華抓準時機，迅速把劍舉高到對方手腕上方，同時往左斜方踏前一步，快速往她的頭顱砍去——

夏絲妲急忙閃避，但黑劍還是落在她的肩上。因為是練習，愛德華並沒有真的砍下去，碰到衣服便停手了。

「不錯，繼續。」一面對夏絲妲的稱讚。愛德華目無表情，似是不太滿意結果。雙方拉開距離，準備第二輪的練習。

要獲得優勢，重要的是速度——愛德華這次採取主動，一個箭步衝前，高速刺往夏絲妲的腰側。他沒有給對方喘息的機會，左右左右，逼對方步步後退——

夏絲妲突然大力擋開來自左邊的攻擊，再提劍斬向愛德華的頭蓋。後者在千鈞一髮之間把劍收回，擋住攻擊，但連帶的衝擊力令他後退數步，雙手也感到疼痛。

「切。」見自己只能勉強擋下攻擊，愛德華心感不滿。

每一下攻擊不可以是「剛好」擋到，要是輕鬆擋下才行，他不停告訴自己。

他仍清楚記得「神龍王焰」的重量，眼前的銀白大劍重量只有它的四分之三，現在能夠擋下銀劍的攻擊，不等於之後能夠擋開火劍的同樣攻勢。他的攻擊力度要大，同時不能露出破綻。

他揮揮手腕，以此紓緩痛楚：「再來！」

一定要做得更好，不能出錯——愛德華聚精會神看著大劍，手把劍握得更緊。

銀劍連續斬向愛德華，都被他俐落避開。見攻擊不奏效，銀劍改從側面斬來。夏絲妲用盡全力的一擊被愛德華的黑劍精準擋下。沒有把劍滑至護手，愛德華立刻推開大劍，同時解開交纏狀況，並一腳踢中夏絲妲的腹部。

這不是路易斯的劍術嗎？踢跌夏絲妲的同時，他恍然大悟。

愛德華從練習開始時就覺得奇怪，夏絲妲的劍路應該不會隨著更換武器而有大改變才是。筆直的劍路、以攻擊為主的策略、以及明顯的破綻，他現在明白了，夏絲妲是根據他和路易斯決鬥時所看到的來模仿他的攻擊模式。

發覺夏絲妲的用心後，愛德華更為集中。銀劍從身前斬來，愛德華的右腳往一點方向踏出，同時從下方揮出「虛空」。漆黑的前刃成功架住銀劍，但當他要舉高右手卸走劍擊時，一陣疼痛止住了動作，緊接額頭被重物敲了一下，宣告攻擊失敗。

剛才不應該用劍身中部接住大劍，用接近護手的位置接著才能用力吧。愛德華一邊幫右手腕按摩，一邊反省。

眼前人每次的攻擊都能精準抓到最佳用力點，那次決鬥不是親身體驗過嗎。要贏，就要做到跟她一樣，不能有絲毫錯漏。

「虛空」再次架住銀劍從上而來的斬擊，同時轉身踢出一腳，夏絲妲避開了，但也因此而後退，並拉開了距離。

——不，不是這樣，用力點未算最佳。

黑劍和銀劍不停碰撞，響亮的敲擊聲傳遍森林。本來被壓制的夏絲妲突然從右側使出斬擊，打斷了愛德華的連續進攻，並逼使他後退。

——錯，動作要再快一點，不能給對方絲毫反攻的機會。

「虛空」先是迅速刺向對方的胸，被擋下後改為斬向對方的腳，趁銀劍擋下攻擊時，愛德華踏前一步，擊中夏絲妲的左腰。

——別覺得滿意，因為是練習才會成功，正式上場時哪會這麼容易能擊中！

「今天是第一天，別太過分要求自己吧。」從愛德華的動作感覺到他的想法，夏絲妲試圖令他放鬆，但似乎沒有成效。

愛德華側身再俯身避開大劍的斬擊的同時，緊盯著銀白劍身思考著最佳用力點的位置，之後及時擋住來自右邊的橫斬。

——這個位置不對……啊！

一時的猶疑給予對方機會，愛德華被踢倒在地上。

——看，運算錯了，所以輸掉了。他不停責怪自己。

愛德華不再集中在觀看劍路，而是觀察劍路的同時要自己用最短的時間計算出最佳的反擊位置和方法。多重的思考和嚴苛的個人要求令他的動作變得越來越慢，力度不再強勁，連續數次被擊中。

——又錯了，我到底在做甚麼！

「停。」

突然，夏絲妲在接下愛德華的攻擊後放下劍，並搖頭，示意暫停練習。那嚴肅的表情令愛德華立刻在心中質問自己，是否犯了甚麼大錯。

「計算是重要，但刀劍對決也很重視直覺和經驗，所以與其只集中計算最佳動作，不如去感覺，你的經驗和知識早已烙印在身體上，過分注重思考只會製造不必要的猶疑，阻塞身體讀取既有的記憶和本能。」夏絲妲搖頭，示意愛德華可以放鬆身體。

「真的是這樣嗎？」愛德華充滿疑惑。一直以來，計算是他的最大武器，對他來說，任由直覺和本能去主導判斷是不合理的行為。

「是，相信你的經驗，」見愛德華懷疑，夏絲妲收起了嚴肅的表情，改以柔和一點的眼神回應道。她想起對決當晚，愛德華在中毒後仍然起身反抗時的劍路——毫無猶疑、卻又精準，只是看來本人並不記得。

既然她這樣說，就嘗試一下吧——愛德華深了幾口呼吸，放鬆身體後再次舉起「虛空」，示意已準備好繼續練習。

銀劍從上方斬來，黑劍輕擊劍身幾下後，趁銀劍未及改變劍路，直刺向對方頸項。

夏絲妲滿意地點頭：「再放鬆一點。」

銀劍的正擊被黑劍擋下，正當愛德華以為要展開角力戰時，夏絲妲突然高舉劍柄，再迅速往他的頭部斬去。愛德華被擊中，但沒有露出不滿意的表情，只是後退數步，警戒對方的行動。

銀劍與黑劍繼續互相交錯。愛德華的動作再沒有猶疑。他的動作如流水一樣順暢而多變，時攻時守，時刺時斬，各方面都兼顧得宜。雖然只有一點，但夏絲妲開始看得到那個晚上，只依靠本能與其對決的愛德華影子。

以感覺主導，嘗試不強行計算，令愛德華開始越來越投入。一心想著眼前的練習是為了戰勝路易斯，眼前的身影不再是紅色，漸漸變為那熟悉的金髮和充滿自信的天真笑容。他的攻擊越來越狠，彷彿已經不是練習，而是正式的決鬥。

黑劍正面擋住銀劍的斬擊，再把劍搶走，然後畢直往夏絲妲的胸前刺去——

「刺下去吧，為什麼不刺下去？」

閃亮的劍尖在碰到衣物時停下，愛德華回過神來，剛才有一瞬間腦袋變得空白，不記得自己做過甚麼。

「這只是練劍，不是對決吧？」他把劍收起，並退後。

「我看你剛才充滿戰意，應該是帶著刺殺的意圖吧，那麼為什麼停手了？」愛德華本來以為夏絲妲只是隨便問問，怎知她並沒有就此停止，繼續追問，似乎另有意圖。

「那只是你的錯覺吧？」他不明白夏絲妲為何要著重在這件事上。

「那好，我換個問法，為什麼那天你沒有對火龍小子下手？」夏絲妲換了個問法。

一句，令愛德華語塞，面露驚訝之色：「甚麼……」

「那場是正式的對決，而不是練習吧。明明是你挑釁他發起對決，又得到親手殺死他的機會，為什麼到最後一刻才收手？對方可是舞者，今天你放棄勝利的機會，他日對方便會奪取你的性命。」夏絲妲繼續問。

「當時勝負已定，而且他不在最佳狀態，對這種人下殺手實在有辱我的身分。」愛德華的回答跟之前諾娃問相似問題時的答案一模一樣。

「胡說，如果你真的在意這些事，當初就不會挑釁對方，」夏絲妲的回應跟當時的諾娃一樣，不相信愛德華所說是他真正的想法：「你根本是不敢下手，或者應該說，你害怕下殺手，對吧？」

「甚……」辛辣直接的一句是如此的熟悉，愛德華這時記起，決鬥當晚夏絲妲在街上叫住愛德華時，問的是同一條問題。

我怕？他不敢置信，參加「八劍之祭」是心甘情願的，我會怕殺人嗎？

——「真的要殺了他嗎？」

這時，一把熟悉的聲音在腦內響起。這是愛德華用劍指著路易斯的頸項時，在心中詢問自己的問題。

當時看著那雙因沮喪而失去色彩的藍瞳、凌亂的金髮，在學院的回憶立刻湧上愛德華的心頭。自從入學開始，他對路易斯恨之入骨，不知道有多少次想他消失，想親身送他上路。現在這個機會就在眼前，而且是自己製造出來的絕好機會，但他卻猶疑了。

他想起肯尼斯，想到父親，思考二人會如何作出選擇。

如果是肯尼斯，一定會毫不猶疑地殺了路易斯；如果是父親，應該會放他一馬。他討厭肯尼斯的做法，不想跟從，但又覺得父親的做法過分懦弱，可以他又想不到兩者以外的第三種方法。

——「我真的想這樣做嗎？」

他不肯定，就是因為這份猶疑，才在路易斯出言認輸後收起了劍，沒有就地殺了他。

愛德華沒有回答，夏絲妲從他的眼神得知這少年應該已經找到答案，但沒有要求他說出來。

「如果依你所說，『要變得最強』，那在過程中就一定要踏著別人的屍體前進。你現在是舞者，要成為最強，那就只有一條路。」夏絲妲冷冷地說出一個愛德華早就知道的事實。

但真的只有一條路，難道沒有其他選擇？

愛德華心裡猶疑，但不敢問出口。

「今天就到此為止吧，」這個問題要自己找到答案才有意義，夏絲妲沒有說甚麼，只是嘆了一口氣，並收起劍。「無論你的選擇是甚麼，是對是錯，都不要緊，只需記得選擇必有代價。但既然你已經成為了舞者，就要想清楚自己到底為何而戰，不然只會喪命。」

夏絲妲語畢便隨風離去，留下愛德華呆站在密林中沉思。

5

新年的第二個早上，十時正，奈特在某個小宴會廳裡凝視廳內雪白的大理石柱，等候路易斯的到來。

威芬娜海姆城堡有數個大小不一的宴會廳或和音樂廳，而這正是其中之一。據彼得森所說，這個樓高兩層、全以大理石做成的小宴會廳通常只會在招呼一小群人時才會使用，空置時會被用作練劍場所，但對上一次用作練劍場所已經是幾個月前的事。

就算彼得森不說，奈特也猜到那個「幾個月前」的使用者正是暑假期間回家度假的路易斯。

早上溫煦的陽光穿過玻璃窗，照亮這個雪白空間，未幾，一間急促的開門聲打斷美好的寧靜。從木門後走出的是氣喘的路易斯，和拿著「神龍王焰」的彼得森。

「早安，威芬娜海姆公爵。」見路易斯已經到達，奈特轉過身，有禮地點頭問好。

「直接叫我『路易斯』就好，奈特勳爵。」路易斯喘得上氣不接下氣，看來剛才是一路狂奔過來，未有停止。他扶著門柱整理好呼吸後，稍微撥好變亂了的頭髮，再對奈特說。

見路易斯那麼快讓自己叫他的名字，奈特明白了一些事似的，一笑：「『奈特』就可以了。」

「不好意思，因為剛才要處理一些急務，所以遲了一點。」說完，路易斯一邊走向宴會廳中央，一邊環望四周：「莫諾黑瓏小姐呢？」

「她說想去散步，我就任由她了，應該沒問題吧。」奈特回答。
「沒有，只是好奇而已。」路易斯沒有再問甚麼。
「那麼事不宜遲，我們開始吧。」說完，奈特便拾起放在一旁的「黑白」，像個老師似的說明此次練習的目的：「正如我所說，我會教你控制龍火的方法，以及能夠打敗雷文勳爵的劍術。」
彼得森皺眉，仍然懷疑奈特的話。
「今天是第一天，不宜太過急進，就先練習控制龍火吧，順利的話就再練些劍術。」奈特裝作看不見彼得森的表情，繼續說。
「好，」說完，路易斯便拔出劍尖像火舌的大劍，並把劍鞘交給彼得森保管。「彼得森，你先回去吧，有甚麼事再來找我。」
「不行，我必須留在這裡。」彼得森語氣堅決。
「先回去吧，」路易斯對彼得森打了個眼色，並側身在他的耳邊說了些話。彼得森聽畢沒再說甚麼，只是點頭離去。
「要你久等了，那麼開始吧。」說完，路易斯便把劍架在身前，擺好姿勢。
看到路易斯雙手握緊大劍，奈特點頭：「不錯，重劍是要用雙手的。」
照奈特的反應看來，他的確有看過愛德華和路易斯的決鬥。
「閉上眼，想像龍火纏繞劍身的影像。」
依從奈特的指示，路易斯閉上雙眼，在腦海中重溫之前在書上看過，關於龍火的記載。
根據書上記載，齊格飛家族代代相傳的「龍火」能力是神龍莎法利曼在沉睡前與「神龍王焰」一同賜予齊格飛家族的祖先的。祂把自己的火焰透過血傳給齊格飛家族的祖先，讓後者在尋找復活龍族方法的同時，能夠利用比火更熾熱的神力來守護國家。可是龍火只能經由「神龍王焰」以及其餘數把以龍鱗製造的劍使出、控制及使用，不能憑空變出，所以縱使齊格飛一族被稱為「龍族後人」，但他們並不是龍族混血，嚴格來說仍是普通人類，只是多了一種能力而已。

路易斯集中精神，想像橙紅火焰如蛇般纏繞劍身的模樣，漸漸地，一股溫暖的氣流在他身前出現。他張開眼睛，紅蛇如他想像般纏著劍身，只是那蛇並非如他想像中的巨大粗猛，而是瘦削柔弱，而且軌跡並不連續，看上去似是由數條小蛇組成的螺旋。

「怎會這樣？」那次決鬥時意外變出的龍火如柱般粗壯，怎麼今天卻做不到？路易斯焦躁之時，奈特只是淡淡地說：「那次只是意外，無論學甚麼都一樣，是不會有捷徑的，只能慢慢地從零開始。」

「但現在哪裡有這麼多的時間……」這句話令路易斯更為焦急。

「只要找對方法，就會事半功倍，無論學甚麼都一樣。」奈特立刻補充，他似乎一早預計到路易斯會有出此言，再加以反駁。「龍火如水一樣，形態百變，要以思想來控制強弱和攻擊模式，所以你要在揮劍的同時集中精神想像。」

要集中精神想像龍火已經不容易了，還要在思考該如何攻擊的同時控制它的強弱，這樣怎能辦到啊？

「沒有其他更快的辦法嗎？」路易斯急躁地問。

「據我所知，沒有。如果你在書中找得到的話，請告訴我。」奈特淡如水、冷如冰的回答瞬間打住了路易斯。

他從小開始就習慣了凡事都跑捷徑，甚麼都要以最快、最簡單的方法完成，過程不重要，能夠做到別人認同的結果就可以了。如果遇上一定要花長時間才能完成的事，那就索性不做。久而久之，他對很多事都是一知半解，且不覺得是個問題。身邊的人都曾經對他的處事手法作出指責，但像奈特如此直接、冷淡地說出，而且不給予他反駁餘地的還是第一次。看著這位雙手抱胸，語氣冷淡、處事嚴謹、堅持凡事都要從循規蹈矩地由零學到懂的銀髮劍士，路易斯突然想起一個熟悉的黑色身影，覺得二人有點相像。

啊，不管了！多試幾次應該就可以吧，不就是想像火焰的模樣，能有多難？

路易斯再次閉上眼睛，想像熊熊大火的模樣。經過數次的嘗試，火力強了，形態也逐漸穩定下來，但仍然無法做到他所希望的模樣。正當路易斯在心中抱怨，並開始想放棄時，奈特似是察覺到他的心思，突然問了一句問題：「你還記得那次意外變出龍火時的感覺嗎？」

「甚麼？」路易斯遲疑一會後回答：「只記得當時心裡有一股怒火，一定要打敗眼前人。」

「那麼你嘗試回想起那個感覺，也許會有幫助。」奈特提議。

對於該次對決，路易斯已經忘得七七八八，只記得零碎，主要都是自己被愛德華攻擊而後退，以及被劍指住頸項的事，不太記得變出龍火時的記憶。他只記得自己想贏，不想輸給愛德華，然後火就出現了。

——對，我是要用這股力量來打敗那個人。

回想的同時，少年記起自己是為了甚麼才在這裡練習，頃刻燃起鬥志。

——當日受到的屈辱，我將會以倍數奉還！

——龍火啊，請回應我，成為我的力量，讓我可以親手打敗這個可恨的對手！

「嘎！」

路易斯舉劍大力往地揮的同時，熾熱火焰「啪」一聲出現，像柱一樣重重包圍劍身，火焰的強度跟對決時意外使出的幾乎一樣，超出路易斯的想像。

「成功了！」看著光亮的火焰，路易斯雙眼發亮，高興地驚呼。火焰正在熾熱地燃燒，沒有要停止的跡象。

「對，就是這樣。你要牢牢記住這個感覺，才能一直成功使出龍火，」奈特的表情稍微暖化，似是滿意路易斯的表現。「揮幾下劍試試，同時控制它的火候，這次不要閉上眼。」

路易斯依照指示不停揮劍，同時使龍火的強弱及形狀產生變化。十數次的練習過後，他似乎抓住了感覺，雖然在控制火候上還有很多改善空間，而且他現時只能令龍火纏綿劍身，未能做出更多的變化，但大致上能夠控制龍火的大小，開始練習一小時後便有此成果，實屬不錯。

果然是這方面的天才，這麼快便掌握了，奈特心想。如果歌蘭知道他有這樣的才能，應該會更重視他吧。但他下一秒卻否定了這個想法。

那個思想守舊的老人比起實力，更重視身分，無論路易斯做甚麼，他都沒法得到歌蘭的認同，因為他永遠不能成為長子。

看著路易斯因為成功而露出的燦爛笑容，想到他也許覺得父親會因此而稱讚他，奈特就不禁為眼前的少年感到可憐，嘆了一口氣。

不過他知道現在的路易斯不只是為了父親的認同而努力，還有更大的動力在背後推他一把。而他，就是要令這個少年抓緊這個動力不放。

「既然我們已經達成目標之一，不如現在先稍作休息吧。」留意到路易斯滿頭大汗，不停喘氣，見時間差不多到中午，奈特便提議休息。

「不！現在還不能。」奈特本來以為路易斯會爽快答應，並打算提出午飯後繼續練習，或者索性到明天才繼續，怎知他竟然堅決反對：「我還未能令龍火收發自如，在練好之前是不會休息的。」

「雖然你的手腕已經痊癒，但為免復發，還是不能過分操勞……」奈特不是盤算著甚麼而要他休息，而是真心認為要小心復發。

「已經沒有時間了！我要儘快練好龍火，再打敗愛德華！要贏，就要有相應的能力！」

路易斯發自內心的吶喊，是奈特所意料不到的，但同時又在他的意料之中。似乎有些想法的他帶著一個富有深意的微笑，問道：

「為什麼你如此憎恨愛德華？」

⚔

在路易斯練劍的同時，彼得森正穿梭城堡各處，除了幫主子準備好今日要處理的事務，同時也在尋找某人。

說實話，他不放心主子與同是舞者，而且身分神祕的奈特獨處，但既然主子要求他離開，他也沒有辦法。

而且他必須完成一件路易斯拜託的事。

威芬娜海姆城堡結構複雜，由數十幢大小不同的建築組成。中庭由四幢建築組成，分別為東側的皇家宮殿、南側的伯寧杜樓、西側的大教堂和北側的軍械庫。皇家宮殿，顧名思義，是整個城堡的權力中心，大教堂供奉著神龍莎法利曼的雕像，而伯寧杜樓就是城堡各人起居生活的地方。路易斯身處的巴托羅繆宴會廳建在伯寧杜樓裡，而他的睡房和書房則在皇家宮殿的三樓。彼得森走遍整個中庭，花了一個多小時，終於在皇家宮殿後方的小花園看到要找的人。

在草地坐著的莫諾黑瓏。

有著黑白異色頭髮的少女衣著輕便，身上只穿一條款色簡單的黑裙，連大衣都沒有穿，毫不畏懼接近零度的刺骨寒風，任由早晨的冬風吹拂其短髮。草地上甚麼都沒有，所以彼得森覺得她在這裡並不是為了欣賞風景，只是單純的發呆。

他希望只是單純的發呆。

從背後注視她的背影，褐髮少年覺得她就像一個被人隨意放在草地上的人偶，無論風怎樣吹也不會動，彷彿是沒有生命的物件。

那個奈特說她是「劍鞘」，但她真的只是「物件」，而不是人嗎？

彼得森不懂，也因這股無知而萌生了恐懼。

他覺得，奈特需要提防，而她更需要注意，直覺告訴他她似乎比奈特更要複雜。

「咦？是彼得森先生？早安。」

正當彼得森瞪著莫諾黑瓏的背影思考，她似乎是感覺到視線，站起並轉身，臉帶微笑地對彼得森打招呼。

他點頭示好，但心裡卻因為被發現而焦慮。正當他打算離開時，少女打住他，說：「難得遇上，不如坐下來談兩句吧？」

路易斯的命令只是找出莫諾黑瓏所在的地方，確保她沒有走到一些奇怪的地方而已。但彼得森心想，反正我也不是沒事找她，那就順著她的意思行事吧。他走到草地上，向少女點頭示好。

「在的話，就叫我一聲吧，不用站著不動的。」莫諾黑瓏以甜美的聲線說道。

她果然注意到。彼得森心裡一震。

「沒有，我只是……在看那張木椅。」彼得森急忙尋找理由掩飾，急忙把花園看遍一次後，便指著盡頭一張毫不起眼的長木椅，強行作個理由搪塞過去。

「木椅？」莫諾黑瓏轉過頭四處張望，看了幾遍才看到彼得森所指的長木椅。「它看起來沒有甚麼特別之處，為什麼要一直看著它？」

彼得森覺得她是故意要問下去的。

「呃……別看它外表這麼普通，其實有一個故事的。聽說當年某位家主十分喜歡一棵種在這裡一帶的樹，所以在它因強風而倒下後，便利用它的殘骸製成木椅，放在花園的一角，讓它死後仍能有些用途。」彼得森急中生智，憑空作出一個故事。「我剛才就是想起那個故事，才在發呆。」

「啊，是嗎。」莫諾黑瓏的語氣冷淡，似是不感興趣。

「那麼莫諾黑瓏小姐為什麼會在這裡？雖然是早上，但冬天的天氣冷，不怕著涼麼？」彼得森立刻抓住機會轉換話題。

「不要把我跟一般人類相提並論，區區寒風，對『物品』來說並不是甚麼。」莫諾黑瓏淡然的回答如寒風般冰冷。

雖然整句聽上去像是單純的「物品」宣示自己與人的分別，但彼得森覺得後半句是掩飾，前半才是她的真心話。那不是在說明劍鞘與人的分別，而是討厭人類，想與人類劃清界線。

「也對，一時間沒有想到，真不好意思。不如我們坐下繼續談吧？」先不論對方是不是人類，站在寒風中說話實在有點彆扭，彼得森指向木椅，有禮地請莫諾黑瓏就坐。

「剛才實在失禮，還請原諒。但請問能否賜教，到底『人型劍鞘』是怎麼樣的概念？」彼得森利用這個機會，假裝成繼續話題般提出自己一直有的疑問。

「正如你所說，外表是人類的劍鞘。」莫諾黑瓏把詞語拆解，當作回答。

「但為什麼要做成人型？」如果只是為了保護劍不受磨損，普通的劍鞘形狀不就行嗎？為什麼一定要是人？彼得森不明白。

「這可要問我的創造者了。也許他是一個想法奇特的人，比起普通的倒三角，更想嘗試獨特的形狀呢。」此時，莫諾黑瓏說了些令彼得森意想不到的話。

「你沒有見過他嗎？」彼得森覺得她的口吻就像見過本人一樣——如果是被造物，在完成後第一眼見到的一定會是其創造者，不是嗎？

「你認為呢？」莫諾黑瓏笑容可掬，沒有正面回答，輕輕地把問題拋回給彼得森。

「但到底是何許人也，才能做出如此像人的『物品』？」彼得森托頭細語，裝作思考，同時眼角望向劍鞘莫諾黑瓏，偷看她的反應。

「既然這個國家有龍、精靈以及術式，有人能夠做出跟人一樣的人偶也不出奇吧？」莫諾黑瓏說。

彼得森覺得這句話很眼熟，思索一會後想起，愛德華在解釋身邊莫諾黑瓏的身分時，說過類似的話。

——而當時愛德華稱呼她為「劍鞘」。

「你認識……『虛空』嗎？」彼得森問。

甫問完，彼得森便責怪自己的愚蠢。當然，他想知道的是兩把人型劍鞘到底有沒有關係，但她們已在起始儀式上已經有過一面之交，而且莫諾黑瓏如此喜歡故弄玄虛，一定會以此來解釋二人是認識，藉此帶過問題。他應該用更具體的字眼，不讓機會走失，但一切已經太遲了。

「當然，在儀式上見過一面，」莫諾黑瓏的回答正中彼得森的猜測，但她沒有就此停下：「而且她是我的姐姐。」

「姐姐？即是你們都是出自同一創造者？」彼得森吃驚，他懷疑自己聽錯。

「嗯。」莫諾黑瓏直認不諱。

彼得森感到不可置信，她竟然說出了他想知道的資料，而且看來並非說漏嘴。

「你的姊妹就只有她一人嗎？」他不打算讓難得的機會流失，繼續問。

「這個我就不清楚了。」他還以為莫諾黑瓏會繼續說，怎知她卻在這裡打住。彼得森向她投向一個疑惑的眼神，得到的回答只有那副看似皮笑肉不笑的「溫暖」笑容。

過後是一陣異樣的寧靜。二人坐在木椅的兩旁，空間只剩下烏鴉的叫聲。當烏鴉叫到第十次，莫諾黑瓏突然雙眼發亮，問：「對了，彼得森先生，我聽說你其實是烏艾法家的長子？」

「……對。」為什麼無故問這個問題？彼得森一臉疑惑。

「而烏艾法家是齊格飛家的效忠家族，有血緣關係。」莫諾黑瓏不是詢問，而是以確認的口吻說道。

「說得沒錯。」但那已經是很多代之前的事。要算的話，路易斯和彼得森是遠表親關係，但遠得跟沒有血緣關係差不多，所以二人不會以表親相稱，關係只是主人和服侍的人而已。彼得森沒有說出來，但覺得她應該猜到。

「將來如果齊格飛家後繼無人時，烏艾法家主將有機會取下領導之位？」莫諾黑瓏問。

「……請問小姐你想問些甚麼？」彼得森頓時警戒起來。

齊格飛家在千年前就曾與郡內所有的效忠家族約定，如果齊格飛家後繼無人，將會從眾效忠家族中選出一位時任家主來繼承整個多加貢王國——也就是今天的威芬娜海姆郡。彼得森是烏艾法家的長子兼獨子，未來將會繼承烏艾法家，所以理論上擁有這個競爭機會。

「我有點好奇，為什麼你會願意當威芬娜海姆公爵的侍從？」此時，莫諾黑瓏轉了一條問題。

「多年前我的家族為了表示忠誠，而送我來當路易斯大人的侍從，就是這麼簡單。」彼得森盡力不說太多，免得洩漏了甚麼讓她知道。

「不，我的意思是，你為什麼願意讓他當你的主人？」見彼得森不願意直接回答，莫諾黑瓏決定直接問。

此刻，彼得森終於明白了。她不是想問自己的來歷，而是問為何自己會願意服侍路易斯。更甚，她想問的應該是「既然你有機會得到他的位置，為何你會願意服從一個才能可能比你低的人？」

「依我幾日來的觀察，比起他，也許你更適合當家主。」莫諾黑瓏指出。

「請問小姐何以見得？我自問才華不及路易斯大人，不敢與他相提並論。」彼得森欲以此搞清她的意圖。

「才華不及？」莫諾黑瓏輕笑了兩聲。「不用這麼謙虛吧！比起你的主人，你行事更小心謹慎，會思前想後。如果你不在，他大概已經闖出大禍，甚至……」

她特意不把最後二字說出。

而路易斯已經闖過一次禍——如果把求婚一事也計算在內的話，那就是兩次。對決時彼得森明明在路易斯身旁，卻沒有勸止他，結果導致他和家族顏面盡失。彼得森覺得自己也有錯。

「但路易斯大人有我沒有的膽識。」這話所言非虛，出自彼得森的真心，有時候他很佩服主人那副不加思索便下決定的決斷性格。小心謹慎是好，但有時候也需要敢於行事的膽識，不能整天猶疑不決。

「是不知死的天真吧？」莫諾黑瓏直白說出，嚇了彼得森一跳。「這裡只有我們二人，說得直白一點也無妨。」

莫諾黑瓏的一言一句，似是要把彼得森拉進一去不回的深淵，但他才不會那麼容易上當：「也許主人是天真，但那也是過人膽識的一部分。」

「決斷和愚蠢只差一線，」此時，莫諾黑瓏慢慢靠近彼得森，小聲在他的耳邊沉吟：「你想想，萬一你的主人在這場祭典有甚麼不測，那麼整個威芬娜海姆郡就是你的了……」

她的話猶如惡魔的甜美細語。

「不，」彼得森立刻輕輕推開她，並以堅定的藍瞳看著她。「我們還有歌蘭大人和羅倫斯大人。」

「誰知道有甚麼會發生在他們身上？」莫諾黑瓏再次靠近，近得彼得森已能感覺到她呼吸的氣息。

「你到底想說甚麼？」彼得森頓時站起來，眉頭緊縐，語氣帶有怒氣。

「沒有，天總有不測之風雲，誰知道未來會發生甚麼事？」見他站起來避開自己，莫諾黑瓏頃刻驚呆，但瞬間換上微笑，退到本來的座位，讓彼得森能夠坐下。

彼得森已經憤怒得想拂袖離席，但知道必須忍住。他坐下後堅定地說：「從我開始服侍路易斯大人的第一日起，我已經發誓一生對他忠誠。我是自願服侍他的，這個事實不會改變。」

「『忠誠』呢，」聽畢，莫諾黑瓏冷笑。「就讓我看看能夠堅持多久吧。」

見彼得森一直不被所動，莫諾黑瓏也就沒有說下去。她站起來，打算離去。

「你要去哪裡？」彼得森立刻緊張地叫住她，語氣有點兇，他現在的神經緊繃得不得了。

「回房間。難道我不被允准回去嗎？」莫諾黑瓏反問。

「啊、不是……」

看著彼得森垂下頭的樣子，莫諾黑瓏露出滿足的神情，像是看著獵物如自己所想般被捉弄而感到愉快。她走了數步，突然回頭說：「對了，既然今天與你聊得如此高興，我就回答你剛才的一條問題吧。」

「咦？」彼得森反應不過來。

「我見過『他』。」莫諾黑瓏小聲說。

「甚麼……」彼得森打算叫住她追問，但莫諾黑瓏沒有多作解釋，就此隨風離去。

見她失去蹤影，彼得森鬆了一口氣，但腦袋卻陷入一片混亂。明明是自己先做主動，結果重要的情報沒得到，反而被對方耍了一頓，這令他心裡沮喪。

他現在更加確信，她是個要提防的人。但她剛才所說所為的，到底是奈特的指示，還是連他都不知道的？

他的理性推斷說是前者，但他的直覺告訴他，是後者。

6

愛德華獨自坐在森林中的一個小湖泊旁，望著眼前的瀑布凝思。

蛾眉月光徐徐灑在絲絹流水上，反射出柔和的銀光。瀑布長而窄，從岩壁飛流直下的水聲急促卻不澎湃，溫柔的潺潺聲令人心境平靜。今天難得風勢清勁，沒有強風阻撓，瀑布的聲音猶如夜曲，響徹森林。

愛德華素來對自然景觀甚有興趣，因此喜歡這個離暫住木屋只有約十五分鐘腳程的林中瀑布。換著是平日，他可以靜心聆聽由河水奏出的美妙樂章，或者凝視水流，寧靜度過一晚；但現在的他卻無暇欣賞，只是注視著湖面上的漣漪，心情低落，不停嘆氣。

換洗的衣服和提燈被隨便放在身旁——他是用洗澡作藉口走出來的。這個湖泊確實是他平日用來洗澡的地方，但他現在甚麼都不想做，心思混亂且迷失，只是想逃出那個令人透不過氣來的環境，獨自一人靜下來發呆。

不同的想法充斥著他的腦袋，並互相爭持。他覺得很辛苦，但又沒法讓它們停下來。

他十分迷惘，不知道該如何繼續走下去。

開始練劍至今已有四日。他每早都會跟隨夏絲妲到屋後山林練劍。她仍舊模仿著路易斯的劍術，並開始因應路易斯有可能進步的方向而作相應的調整。愛德華也不單單在練習能贏過雙手大劍的劍術，而是開始想像如何應對纏滿龍火的大劍。雖然他的「虛空」能夠令龍火消失，可惜無效化能力只能在碰到大劍劍身或者龍火時生效，效果也不長久，而根據夏絲妲所說，路易斯可以使龍火從劍身延伸出去並攻擊，所以他必須思考如何在此劣勢下防禦自己免受火焰傷害，同時抓對攻擊時機。

就算夏絲妲有多強大，她也不會懂得把火纏在劍身上的術式，而且愛德華也未曾親眼見過齊格飛族人利用龍火施展攻擊，所以他只能依靠想像模擬場景，並練習相應的劍術。

想像是強大的武器，也是無底洞。愛德華不停地想像各種難關，通過了一個，就再想一個新的出來。未雨綢繆的想法以及面對未知危機的恐懼驅使他無視自己對路易斯的既有認知，只集中在「如果他掌握了龍火力量的最壞情況」的想法上。

愛德華知道時間有限，自己必須在短期內有所成長。他總覺得自己想像出的情況一定及不上真實的情況，因此對自己的要求越來越高，不能失敗，就算完美「通過」也不滿足，漸漸墮入自我否定的螺旋。

因為強烈的否定，他的劍充滿猶疑，慢慢變得破綻百出，今早還要被夏絲妲打到毫無還手之力。他只看到自己的失敗，就算夏絲妲稱讚他，也當作是未完美的證明。他覺得自己的表現跟不上應有的進度，四天了，仍是一點長進都沒有。

不能成功的，就是敗者。敗者，又有何資格登上祭典的舞台，向眾人宣告自己想成為最強呢？

而且在這幾天裡，他慢慢看清自己到底有多渺小。

無論夏絲妲如何努力模仿路易斯的劍術，仍舊隱藏不到本人流暢而俐落的劍術。她的揮斬毫無猶疑，流暢如水的動作充分反映了本人堅強不移的意志，在對比之下，愛德華更看得清楚自己的不足之處。

他漸漸明白夏絲妲說他的目標虛無縹緲的原因——因為連自己也不清楚到底他在追求些甚麼。每次揮劍，愛德華都在想自己到底是何而練習。是單純為了打敗路易斯？那麼打敗他之後呢？成為最強？用劍打敗所有人就是我想做的事？

他清楚知道自己追求的不是權力，而一個目標，但目前沒法確切地說出來，只有一個模糊想像的目標。

「這個夢是無意義的。」夏絲妲曾經如此說。對啊，沒有意義，連我也不知道自己到底想做甚麼。但就是不想放棄！

「啊！」越想越氣，愛德華憤怒得隨便抓起一塊石頭往湖中心拋去。石頭「咚」一聲沉到水底，可是他的煩惱仍在。

「到底要怎樣啊！」

「原來你在這裡。」

吶喊的同時，他的身後突然傳來一把溫柔的少女嗓音。愛德華回頭一看，發現諾娃正低頭看著他。她身穿一件款色簡單的綿質長裙，普通的材質不足以掩飾她的標緻美貌，月光令她的頭髮閃閃生輝，看上去就像一幅活著的畫作。

但此刻，愛德華卻無心欣賞。

「在想你為什麼外出了那麼久還沒回來，原來是在這裡坐著啊。」諾娃溫柔地微笑。

「我、我要洗澡，你在這裡不太好，先回去吧。」其實愛德華見到來者是諾娃時有一瞬間感到快樂，但本能卻搶先反應過來，請她回去。

「但你不是現在要洗吧？」諾娃卻一眼看穿了他的心思。「介意我坐下嗎？」

愛德華沒有回話，少女把他的沉默當作默許而坐下。

愛德華把頭縮進膝頭間，繼續低頭沉思，諾娃也沒有刻意製造話題。她明白此刻他需要的是沉靜的環境，因此沒去打擾。她知道，當她的主人想說的時候，便會開口。

「夏絲妲……沒有問題嗎？」良久，愛德華小聲問。

「我對她說了要去找你，她沒有問甚麼。」諾娃輕聲回答。

「是這樣嗎……」想起那一把紅髮，愛德華內心的挫敗感又再加深。他之所以走到湖邊沉思，是因為不想在同一屋簷下面對她。她的存在每時每刻都在提醒自己有多渺小，有多無力。他沒法呼吸，想要脫離。

「你……還好吧？」一陣沉默過後，諾娃戰戰兢兢地問。

「不太好。」愛德華難得地誠實回答。

「可以……跟我說嗎？」諾娃用盡全身的力氣，鼓起勇氣問。

愛德華心裡詫異，他從未遇過有人願意聆聽自己的煩惱。他略帶驚訝地望向她，回應他的是一副溫和的微笑。他嘆了口氣，慢慢說出自己的煩惱。諾娃全程一言不發，專心聆聽他的說話。連日來，她觀察到愛德華不知不覺間把自己困在一個思考迷宮。是他的完美主義，把自己帶到自我否定的螺旋裡。

這位剛過十九的少年似乎需要一個傾訴對象，而她希望自己能夠幫助他。

她是他的劍，是他的引路人，這是身為契約物的職責——諾娃完全沒有考慮這些事，她只是單純地想幫他。

「我實在不知道該怎樣做，」把連日來的煩惱如數說出後，愛德華又再嘆氣。在說的同時，他驚訝於自己竟然會這麼坦白地對人傾訴心事。平時他是不會對任何人說的，就連父母也是，但剛才當諾娃問時，他心裡有把聲音冒出，想把一切說出來。「我不想放棄，但這是無意義的，那麼繼續做又有甚麼意思。」

他躺在草地上，望向滿天星宿，面容依舊消沉：「我實在太渺小，甚麼都做不來。」

少女見愛德華一臉沮喪，不再是當初認識的那個自信的愛德華・雷文，很想回答他，但奈何找不到答案。

「諾娃很強大呢。」這時，愛德華突然說。

「咦？為什麼？」意料之外的一句話令諾娃感到驚訝。

「為什麼發生了那麼多事，你仍然能夠保持自己？」愛德華問。

「嗯……」諾娃一時間反應不來，思索一會後才記起心裡的那些煩惱。

失去記憶的她曾經有過類似的煩惱，其實現在仍有。她是個空殼，有很多事不懂；她曾經害怕過，這是愛德華所看不到的；但她決定了不想太多，依照直覺行動。

「『行動代表你的心』，」她直白地回答道。

「甚麼？」愛德華有點驚訝。

「應該是以前的我對自己說的話吧。別想太多，我的行動代表我心所向，意思大概是這樣。」諾娃解釋。

「行動呢……」愛德華頓時回想起這些日子以來做過的事，但最後又回到剛才的結論：「但都是無意義的，夏絲妲也這樣說。」

「我想，夏絲妲的意思其實不是你想的那樣。」這時，諾娃提出否定。「我覺得她的用意不是單單要否定你的目標，而是先要你看到事實的全貌，理解自己的渺小，再決定前進的路。」

「但是，她說我的路是無意義的……」愛德華坐起來，低頭說道。

「就從『無意義』中尋找意義吧。」諾娃輕聲道。「她不是說過，選擇沒有對錯，只需記住必有代價嗎？她現在說出你的目標是無意義的，但並沒有阻止你去追求，無論你決定繼續踏上同一條路，抑或選擇新的路，都是你的選擇。」

對，愛德華這時醒覺，諾娃說得沒錯。

夏絲妲指出愛德華的夢「無意義」後，就幾乎沒有明確地否定過他的想法，愛德華想起來了。

她一直只是表示出自己的想法，並給予愛德華思考的空間。

她沒有假設愛德華對殺人抱有猶疑的事是錯誤，只是以自己的經驗告誡他不想清楚的後果。

如果她一早認定我的目標是無意義，且不能改變，為何又要給我練劍和思考的機會呢？

愛德華的心就像慢慢消散的濃霧，視野逐漸變得開明。

夏絲妲曾經對愛德華說過，要他慢慢去尋找屬於自己的路。

對，現在不知道意義，那麼去尋找便可以。

「『為何而戰』，我覺得不是一朝一夕就能找到答案的。」這時，諾娃補上一句。「但現在找不到沒關係，相信自己，別想太多，做自己現在能做的事。只要不停思考，終有一日定能找到答案。」

諾娃一口氣說出自己在這些日子裡得出的結論。

她連自己是誰也不知道，只可做所能及的事，見步行步，尋找屬於自己的答案。這一刻她感覺自己不是自己，可能這番話潛意識地混合了以前自己的意志、想法或信念，但想傳達的想法卻全是出自真心。

愛德華再次抬頭望向星空。萬里無雲，繁星仍在無聲閃耀，瀑布水流不止，原野樹林高得沒法觸及。他確切感覺到，世界十分巨大，在對比之下，人類的確很渺小。但跟剛才不同，現在愛德華的視野豁然開朗，不再覺得這份渺小為負面。

人都很渺小，跟世界比起來毫不足道，但渺小，也意味著有很長的路要走。一直走，一直尋找，一直思考，終有一日會找到答案。

哈哈，自己真愚蠢，愛德華在心中輕笑。這麼簡單的事，自己一直想不明白，卻被她一語中的。

「我們有很多時間，而我會陪伴你尋找的。」諾娃堅定地望向愛德華的漆黑雙瞳說。她的話語似是再次表明契約的內容，但更像是發自內心的誓言。

「謝謝你……朋友。」沉默片刻後，愛德華低頭微笑，輕聲說。最後兩隻字的聲音小得無人能聽見。

「甚麼？」

「我是說，」換著是以前，愛德華會搪塞過去；但現在他卻想改變。他深了一口呼吸，抬頭看著諾娃，臉上的笑容比剛才更為明顯。「謝謝你，諾娃，我的朋友。」

諾娃先是驚呆，然後帶著感謝的心回以微笑。

這是她第一次聽到愛德華親口對別人說出「朋友」一詞，更不用說他臉上的笑容，她從未沒看過他笑得這麼開懷過。也許因為心中的迷霧消去的關係，連同一直猶疑的問題也得到解答；或者應該說其實答案一早就存在他心裡，只是等待本人承認而已。

她相信他，而他決定相信她。

愛德華站起來，一掃身上的枯葉，臉上不見沮喪，眼神雖然仍有一些猶疑，但已經比之前開朗。

「一起尋找吧。」他說。

做自己能做的事，不要放棄尋找，不要放棄變強。

人也許很渺小，但知曉自己的渺小，方能踏出改變的一步。

7

「啊，雨雪真討厭。」夏絲妲望向窗外，一臉惆悵。「下雪還好，飄到臉上冰涼舒爽，但雨雪只是一些無法化成雪的小雨點，看似是雪，但打在身上時卻是雨點，又冷又濕，很不舒服。」

「下雪了嗎？」愛德華聞言，在房間驚呼。他走到客廳的窗前遠眺窗外，看見大半小時前還是一片墨綠的草地已被蒼白埋沒，萬千微小的雪粒隨著兇猛的強風在天空亂舞，稍微失落地嘆了口氣。

「沒辦法外出，明明今天還有要做的事……唯有改做一些能在室內做的練習吧。」

他本來正打算出門到森林鍛鍊臂力的，剛才在房間正是想取出木槌，但現在只好改變計畫了。

「你已經練習了一個早上，不累嗎？」諾娃關心地問，她的手上拿著一碟奶油蛋糕，並把木碟遞向愛德華，用眼神示意想跟主人分享其中一件。

「還好吧。我還可以繼續。」愛德華側頭思索了一會，挑了最小的一件。

諾娃嘴巴微微張開，略感驚訝。換著是以前，愛德華一定會拒絕，或者要多問幾次才勉強願意取過一件。但諾娃留意到最近的愛德華開始放鬆，眉頭緊皺的日子少了，雖然還是不拘言笑，但感覺整個人不再過分拘謹。

他正在改變，她知道。又或他只是回復到本來的自己而已。

而坐在一旁的夏絲妲留意到這一切，不作一言，嘴角上揚。

果然那一晚讓諾娃出去找愛德華是對的，她心想。雖然不知道二人在森林裡談了些甚麼，但夏絲妲大概猜到，她為他指引了前進的道路。

夏絲妲可以用劍引導他，但她知道對愛德華來說，她是他的前輩，而他對她抱有仰望之心，所以有些話是要由諾娃這位與他平起平坐的人來說，才會有用。

那一晚之後，愛德華繼續專心致志地練劍。雖然仍舊對自己要求甚高，但夏絲妲從他的劍路，感覺到這位少年開始朝著某個目標前進。迷惘尚在，但他明顯地找到了前進的方向，而且再沒有勉強自己。

他每天天剛亮便出外練習，比習慣晚起的夏絲妲更早起床。一改之前的被動，他現在不時會主動拉著夏絲妲陪他練習數小時，也開始會問夏絲妲對於自己劍術的意見。只要是夏絲妲提出可以改善的地方，例如左方的反應較慢，他都會默默地努力練習。而且雖然沒有告訴夏絲妲，但後者知道他正在祕密練習左右開弓。暫時成果未甚理想，但夏絲妲覺得，以他的資質和努力，一定可以在短時間內有所突破。

注視著愛德華為尋覓甚麼而揮灑汗珠的背影，以及練劍時四目交投所看見，那雙閃耀著堅定光芒的黑瞳，她深深覺得這少年比想像中更為有趣。

在他身上可能會找到自己想要的答案，她心想。

而同時，她在諾娃身上也找到意料之外的樂趣。

兩個星期以來，她留意到少女的情感表達越來越豐富，比起一個劍鞘，或者人偶，更像一個「人」。她似乎仍未想起更多關於過去的記憶，但從一舉手，一投足，都能看出她在無意識間慢慢記起那些「身體的記憶」，而這些記憶都令她顯得更像個人。

假設她從一開始就是一個人偶——被造物，到底是誰用甚麼方法做出從外表到內心都如此逼真的「物件」？如果假設她本來是一個人，那麼到底又是誰用甚麼方法把她變成一把劍鞘？

夏絲妲心裡有幾個大膽假設，但沒有任何一個有確實證據支持。

看來事情會變得越來越有趣，她在心裡微笑。

「有心練習是好，但過分操勞的話只會事倍功半，而且你的傷應該還差一點才全好吧？不如我們趁這個下午，做些別的事？」夏絲妲隻字不提自己的猜想，而是作出別的提議。

「例如看書？」愛德華立刻問。

「你真的很喜歡看書呢……抱歉，這裡沒有書。」夏絲妲無奈地聳肩。

愛德華頓時失望地低頭。作為愛讀書之人，連續兩個星期沒有看書，對他來說十分不習慣。

「真的沒有？」他的眼神懇切。這個問題他已經前後問過不下十次，但答案一直不變。

「我為什麼要騙你。」夏絲妲沒好氣地回答。這小傢伙到現在還是不肯相信我嗎！

雖然她知道做成這現象的是她自己，但看著愛德華對明明沒有必要隱瞞的事重複問幾次仍不肯相信，她就不禁感到無奈。

不過這也是他的可愛之處。

「說起來我一直感到好奇，你到處走的時候都不會帶著書的嗎？」愛德華好奇地問。

「書太重了，不方便我這種輕裝出行，而且居無定所的人。所以我都選擇用眼看。」夏絲妲回答。

眼，這隻字令愛德華再次想起最近的得著。這些日子以來，愛德華在夏絲妲身邊，從她的一舉一動，慢慢學習到「不要只用文字理解世界，要用身體去感受世界」的道理。

他以前一直認為，所有知識都能從書中獲得，所以他喜歡看書。到圖書館，就連尋找關於「虛空」線索的時，也是先到國家圖書館尋找相關記載，再外出碰運氣。但夏絲妲並非如此，她是用雙腳去尋找知識。例如關於「虛空」、「黑白」的資料和猜測，各舞者的背景資料，口耳相傳的都市傳說，在林間生活的竅門，甚至連安納黎以東國家人民的生活起居小知識，她都瞭若指掌。這些都不會被記載在書上，但都被她打聽到、看見，並記在腦中，再以自己的方式在行為和言語間展現出來。

知識藏在世界每一個角落，等待人們去發現。資訊和知識之間相隔著經驗、理念、應用，就算所有人閱讀著同一資訊，也會因為解讀方式和個人經驗的不同，而化成不同的知識，儲存在各人的腦裡。而要獲得經驗，最快的方法是親身感受。

就算夏絲妲不直接說，愛德華也大概猜到她的足跡遍佈世界各地。從她身上，他看到世界之大，自己的渺小，以及眼前人的強大之處。

雖然性格令人捉摸不定，而且愛捉弄人，但她能文能武。愛德華越發覺得，她也許是他到現時為止遇過最完美的人。

他敬佩她，因而想學習她，同時更想得到她的認同。他開始覺得自己被她撿回來一起同住並練劍，是件好事。

「愛德華？愛德華？」見愛德華一直沒有反應，諾娃在他眼前揮手，半晌他才回過神來。「沒事吧？」

「呃，沒事。」他是絕對不會把剛才心裡的話說出口的，為了掩飾，他急忙思考能夠轉換視線的話題：「對了，不知道其他舞者現在都在哪裡做些甚麼？」

祭典已經開始了三星期，愛德華認為，除了他一個人與世隔絕地在森林練劍，其他舞者想必已經為了排除對方而開始一場又一場的爭鬥。愛德華知道路易斯已經向布倫希爾德求婚，但最新情形未知；而其他舞者的事更不用說了。他唯一知道的，就是這次祭典的最強候補還活得好好的。

諾娃不知道該如何回答，唯有和愛德華一起把目光轉向夏絲妲。

「這些日子我都沒有出遠門，怎會知道那麼多。只知道齊格飛小鬼和精靈女王還活著，而且男方似乎已經去過女方的家拜訪一次。」一面對兩對好奇的雙眼，她如實作答。「但訂婚細節等就未知。」

「其他人呢？例如奈特？」諾娃問。一說到奈特的名字，諾娃眼神一縮，莫諾黑瓏帶給她的恐懼到現在依舊纏繞著她的思緒。

「他啊……可能跟齊格飛小弟在一起吧。」夏絲妲輕描淡寫地說出，彷彿這事並不重要。

「你怎會知道的？」但愛德華卻驚訝得差點整個人都彈起來了。

「只是推斷。有人在兩星期前見到貌似他和『黑白』的人在威芬娜海姆郡裡出現，那麼大概是去找年輕的家主大人吧？」夏絲妲平淡地回答。這些情報都是她趁出門採購日用品的時候順路找專人打聽回來的，但她沒有打算要告訴愛德華自己的情報來源。

「但不可能是他去找路易斯對決嗎？」愛德華有點質疑。

「我是在兩星期前聽到關於奈特行蹤的事，而關於火龍小子的是上星期，如果是去對決，大概現在傳遍全國的會是火龍小子的死訊吧？如果是奈特輸掉，我相信齊格飛家一定不會一聲不作。」說完，夏絲妲輕笑兩聲。「而且，結成同盟的確是在『八劍之祭』裡能夠活得長的好方法。」

「的確，先結盟打倒敵人，再狗咬狗骨是聰明的做法。但奈特來歷不明，路易斯怎會答應他？」愛德華仍有一絲不解。

「這個我就不知道了，」夏絲妲攤開雙手並聳肩。「可能是利用關於『黑白』、『虛空』的情報來博取信任，不過無論如何，這些都是推測。如果他真的能夠和齊格飛家組成同盟就厲害了，和三大公爵家之一拉上關係，而且溫蒂娜家也可能在同一陣線，只要行事謹慎，在祭典前期應該會很安全。」

「溫蒂娜家……就算將會訂婚，但畢竟兩個家族之間的關係和問題複雜，難保雙方會不會暗地裡有所動作，雖然我肯定路易斯一定不會做就是了。那個蠢材，一定以為精靈女王是與她相愛的吧。」

說到最後，愛德華不禁冷笑。

「你很熟悉他呢。」夏絲妲微微一笑。

「當然，他的一舉一動，我都猜得到。」愛德華答得十分肯定。

夏絲妲突然想到一些事：「對了，愛德華小鬼……」

「我不是說了，別叫我『小鬼』了嗎？」愛德華面露不耐煩之色，這些日子，他一直要求夏絲妲直接叫他的名字，但對方似是故意裝沒聽到，仍然堅持在他的名字後加上「小鬼」二字。

「那麼該怎樣叫，『愛德』？」她故意問。

「不要。」愛德華冷冷回應。他討厭別人為他起暱稱，總是覺得，就不能好好地叫我的名字嗎？

愛德華的反應令夏絲妲突然想到一個有趣的猜測，並露出若有所思的微笑。她說：「那就『基斯杜化』。」

「別用那個名字叫我！」出乎眾人意料之外，愛德華倏地站起，激動地回應，此舉嚇倒旁邊的諾娃，她從未見過愛德華發那麼大的脾氣。

就連夏絲妲也嚇了一跳。她曾經見過愛德華激動的一面，但遠遠沒有這次厲害。她很快調整心情，平靜地問：「為什麼？」

「我最討厭別人用中間名來叫我的了！」愛德華的氣仍未消，他面紅耳赤，氣喘連連，平時冷靜的他不知去哪裡了。

「基斯杜化，是你父親的名字吧？」夏絲妲問。

「別跟我提那個人。」愛德華的語氣雖然平靜了些，但仍然帶幾分怒氣，同時雙手緊握拳頭。

基斯杜化．肯尼斯．雷文，夏絲妲僅從一些市井傳聞聽過他的名字。當肯尼斯死後，眾人以為基斯杜化會趁機向皇帝請求繼承其父的騎士團長職位時，他竟然推辭了職位，只當個小郡的郡主。之後因為負債而傾家蕩產，差點要交還郡的管治權，幸得剛上任不久的皇帝亞洛西斯大發慈悲，才能繼續管理希蕾妮亞郡至今，但大宅仍要賣掉，只能節衣縮食地還債。所以在貴族之間，他有著「沒落貴族」、「掛著貴族之名的窮鬼」、「黑鴉之恥」、「因皇帝的慈悲才能活著的窮鬼」等不太好聽的別稱。

如果想盡快重振家業，最快的方法就是向人民加稅，但有趣的是，基斯杜化依舊維持一貫的稅收，甚至在兩年前郡內收成不佳時短暫調低稅款。就算自身難保，他也先以民眾的角度出發，不讓他們因自己而受苦——順帶一提，希蕾妮亞郡的稅收自從基斯杜化上任後，便是全安納黎數一數二低的。

「先坐下來喝杯茶吧，」夏絲妲轉身到廚房把剛泡好的茶拿出來，並把茶杯遞到愛德華身前，著他冷靜一下心情。「你似乎很討厭你的父親呢。」

「我寧願沒有這樣的父親。」愛德華接下茶，但別過頭去，說得決斷。

夏絲妲起初是想問愛德華關於他和路易斯的過去，突然想起愛德華的中間名跟他父親的名字一樣，再記起基斯杜化的傳聞，便帶著半捉弄半好奇的心態去測試，沒想到他會有這麼大的反應。

她未曾直接跟愛德華談過他父親的事，也不知道原來他這麼討厭他的父親——不，說「討厭」一字太過單一，她隱約感覺到，愛德華對父親的恨意有更多東西夾雜在內。

每次愛德華說話時別過頭去，都是為了要掩飾心裡的感情。夏絲妲看得出他不是在說謊，而是在逃避一些事。也許在內心深處，他也知道這份感情是甜與苦、酸與澀的混合，但他決定用「恨」一隻字去概括，且不願深究它。

「基斯杜化・肯尼斯・雷文，我約略聽說過他的事。」夏絲妲率先喝下杯中的茶。可能是下太多茶葉了，本來應該清淡的霧霞安凡琳茶竟然喝出點苦澀味。跟桌上的話題剛巧相似，真是巧合，她心想。

「一定不是些好傳聞吧。」愛德華苦笑。「我不覺得那個人會有甚麼好事能讓人知道的。」

的確，夏絲妲同意，但她本人對基斯杜化其實沒有特別的想法。

「那我就趁機會問，你覺得肯尼斯是個怎樣的人？」

「骯髒、不擇手段、騎士之恥。他還好意思稱自己為『黑鴉騎士』，還以男爵當上騎士長一事自豪。周圍的人都看到他使的骯髒手段，他不覺得羞恥的嗎？」愛德華氣也不喘，一連串說出自己對肯尼斯的痛恨之情。

怪不得第一次跟他談到肯尼斯時，他沒有稱呼他為「爺爺」，而是直呼其名，夏絲妲頓時明白了原因。

「但基斯杜化好像也好不到哪裡去吧，」夏絲妲一提起愛德華父親的名字，他的表情突然繃緊了些。「有些傳言說他在傾家蕩產之時，跟皇帝達成了不見得光的交易才能保住領地，或者像肯尼斯一樣行使賄賂，甚至有人說他是『黑鴉之恥』……」

「住口！別這樣說他！你到底懂甚麼，他不是這種人！」心情才剛平伏不久，愛德華又再次變得激動。

「夏絲妲，別繼續說下去吧……」諾娃以懇切的眼神看著夏絲妲，但當兩者四眼交投時，夏絲妲堅定的紫瞳令諾娃明白她的目的並非捉弄或抹黑。

夏絲妲只是用她的方法令愛德華去明白一些事，諾娃明白。

「那麼他到底是怎樣的？」夏絲妲語氣平淡，且有引導之意。

父親到底是個怎樣的人？愛德華覺得很難一言而盡。

每次想起父親那慈祥的笑容，以及高大的背影，心裡都會冒起一股無名火，恨不得一拳打碎這些回憶，但每次「他」想揮拳時，總會在最後一刻停下來。

他用盡一切的努力去否認，想去摧毀，但到最後關頭卻總是下不到手。

——就像父親總是沒法傷害人一樣，他突然覺悟到。

這沒可能的！我不像他，我並不軟弱，不像他一樣怕事，這只不過是錯覺！

他再回想起那副溫暖的笑容，是多麼的美麗，宛如冬日陽光，柔和、其溫暖透徹心靈的每一個角落。他沒法抹殺和否定自己看到這副笑容所浮生的愛意，這份心情繼而影響到他對父親愛恨的判斷。

這份心情十分矛盾。他愛他，也恨他，愛與恨不是對立的嗎？

「……我不知道。」千百情感和回憶在愛德華的心裡翻騰，良久，他才能從口中擠出字來。「他比任何人都要溫柔，比任何人都要強大，但他是個懦弱鬼，怕事得連保護家人也不懂。這種人，我討厭得要死。」

溫柔和懦弱……啊。

頃刻夏絲妲明白了，這位愛德華所追求的「強大」到底是甚麼。

愛德華所追求的強大，其實就是像父親一樣的人——凡事包容，總是以溫柔對人，堅強卻不霸道。但他同時否定著父親的一切，因為基斯杜化的溫柔遭受別人的利用，同時被別人欺負仍不還手，令愛德華發現父親「溫柔」裡懦弱和怕事的一面。愛德華不認同懦弱是正確，但又不想走肯尼斯為了目的而拋棄道德的路。他想找到突破點，既有溫柔和包容之心，也有能夠震懾人心的實力。

他或許是想向世界證明父親的一套是對的，不是外面的人所說的懦弱。和善對人也可以在世間生存，不必眷戀權力，爭個你死我亡才能活；但他同時又認同世間是弱肉強食的，只有實力最高的人才能站在頂點。用個簡單點的說法，就是同時追求精神和肉體上的強大，以兩者服眾，並嘗試尋找兩者之間的平衡點。

這並不容易，尤其他現在是個舞者，必須面對弱肉強食的競爭環境。對敵人溫柔，也就等於送上自己的性命；但冷酷無情，又違背了他的理念。這種強大虛無縹緲，因為沒有盡頭，而且是基於追求者本人的想法決定路途的長短。

「你嘴上說他懦弱、軟弱，是你最討厭的人；但在我看來，你愛他比任何人更深。」夏絲妲指出。

「這樣沒可能。我恨他，恨到痛之入骨，又怎會喜歡他。」愛德華卻不這樣認為。

「因為你喜歡他。」說時，夏絲妲面上的笑容猶如看透世事，吐出的每一隻字彷彿疊著一層苦澀的經驗：「因為喜歡，所以討厭；因為討厭，才會喜歡。」

第七迴－Sieben－

殘影－AFTERIMAGE－

1

四周一片漆黑。

伸手不見五指，這裡連光也會被吞噬。無盡的黑暗，這裡沒有時間的概念，彷彿是一切的終結，也可能是一切的開端。

少女感覺到自己站在漆黑的水中，水如泥濘般黏稠，似是不讓她前進到任何地方；她隱約聽到從遠方傳來一些熟悉的聲音，像回音一樣在黑暗圍繞，但她記不起是何時的事。

「來，跟我一起回去吧。」

聲音越來越清晰，少女望向身後，卻不見任何人。眼前只有黑暗，但她隱約從聲音中見到光芒——柔和的雪白和清澈的水藍。

一切都很模糊，她很熟悉那把聲音，卻無法記起更多。

她往聲音的方向徐徐走去，泥濘般的水拚命地拉著她，不讓她前進，但少女心意堅定，沒有因此而停下腳步。那把聲音、那道光芒是她重要的事物，她得拿回來——就是這句話，驅使她沒停下腳步。

她往聲音的方向伸出手，似是想抓住光芒；慢慢的，她的腦海開始冒現更多的顏色，翠綠、墨綠、深褐，這些光芒緩緩組成一幅畫——她看到自己正坐在某個樹林裡。

「來，跟我一起回去吧。」

她抬頭，看見那道讓人懷念的水藍光芒。雪白的柔光遮掩了她的臉容，光芒向少女伸出手。她看著那身影，記不起她是誰，記不起這裡是哪裡，就連自己的名字也想不起來。

她那在黑暗中的身體緩緩伸出手，向著那道水藍伸出手。水藍輕輕接住少女的手，光芒似是對著她微笑，少女正要起來時，背後突然傳來被長鞭打中的刺痛。

「啊！」

她不支倒地，在尖叫出聲的同時，黑暗一下子被突如其來的白光粗暴地驅走，所帶來的刺痛令少女久久睜不開眼。待光芒減弱、痛楚消去，她慢慢睜開眼，發現自己被吊在某大廳的半空，雙手被兩條皮鞭緊綁。前方的玻璃窗雖然是巨大，但冬日微弱的陽光不足以照亮廳堂的每一角；灼熱的疼痛遍佈全身，彷彿全身都以痛楚組成般，身體發出的哀嚎幾乎要淹沒她的意識。這個感覺十分熟悉，但她頭腦沉重，一時間回想不起來。

「你在發甚麼呆？我要你回答我，為什麼沒有跟指示做？」

這時，從下面傳出一把女聲。她俯望，只見一個身影，她的長髮顏色跟剛才在模糊中看到的冰藍一模一樣。

少女視線模糊，但隱約看到她手上正握著一條粗大的水鞭。

「我不是叫你要解決掉那個火龍小子嗎？為什麼他可以活著離開的？」

火龍小子？少女完全不明白她在說誰，腦海裡只隱約浮現出一道金色。

「我、我……」少女認得出是自己的聲音，那聲音虛弱又沙啞。「覺得不用過快行動，可以先觀望……」

未說完，一鞭清脆地打中她的腹部，力道之大，令少女一瞬間沒法呼吸。「誰批准你駁嘴了？觀望？禍根只會帶來更多的麻煩！」

少女只聽見一聲冷笑，接著兩手手腕被兩根冰柱狠狠刺穿。粗大的冰柱貫穿傷口後，隨即化成碎片消失在空氣裡。那身影沒有再施行任何刑罰，任由少女與生俱來的自癒能力促使傷口癒合，似是在享受少女在自癒過程中會感受到的痛苦。

殺了他，我就不會受這些苦……為什麼當初我會留他一命？

在無盡的疼痛裡，少女意識薄弱，幾乎感覺不到自己的存在。她藉著痛覺讓自己清醒，並咬口切齒地去回想。

「我一直都是一個人，直至與您相遇，就覺得我也是被愛的。」

漸漸地，四周開始出現一把聲音。這句話一直在她的腦海盤繞。是誰說的呢？她認不出聲音的主人，但那句話十分熟悉，每一字都響徹她的心靈。

如果你愛我，那就來救我吧？不能吧？你明白這些痛苦嗎？這句話，只是不諳世事的人所說出的糖衣毒藥而已！

無盡的痛苦令她的心萌生恨意，從心底想扼殺那把聲音，好幾次伸出手想親手捏碎它，但每次都在下手前的瞬間停下來。

過了不知多久，傷口總算復原，如火燒般疼痛的痛覺也緩緩散去。少女張開眼，看不見那冰藍的身影，也感覺不到她的氣息。

完結了嗎？她鬆了一口氣。比平時來得快，是我的錯覺嗎？

「莉諾……啊！」

正當她一如以往，打算叫最信任的女僕為她鬆綁時，一件尖銳硬物粗暴地撕開她的背部，刺穿她的胸膛。

她強忍痛楚低頭看，只見自己的鮮血染滿漆黑的槍頭，並滑落到傷痕纍纍的肌膚上，再滴落到純白的地面上。每一「滴答」聲，都好像是她的死亡倒數。

「你以為懲罰會就此完結嗎？」少女的身後傳來愉悅的笑聲。「怎麼樣，快將抓到希望時才被拉進絕望的感覺，很棒吧？」

原來身影從沒離開過，她是故意走到少女看不到的背後，再抓準時機，以長槍給予一個狠毒的反轉。

「明明是個人偶，居然斗膽獨自主張，並搞砸我的計畫，今天一定要好好教訓你，讓教訓烙印在心中——」

一聲輕笑過後，本來貫穿少女胸膛的長槍突然被高速抽離。

「啊——！」有如撕裂身體的痛楚瞬間化成巨大的哀號，響徹整個空間。少女覺得自己離死亡不遠，多次覺得快要超越生死之線，但強大的自癒能力卻總是把她從死亡邊緣拉回來，生和死不停地拉扯著她，令她生不如死。

救、救救我……

少女以僅存的意識，在心中向人呼救。

我不想死，只想一切結束，就算是誰都可以，請救救我——

腦海再次飄出一道柔和的金光。

「救救我……」少女氣若游絲，求救的聲音小得連自己也只能勉強聽見。

「嗯……感覺還不夠深刻呢。」可是她的求救卻沒有傳達給任何人。那身影的輕笑猶如惡魔的奸笑。「那就用這個來作結吧！」

少女勉強睜開眼，只見剛才穿過她身體的粗大長槍分裂成十數枝較幼的長槍，矛頭全部畢直指向她的胸膛。

不、不要……她已經預想到之後需要承受的痛苦有多大。

「哈哈哈哈，墜落吧！」伴隨著笑聲，停留在半空的長槍們悉數射向少女。時間突然慢了下來，少女雙手被綁，只能睜眼看著染有自己鮮血的漆黑尖矛觸碰到肌膚——

「不要啊——！」

布倫希爾德雙眼猛然睜開，額頭流著冷汗，嘴巴一開一合，不停地喘氣。

她剛才好像跟夢裡的少女一同高呼，但記不清楚，現在包裹她全身的只有驚恐和痛楚。

剛才夢境裡的情節依然歷歷在目，胸膛、手腕，以至雙腳所受的痛楚都仍然殘留在她的神經裡。

她不禁揭開衣袖查看，疤痕早就因為強大的自癒能力而消失得無影無蹤，現在映在眼前的是雪白的肌膚，但她看得到的卻是那些因鞭打而留下的血痕，和令人怵目驚心的穿洞傷口。這時，身邊有些東西走過，引起了她的注意。

只見一隻小白狐緩緩走到她的身邊，安靜依偎在她的膝旁，安甜進入夢鄉。

這裡是……一定是另一個夢吧？

因著白狐的出現，布倫希爾德的焦點得以轉向四周。她不敢相信自己此刻所看見的一切——只見自己正坐在某處草原上，頭上有藍天白雲，身邊有清涼微風，彷彿正身處世外桃源。小白狐的睡姿是如此安寧而甜美，似是因為在精靈女王的身邊而感到安心；但布倫希爾德看到這一切，卻是雙眼睜大，瞳孔裡流露的是驚恐，並像隻受驚的小貓般跟白狐拉開距離。

不……她不停在心中呢喃。別再用甜美的夢來騙我……這一切都是虛假的，我身處的世界不是這個樣子的！

她仍未能從夢裡被虐打的回憶回復過來，那些影像不停在她面前閃現，血腥的氣味與清爽的微風形成強烈的對比，在她的腦中互相對抗並排斥。

我只是在另一個夢境而已……她不停對自己說。對布倫希爾德來說，比起眼前的影像，那些充滿血和痛的影像更為真實——因為那不是單純的夢境，而是真實的回憶。

只要掐碎這個夢，我便能醒來——她不停地默念著這句話，把雙手放在白狐的頸項上，狠狠的掐下去。視線被淚珠弄得模糊，她看不到白狐掙扎的模樣，以及求救的哀鳴，盤繞著耳邊的只有內心那些悲傷的呢喃，以及急促的呼吸聲。

美麗的世界只是謊言，我不屬於那裡——

「布倫希爾德小姐，你在哪裡？」

莉諾蕾婭的呼聲一下子令布倫希爾德驚醒過來。布倫希爾德抬頭，發現自己正身處城堡外庭的森林，隨身女僕正從遠方走過來，突然，她想起懷中的白狐，身子一抖，低頭望去。

我、我到底在做甚麼……

白狐已經斷氣，口吐白沫，雙眼反白，頸上有明顯的勒痕。布倫希爾德注視著白狐的屍體，雙手不停顫抖，剛才勒住牠的記憶頓時湧上心來。

她剛才一直以為自己在作夢，但其實早已醒來；她以為自己為了醒來而勒斃的幻覺，其實是真實的生命。

這……我這樣做，不就跟「她」一樣嗎？

她想起夢裡那個身影對她做過的一切。她不停告誡自己，不要變得跟她一樣，但現在竟然在意識混亂之中殺死了無辜的生命，難道自己的本性已經變得跟她一模一樣了嗎？

她的眼角流下兩行淚珠，呼吸急促。焦慮、自責、恐懼和被打的回憶，各種想法在她的腦海互相碰撞。她沒法冷靜下來，也沒法整理思緒，只能待在原地，任由淚水直流。

「小姐？你在那裡做甚麼？」

莉諾蕾婭的聲音越來越靠近，這令布倫希爾德警覺起來。不，這不能讓她看到，她不能知道——她立刻抹走臉上的淚痕，再焦急地用手挖了一個洞，埋下白狐的屍體，意圖消滅自己剛才親手殺生的證據。

「小姐？你沒事吧？」莉諾蕾婭來到布倫希爾德的面前時，洞口剛好被埋住，沒有像個小土丘般凸起，而是如周圍的土地一樣平坦。

「嗯……沒事。」布倫希爾德裝作冷靜，把手收到身後，坐到幾步後的草地上。

莉諾蕾婭留意到主人手上的泥土，以及剛才雙手下面一個與周遭的綠不同的褐，但沒有作聲。她擔憂地打量主人全身，發現她的雙眼紅腫，一看就知道是哭過。
「小姐，你哭了嗎？」莉諾蕾婭跪下，憂心地問。「還有傷口覺得痛嗎？」
「不……不要碰我，」明明二人相差幾步，莉諾蕾婭也沒有伸手，布倫希爾德卻仍然害怕得退縮幾步，應是未完全從那些創傷回憶中回復。「我沒事，你找我有甚麼事嗎？」
「剛才威芬娜海姆公爵寄了一封信來，應該是關於訂婚的事宜，所以想請你回去過目……」莉諾蕾婭簡略說明，語氣有一分遲疑。
「威芬娜海姆公爵？」布倫希爾德疑惑地問，是不熟悉這個名字。
「路易斯・齊格飛，威芬娜海姆公爵，小姐，難道因為儀式而令你的記憶……」
「不，我記得！」出口之後才發現自己過分激動，布倫希爾德連忙深呼吸冷靜，並低頭道歉，「我沒有事，還記得。」
路易斯，路易斯……她在心中呢喃。她記得，自己在夢中聽過這個名字，隱約記得是位擁有一頭金髮的少年，但她記得的就只有這些。
見主人激烈地堅持，莉諾蕾婭也就沒有再問下去。
「夫人……」布倫希爾德停頓了一會才繼續說下去：「有對威芬娜海姆公爵……的事下甚麼指令嗎？」
「……沒有，她不知道信件到達的事。」莉諾蕾婭留意到布倫希爾德說出路易斯的封號時，語氣有點猶疑，但她沒有就此追問。
「那就好，還有其他事嗎？」布倫希爾德問。

「對了，火精靈和土精靈的族長將在近日造訪城堡，夫人要求你跟她們見面。」莉諾蕾婭報告。

啊，這個時間又到了嗎？布倫希爾德心想。身為精靈界的統治者，她需要定時和其他精靈種族的族長會面，以探清王國發生的每一件事。這不是甚麼難事，她已經做過幾次了，只是火精靈莎羅曼達家那邊有點棘手。

「把所有相關的資料拿到我房間去，我之後會看。」說完，她站起來，但一時穩不住身子而向前仆去，幸好莉諾蕾婭及時伸手扶著她。

「小姐還是先休息吧！」布倫希爾德的上半身像件衣服一樣架在莉諾蕾婭的手臂上，無論怎樣看也不像是沒事。「工作還是先放一邊吧！」

莉諾蕾婭焦慮地勸止。布倫希爾德本來想依照她的意思行事，但一想起事情做不好，夫人暴怒的模樣時，她立刻推開她，堅定地答：「不，這個更重要，你先幫我準備吧。」

「但……」莉諾蕾婭焦急得不知道說甚麼好。

「照我的意思做。」布倫希爾德冷冷地說。面對主人冷淡的命令，莉諾蕾婭只能服從。

布倫希爾德在莉諾蕾婭的攙扶下站穩後，出乎後者的意料之外，她不是向著內庭的方向前進，而是走向反方向的森林。

「小姐，你要去哪裡？」莉諾蕾婭問。

「那個湖。」布倫希爾德淡淡地說。「我自己一個人去。」

「難道是夫人又要你進行儀式？明明幾天前才進行過一次——」

「不，我只是去冷靜一下。」見莉諾蕾婭眉頭緊綴的擔憂模樣，她嘆了一口氣。自己總是讓她操心呢。「不如這樣吧，如果一小時後我沒有回來，你便來接我吧。」

聽後，莉諾蕾婭眉飛色舞地點頭，但布倫希爾德沒有回應，只是淡然地轉身離去。

相傳第一代精靈女王萊茵娜・溫蒂娜每天都浸在冰湖裡，以增強自己和世界的聯繫，同時進行思考；但布倫希爾德並不是為了增強聯繫而去，她只是想藉助冰水為皮膚帶來的刺痛，刺激思考、整理思緒，同時提醒自己正身處現實。

想起那個身影不停鞭打她的模樣，布倫希爾德不禁嘆了一口氣。雖然出發點有所不同，但到最後，我還是跟她一樣，不依靠痛覺就沒法活下去。

那隻白狐就是最好的證明——也許她不知不覺間已經靠近那人的價值觀了。

「直至與您相遇，就覺得我也是被愛的。」

路易斯說過的話再次在她的耳邊響起，布倫希爾德這時突然記起，說話的人正是那位火龍小子，「威芬娜海姆公爵」，路易斯。

你不會喜歡這樣的我的，布倫希爾德細聲輕嘆。怪物不值得被任何人所愛。

2

在阿娜理郡某處森林的木屋裡，最近每天早上都重複著類似的對話。

「那傢伙又未起床？」完成晨跑的愛德華回到家，正在準備早餐。

諾娃搖頭。習慣早起的她早已完成梳洗，正坐在餐桌旁，安靜等待這位既是主人，又是朋友的黑髮少年端出早餐。過了一會，麵包和鬆餅已放在桌上，茶也已經泡好，一切準備就緒，現在餐桌上就只欠一人。

「唉，」愛德華搖頭嘆息，同一情況已經持續了一星期。「她到底搞甚麼？已經早上九點了啊。」

「昨晚她好像在午夜出去散步了。」諾娃如實說出她看到的事。

「怪不得。」聽畢，少年更是搖頭。

依照一向的習慣，她在五分鐘後應該會下來的，那我唯有等吧，他心想。看著桌上的鬆餅，他突然想起一件事：「對了，諾娃，你今天也要帶鬆餅當午餐吃嗎？」

「啊，對了，我都差點忘了，」諾娃說完忍不住打了個呵欠。「麻煩你。」

「你們兩個最近都去哪裡啊？每天一早就出門，連午餐也要外帶，直到黃昏才回來，而且不肯把行蹤告訴我……」愛德華一邊半問半抱怨，一邊把鬆餅放進紙袋裡。把袋子遞給諾娃時，他留意到少女的臉上有兩個明顯的黑眼圈。

「你沒事嗎？最近睡得不好嗎？」他急忙關心地問。

幾天前開始，一向長留室內的諾娃好像跟夏絲妲有甚麼計畫似的，每天吃完早餐後便一同出門，直到黃昏才回來。愛德華用盡方法，都沒法從二人身上打聽得到她們的行蹤。

他回想起來，自從幾天前開始，每次見到諾娃的時候都是一臉倦容。她總是在回家不久後便睡到明早，但醒來之後又不停打呵欠，現在走得這麼近，他終於發現到她的黑眼圈。

明明睡了這麼多，卻仍是十分疲倦，難道是身體出了甚麼問題，卻忍著不說？少年的擔憂隨著時間的流逝以倍數增長。

「啊，不，沒事，只是最近有點累而已，可能是不習慣每天都出門吧。」而對上愛德華擔憂的眼神，諾娃登時別過頭去，避開他的眼神，並藉機搪塞過去。

「別太操勞啊。」眼前的少女不是人，應該沒有「過份操勞」的概念，但愛德華早已不把她當劍鞘看。現在的他，是擔心著眼前的同居者，以及友人。

「你才是，每天都維持著高消耗的練習，要多休息，不然身體會支撐不住的。」諾娃繼續轉移視線，不想再讓愛德華研究她的黑眼圈和疲倦的原因。「對了，夏絲妲還未下來的？」

「啊，那傢伙，」這條問題成功令愛德華轉而留意另一件事。「我去看看她好了。」

少年踏上通往閣樓的樓梯，正要轉身面向閣樓的門口時，一把聲音把他叫住：「不問一句就直接走向女性的房間，不是『有失禮儀』嗎？」

「我不管，你到底何時才肯下來吃早餐？」愛德華完全沒有要轉過身去的意思，他畢直望向坐在閣樓床上，只穿著一件雪白睡衣的夏絲妲。

這麼直接的質問語氣，在兩個星期前是無法想像的，想到這點，夏絲妲不禁嘴角上揚。這小子看來已經不把自己當敵人或是殺人狂，而是當作「麻煩的大姐」看待了。只是兩個星期便有此變化，真是有趣。

「我想下來的時候就會出現，現在才早上九時，時間這麼早。」說時，夏絲妲伸了一個懶腰。她早在五分鐘前已經醒來了，只是一直坐著發呆。

「早？已經是九時了，你還想睡多久啊？」但愛德華仍是怒氣沖沖，夏絲姐覺得這刻的他就像一位母親。

「在北方我們都習慣了天亮了才起床，那邊的冬天要到十一點才會天亮，所以習慣改不了。」夏絲姐笑著說，這當然是為了逗眼前的少年而開的玩笑。

「別胡扯了。照你的說法，那麼住在永夜地區的人們不就幾個月都不用工作？」但愛德完全不領情，「快點下來吃早餐吧，茶都要涼了。」

「今天的早餐是甚麼？」夏絲姐問。

「之前你跟我提過的那個肉餡餐包，再不下來就沒有了！」愛德華沒好氣地說。

某天吃飯閒聊時，夏絲姐偶然跟愛德華提及北方一種常見食物「肉餡餐包」——在普通的焗麵包裡放入由牛肉、椰菜、馬鈴薯組成的餡料。因為材料豐富和製作步驟簡單，所以很多家庭都會以此為主食。紅髮女士說得繪聲繪影，還說自己很久沒有吃過，有點掛念那個味道，剛巧愛德華最近想嘗試新的食譜，所以就照著她的描述，在今早試做了一些成品。

夏絲姐聽到，雙眼微微睜大。她當初只是隨便說說而已，沒想到愛德華會真的去試做。肉餡餐包有些材料只能在北方買到，所以她已猜到愛德華的那個不會是最正宗的味道，但這些都不重要，最重要是那份用心。

這個少年很懂得關心身邊的人，而且通常是用行動來表達的。她想表達謝意，但又不想直接表達出來，讓人看穿自己的內心，因此把驚訝和感動都吞回肚子去，換上面帶微笑的一句：「很嚴格呢。」

「已經等了你半小時，諾娃都要餓肚子了，快點下來吧。」愛德華催促著。

再伸了一個懶腰後，夏絲妲總算願意站起來了。看著睡眼惺忪，頭髮蓬鬆的夏絲妲慢慢走到門前，愛德華不禁感嘆，自己竟然會親眼見到名震天下的「薔薇姬」劍士面具下的另一面。縱使已經一同生活了兩個多星期，有時候卻仍然感到不可思議。

她不擅早起，同住的首數天之所以早起，據本人所說，是為了形象；她握劍在手的時候很認真，但平日生活態度隨意，想到甚麼就做甚麼；她喜歡捉弄人，但也有正經成熟的一面。

她是舞者，是劍士，是通緝犯，同時也只是一個平凡人。愛德華有時候更覺得，她像是自己的姐姐。

「有甚麼事嗎？」見愛德華目不轉睛地看著她，夏絲妲好奇地湊近看著他，二人之間的距離不到五公分，瀏海都快要碰到了。

「沒事。」愛德華看著她那雙深邃的紫瞳說完後，才轉過頭去。他絲毫沒有害羞之意，只是不習慣與她近距離四目交投。

「是這樣嗎？」但夏絲妲留意到，愛德華的臉頰有一瞬間冒起了些微紅暈。

「是啊！」不耐煩地回答後，愛德華隨即往下走，離開閣樓，並再回望一眼，暗示夏絲妲要她跟上。

「對了，今天你繼續自己練習吧！」才剛走到樓梯轉角位，夏絲妲就叫住了他。

愛德華疑惑地轉頭回應：「我是沒問題，但你又要跟諾娃出去嗎？到底你們去哪裡啊？」

「這是女生的祕密，」說時，夏絲妲單眼瞇起，用食指做出「安靜」的手勢，「你遲點會知道。」

是何時啊？愛德華立刻追問，但夏絲妲真的就此閉上口，隻字不提，直到吃下第一個餐包之後，才再開口說話。

3

「那麼，今天由這棵樹開始熱身吧。」

時值早上十時半，吃完早餐的夏絲妲和諾娃二人走到森林某處的山丘上，準備開始某種練習。明明正值冬日最冷的時期，四周都是枯枝殘樹，但唯獨這座山丘的樹枝上都是剛萌芽的小葉，就像初春一樣。夏絲妲指著身旁，好不容易找到的一棵枯樹，示意諾娃可以從這裡開始。

衣著單薄的諾娃把右手放到樹幹上，深了一口呼吸，閉上雙眼，輕聲默念：「『Stapika』。」

一股無形之氣頓時從她的手掌傳到樹幹，夏絲妲抬頭，只見枯枝慢慢長出一片片綠葉，不消一會，十米大樹已變回青春，靜悄悄地融入周圍的初春世界。

「不錯，學得真快，看來你已經掌握到『Stapika』——回復術的原理，可以進入下一步了。」夏絲妲壓抑著心中的驚訝，稱讚著諾娃。

「嗯。」諾娃心不在焉地回應，似乎若有所思，不為成功而感到高興。

「諾娃？有甚麼事嗎？」察覺到異狀，夏絲妲立刻關心地問。

「啊，不，沒事。」一見狀，諾娃立刻擠出一個笑容，試圖掩飾剛才掛在臉上的愁容。

夏絲妲當然知道那是謊話，但既然諾娃不想說，她也不會追問。她望向周圍這一片因為諾娃的回復術練習而變得有生氣的山丘，不禁佩服她的學習速度，同時又對「虛空」的劍鞘構造有深一層的興趣。

是諾娃主動向夏絲妲請教術式，並請夏絲妲幫忙指導她的。

五天前的一個晚上，諾娃趁愛德華正在準備晚餐的時候鬼祟地把夏絲妲請出屋外，並向她提出這個請求。她說，自己身為愛德華的契約物，卻總是只能眼睜睜看著他孑然一身面對一切。跟別人作生死對決時如是，努力令自己變強時也如是，她總是在旁觀，沒法幫忙。看著愛德華正在努力改變，她也想要擺脫這種無力，但自己身為劍鞘，沒法握劍上戰場，所以想跟夏絲妲學些術式，儘量在旁邊幫忙。

收到這個請求時，夏絲妲是由衷感到驚訝的。她留意到諾娃最近看著愛德華的眼神由單純注視轉為若有所思，似是想幫忙卻又不得其門而入，責怪著自己無力的同時又在思考著解決辦法。她知道諾娃一定能找到答案，但沒想到那個答案是自己。

對，她是懂得一些術式，但只是足以旁身，並輔助日常生活的程度而已，例如治療傷口、野外生火等，未到能夠指導人的程度。

她如實對諾娃陳述了事實——說的時候感覺就像把面具拆下一樣不舒服，但諾娃仍是堅定地要跟她學，還表示就算只有回復術也沒有問題，只要幫到愛德華就可以。夏絲妲欣賞她的決心，便決定幫她。

術式泛指巫術和魔法，本質上和精靈界的「元素」相同，同樣以世間物質作為基礎，但在系統和使用方法上有所不同。嚴格來說，巫術和魔法其實是一樣的，只是叫法不同。有人認為借用自然力量的是魔法，其他的是巫術；也有人認為巫術泛指詛咒相關的魔法，而魔法則為不傷害人的術式總稱。

人類沒有屬性的限制，因此理論上能夠使用任何術式，只是每人或會有較為擅長的類別。能使用術式的都被稱為「術士」，但大部分術士認為，只有醉心於研究和精進術式的才能得到「術士」的稱呼，那些只為生活而學習一兩條術式的人頂多只是「術式使」，甚至跟普通人無異。

術式以力量的流動和變化作分類，一共有八類，不同類型的術式咒語以不同字母開頭作分別。例如「Stapika」回復術是屬於「生長」類，這類術式皆以S字開頭。而其他還有「流動」（W字開頭）、變換（K字開頭）、凝結（L字開頭）、擴散（R字開頭）、集中（D字開頭）、分散（E字開頭）和活化（A字開頭）。「流動」代表力量的流動，「變換」代表力量的變換，「凝結」代表物質的凝結，「擴散」代表物質的擴散，「集中」代表力量的集中，「分散」代表力量的分散，「生長」代表物質的生長，而「活化」則代表物質的活化。

從精靈的角度去看，術式其實是「四大元素」的另一詮釋。兩者雖然對世界的力量流動有不同理解，但它們在系統上有一個共通點，就是都不包括光、暗、虛無——這些力量都被術士稱為「禁忌」或是「神」的力量，是他們所不能使用的。

學習術式，首先要理解世界的力量流動原理。聽起來簡單，但「理解」所指的不只是知識上的層面，而是要讓身體感受到力量的流動，再而使出術式。

回復術的原理是注入生命力，令目標生長，夏絲姐當年學習此術式時，也是被師傅帶到山上用枯樹練習「注入生命力」的方法，因此現在她現在用同一個方法，讓諾娃用術式令枯樹重新長出綠葉，熟練後再進入下一步驟。

她當年要整整一個星期，才能熟練地在幾分鐘內令幾條樹枝長出嫩葉，但現在諾娃只需四天，就已經能夠在一瞬間令枯樹變得像初春大樹一樣茂盛。她不得不由衷地佩服，這一切看起來像是天賦，也像是早就懂得一樣。

她再次想起自己的假設。假若諾娃本來是被造物，身體擁有「虛空」——即虛無的力量，那麼有此天賦也不足為奇，但假若她本來是人，但被改造成劍鞘，那麼這個術式的天賦到底是作為人的時候留下的，還是變為劍鞘後因「虛空」的力量而被賜予的？如果是前者，這個天賦又會否跟她被改造成劍鞘有關？

越發現得多，就越衍生出更多的問題，有如永不完的迷宮一樣，未找到關鍵的線索之前，就只能繼續原地打轉。

喜愛思考推理的紅髮女士呼了一口氣。冬天日照時間短，別浪費寶貴的時間，這些假設問題就留待晚上再思考吧！

「那麼，我現在就要你在人身上使出回復術。」從思考返回現實後，她對諾娃下達下一個練習目標。

「要怎樣……」未等諾娃回過神來，夏絲妲就已拔出掛在腰際的「荒野薔薇」，輕輕在手腕上劃下一刀。

她把滿是血的手腕伸向嚇了一跳的諾娃：「試著對它使出回復術吧，不用怕失敗，有甚麼事我會自己治療的。」

夏絲妲當年在外拜師學回復術的原因，正是為了能夠自行治療因決鬥而受的傷。身為獨行俠，很多事都要自己想辦法，而且因為身分之礙，她不是那種在哪處都會受歡迎的人，所以出了甚麼事，都只能靠自己。

雖然嘴上是這樣說，但她相信諾娃一定能夠成功的。

夏絲妲坐到草地上，方便諾娃坐下集中使出術式。諾娃跪下，戰戰兢兢地伸出雙手，眼神定在夏絲妲的傷口上，久久不使出術式。

「諾娃？」

諾娃沒有反應，很多片段頓時在腦海湧出，像雜音一樣在她的眼前閃過，令她不能集中。她不熟悉那些片段，但它們就像鬼魂一樣纏繞著她，彷彿宣示這個腦袋就是它們要待的地方。

——「謝謝你，●○。」

有人正在一個男人的胸前伸出雙手，就像諾娃對夏絲妲傷口所做的一樣。那人應該是因為被治好而道謝吧，但諾娃聽不到他對道謝對象的稱呼——就像被雜音消掉一樣，也看不到「他」的樣貌。

——「終於找到你了。」

這把聲音不斷在片段的背後出現，它就像一股看得到，但不明顯的黑煙，穿梭在不同片段之間。諾娃下意識想避開那道黑煙，嘗試集中到雜音裡，彷彿從黑煙感覺到甚麼危機似的。

——「果然是被〇※的神〇大人！」

另一把聲音在腦內響起。諾娃看見很多人在她面前歡呼，畫面十分模糊，但好像是在一條大街上。聽不到的「〇※」應該是「祝福」一類的字詞吧，她心想。

「神〇」？「神官」？指的是誰？我嗎？

黑煙又再飄過，似乎變得濃密了，但這時另一段片段閃過，引開了諾娃的注意。片段沒有聲音，只見一位身穿白袍的男人站著，好像在說些甚麼。

意外的是，諾娃覺得他眼熟，但就是想不起他的身分。

這些……都是我嗎？

諾娃感到頭很痛。她越是思考畫面的內容，頭便會更為疼痛。如針刺般的痛楚令她沒法集中，同時也令畫面變得更混亂。它們變為數百條同時滑過腦海的幻燈片，從四方八面而來的陌生聲音是刺耳的噪音，諾娃看不清任何一個畫面，只能任由痛覺、幻燈片和噪音把自己的意識淹沒。

——「你逃不掉的。」

突然，一把冰冷的女聲驅走所有雜訊，空間瞬間只剩下一片灰黑。諾娃抬頭張望回周——甚麼都沒有。她一轉身，看到那股已經變得如猛獸般巨大的黑煙，身子立刻顫抖，拔腿就跑。

——是那個夢，她立刻記起了。那句冰冷的話，那股黑煙，她最近已經連續夢到很多次了。

為什麼要抓我？

她不明白，就連要逃的原因也不明白。但潛意識告訴她，一旦被黑煙抓到，她就會被殺死。

——「這是對做錯事的你，所應得的懲罰。」

不，不要過來，不要過來。諾娃在拔腿逃跑的同時，在心中不停央求。

她在無盡的灰白中奔跑，絕不回頭看；而黑煙就像猛獸一樣，慢慢把空間吞併成無盡的黑。

我到底做了甚麼錯事，你為什麼要追殺我？

一不小心摔倒，諾娃想要爬起來，卻被黑煙綁著雙腳。她只能以驚恐的眼神看著黑影張牙舞爪，準備要把自己撕碎……

——「只要你死了，我才能正常地活下去！」

「——不要啊！」

「諾娃，你冷靜一點！聽見我的聲音嗎，諾娃！」

在夏絲妲不停的呼喚下，諾娃總算從回憶的洪流裡醒過來。第一眼看到的，是一對瞪大看著自己的雙眼，然後感覺到雙手手臂被眼睛的主人緊緊握著。

諾娃不停地喘氣——她沒法令自己停下來，而且冷汗不斷直冒，全身都在顫抖。慢慢地，她的心神總算返回現實。她看到眼前人是夏絲妲，而自己仍身處山丘的樹林裡，正坐在草上。

剛剛的一切，都是夢嗎？

「看著我的雙眼，跟著我一起呼吸。」見諾娃雙眼回神，夏絲妲放鬆了握著手臂的力，卻沒有放開手。她讓諾娃看著自己，誘導她調順呼吸。「一、二，一、二……」

諾娃照著指示做，過了一會，顫抖總算停止，呼吸也變回暢順。

「你沒事吧？」見一切告一段落後，夏絲妲問。她問的時候有氣無力，諾娃這才發現她的頭髮十分凌亂，看來自己剛才的失神給予她不少驚嚇，而她也應該花了很多時間，才把自己的意識喚回現實吧。

她對此感到內疚，並嘗試避開夏絲妲的眼神：「我……沒事。嗯，沒甚麼——」

「怎麼可能沒事！」夏絲妲焦急的斥喝打斷了諾娃的逞強。這一刻，夏絲妲就像諾娃的姐姐。她呼了一口氣，再用溫柔一點的語氣問：「告訴我，你看到了甚麼？」

「我……」

這麼緊張的夏絲妲，諾娃還是第一次看見。她明白夏絲妲是真心擔憂著自己，所以決定順著她的意思，一五一十道出一切。這時她才發現，自己又忘記那些聲音和畫面了，腦袋一片空白，只記得一股不停追著自己的黑暗。

只有那個夢和那股黑暗，她的身心都記得清清楚楚。

「只記得自己被一股黑暗追逐……」她小聲呢喃。

「黑暗？」現在的夏絲妲不是為了探知「虛空」的祕密而在試探，而是真誠地因為擔憂而想知道更多。她不會逼諾娃說，諾娃不說，她就不會繼續問。

「……我不知道，只知道『它』想殺掉我……」說的時候，諾娃的雙手又再開始顫抖。

夏絲妲想起之前論及「黑白」的事時，諾娃也有同樣的反應，不知道兩者是否有關連。見諾娃欲言又止，狀態不太好，她決定要就此打住。

「今天先到些為止，我們回家休息吧。」她把手輕輕放在諾娃的手背上，並給予微笑，著她放鬆。

「……嗯，對不起。」諾娃低下頭，滿臉歉意。

「不用道歉，這不是你的錯。」說完，夏絲妲給諾娃一個擁抱，並溫柔地撫摸她的頭髮。

「呃，夏絲妲？」對於夏絲妲突如其來的舉動，諾娃感到不知所措。同時，溫暖的體溫，令少女覺得份外安心。

「我應該留意到你的不安，不該讓你這麼快就嘗試下一步的。」夏絲妲沒有放開擁抱，在諾娃的耳邊道歉。

「那，你的傷口？」她的一句令諾娃突然想起那道不停湧出鮮血的傷口，並焦急地試圖掙脫擁抱。我還未治好它，它還流著血——

「早已治癒了。」夏絲妲把少女抱得更緊，要她不用驚慌。之後她鬆開雙手，亮出乾淨的手腕，讓諾娃放心。「我沒事。」

「嗯。」看到自己沒有鑄成大錯，諾娃的心情總算平靜下來。見她終於冷靜下來，夏絲妲也總算安心下來，帶著她回到木屋。

回到屋後，諾娃甚麼也沒有做，只是坐在窗邊發呆。

那個夢，那把聲音，她越是回想，便越是覺得熟悉。從起初聽不出性別，到後來慢慢有種直覺，認為聲音的主人是位女性。

她覺得自己好像認識這個人，但想不起她的樣貌。

——不，我不想記起。這時，身體自動有把聲音反抗，阻止她繼續回想。

但夢裡的那些片段，都是我的嗎？

那把聲音說我犯了錯，那麼我到底做了甚麼，才會被追殺？

帶著這些疑問，諾娃在中午陽光的照耀下，徐徐合上疲憊的雙眼。

4

「你逃不掉的。」

諾娃孤身一人在灰白中奔跑，知道自己未必逃得掉，但她必須跑。

猛獸般的黑煙又在她身後窮追不捨，似是要把她吞進黑暗之中。她又在作那個夢了，但不同的是，可能因為下午的回溯，令夢的內容和她的意識變得更清晰。諾娃清楚感覺到自己是醒著的，手心的汗，快速的心跳，真實得如醒著時一樣。

感官傳來的感覺令她對眼前的黑影更為恐懼。

「她」——諾娃現在很清楚地知道那是一個「她」，一直追著自己，並想殺死自己。

不要抓我！到底我做錯了甚麼！

諾娃不停地跑，一心只想逃離，但黑影卻越發靠近，趁諾娃腳一軟，便伸出如繩一樣的肢體，把自己的四肢綁起，再壓到一道牆上。

諾娃無論如何反抗，都沒法移動分毫。黑影就在她的面前，縱使「她」沒有表情，但諾娃不知為何感覺到，「她」正在瘋狂地笑著。

「為什麼……為什麼你要殺我？」

這時，黑煙卻去，露出一個酷似人類的身影。諾娃清楚看到「她」的面貌輪廓，它露出一個恐怖的笑容，隨後舉高手，手上有一把亮麗的刀——

「只要你死了，我才能正常地活下去！」

「不要啊！」

諾娃張開眼睛，看見的是另一片的黑暗。

在將要被殺死之際，諾娃醒了過來，滿頭大汗，全身顫抖。她驚恐地望了望身旁，看到一把紅髮，知道自己正身處安全的地方，才慢慢冷靜下來。

那個黑影是生前殺死她的人吧——下午和剛才的經歷令她確信這個猜測。少女再度回想，明明剛才在夢裡有跟黑影四目交投，但現在就只記得它的血紅瞳孔——跟自己雙眼的顏色幾乎一樣。

樣貌看不到，但重要的是，「她」不是別的甚麼生物，而是一個人。

那對血紅雙眼就如惡魔一樣——一回想起四目相投的時刻，才剛冷靜下來的呼吸又再變得紊亂，少女痛苦的掩著口，強行把噁心感壓下去。

——不行，我得走。

諾娃聽到屬於自己的另一把聲音正在呼喊著。她不想走，但轉過頭，看見夏絲妲安穩的睡相，瞬間想起她在下午時對自己露出的憂慮神情。

不，不能讓她再擔心。少女仍然掩著口，隨手抓起披肩，就此急忙跑出屋外。

⚔

諾娃躺在瀑布旁邊的草地，心情甚是複雜。

她之所以一直沒有把惡夢的內容告知同住的二人，就是不想看到夏絲妲在今午露出的神情。她不想令任何人擔心，也不想麻煩任何人，尤其愛德華，他正集中在做重要的事，她不想因為這種事而令他分心。

這不是甚麼嚴重的事，我一個人解決就好了——雖然是這樣說，但其實連諾娃自己也不懂該如何解決。

她試過不去想，但無論她如何避開，那個夢還是會找上她，好像詛咒一樣，一旦遇上就沒法逃離。她試過在夢裡反抗，但沒有一次能夠改變被抓住並將要被殺的結果，彷彿暗示在現實中是已命定的事。

少女的心焦躁不已，急忙之下，她試圖藉著練習回復術來獲取心靈上的寧靜。起初是成功的，但隨著力量的施展，那些雜音又開始在耳邊徘徊。她大力的搖頭，試圖要讓那些聲音消失；她眼泛淚光，掩著雙耳，很想高聲吶喊。

要知道更多，就只能正面面對，但越是面對，好像就真的會被黑影殺死。諾娃害怕、恐懼，不懂該怎樣做。

——愛德華。

她突然想起他。

他到底是如何去克服恐懼的呢？一直在旁看著他獨自面對生與死、前路未明的恐懼，諾娃到現在才切身體會到那是多麼困難的事。

他會苦惱，會情緒低落，但從未放棄。他到底是怎樣做到的？

「你果然在這裡啊。」這時，一把熟悉的聲音在她的後方出現。

「愛德華？」諾娃驚訝得差點整個人都彈起來。她轉過頭去，發現身穿睡衣，只披著一件單薄外衣的愛德華正站在他身後。她頓時放下雙手：「你、你何時開始在這裡的……」

「用不著這麼驚訝吧，」相對於諾娃的驚訝，愛德華十分冷靜。他逕自坐在諾娃身旁，帶諷刺地問：「除了我還有誰？那個總是晚睡晚起的玫瑰大姐嗎？」

「你還沒睡嗎？」諾娃沒法笑出來，她問。

「算是吧。」說完，睡眼惺忪的愛德華打了一個哈欠。

「你怎會知道我在這裡的？」諾娃好奇地問。

「我剛才聽到一聲尖叫，然後聽到有人出門的聲音，想著應該是你，所以便跟著出來了。直覺覺得你會來瀑布旁，便走過來了。」愛德華直接回答。

「對不起，吵醒了你。」果然麻煩到愛德華了，諾娃臉帶愧疚低下頭。

「很不像你呢，」這是愛德華第一次聽到諾娃說出道歉的話語，他看著她沮喪的側臉，收起懶洋洋的臉容，語氣變得認真：「發生甚麼事了。」

「沒甚麼事，只是想出來散心……」諾娃垂下頭，聲線越來越小。

「別騙我，你不是快要哭出來了嗎，」未等諾娃完謊，愛德華就打住了她。原來他早就留意到諾娃淚汪汪的雙眼，「你最近好像都睡不好呢，是不是有關的？」

愛德華的眼神十分堅定，見自己沒法轉移視線，諾娃總算願意一五一十說出自己這陣子所夢到的一切，包括那群包圍自己的人，以及那道黑影，但她隻字不提今午在練習術式時也曾見到這些片段，只說都是夢到的。

「是這樣啊……」聽畢，愛德華心情為之一沉。他沒法想像諾娃正承受的痛苦程度，本來已經有因失去記憶而帶來的迷惘，才剛開始記起甚麼，就出現也許是自己被殺的回憶。換著是他，也會辛苦得想哭吧。「你有跟夏絲姐說嗎？」

「說了一些，但只是大概。」她回答。

「你不想告訴她嗎？」愛德華有點意外，平時見二人關係親密，他以為諾娃有甚麼事都一定會找夏絲姐傾訴的。

「不，只是……」不想麻煩她，諾娃沒法把這句話說出口。

「不用說了，我明白的。」見諾娃欲言又止，愛德華也無意勉強她，他大概猜得到原因，畢竟換著是自己，應該會做同樣的事。「不過說實話，我希望你能早一點告訴我。」

「誒？為什麼？」諾娃吃驚。

「啊，那個……」這時愛德華轉過頭去，不停搓揉頭髮，隔了一會才繼續說：「不是說好了一起去尋找答案的嗎，你之前幫了我，所以當你有困難的時候，我也會想幫你啊。」

「但我不想麻煩你，只是些小事……」內疚感頓時又在諾娃的心裡萌芽。

「才不是小事！你的記憶開始回來，又一直在作這麼恐怖的惡夢，覺睡得不好，心情也不好，這些怎會是小事？」說完，愛德華的雙眼突然閃過一絲受傷的神情：「還是，你不想我多管閒事？」

「不是這樣！」諾娃罕有地激動，急忙澄清，並在心裡怪責自己，為何忘了愛德華有顆敏感的心：「只是……連我自己也不懂該怎樣做……」

「也是呢，對不起，我一時太緊張了。」愛德華再搓了搓已然亂成一團的頭髮，輕聲道歉。

愛德華爽快的道歉令諾娃感到意外，這份意外令她稍微釋懷了些。相反，愛德華卻沉默不語。無心的說錯話令本來已經夠焦慮的諾娃更為緊張，以及突然說出平日不會說的話令他感到十分不自然。他看起來好像沒事，但心裡卻在分析那惡夢的內容，藉此減輕尷尬和自責。

紅眼、有人類外表的生物——愛德華頓時想起一個可能的人選，莫諾黑瓏。諾娃本來已對那人心存本能上的恐懼，如果把這份恐懼、夢的內容，以及失憶的事聯繫在一起思考，似乎說得通。可惜不確定因素太多，他不敢貿然說出自己的推斷，免得為諾娃增添不必要的憂慮。

「被○※的神○大人」，以同一讀音為首，並能被冠以「大人」敬稱的，他只能想到負責服侍神的女祭司「神官」們。但為什麼是神官？他想不到劍鞘和神官之間可以有甚麼聯繫。

如果要把現有的資料串連起來，可能的版本之一會是她本來是位神官，之後因某些理由被殺，再被變成劍鞘。但如果夢中那位紅眼人真的是莫諾黑瓏，那麼她照道理會與諾娃變成人型劍鞘一事有關連，但這樣又跟會跟她的身分產生矛盾。
……慢著，諾娃為何會突然開始想起來的？明明之前一直沒有恢復記憶的徵兆？
「最近是不是發生了甚麼事，令你開始作這些夢？」愛德華精警地留意到事件有點蹊蹺。
諾娃一驚。難道愛德華猜到自己在練術式的事？不，沒可能的。
「我也不太清楚，幾天前突然開始夢到的。」她連忙搪塞過去。
「是這樣啊，」那就沒辦法，一切又回到原點了，愛德華無奈接受這事實。他注視著飛流直下的流水，不知為何，突然想起諾娃剛才眼泛淚光的樣子——
現在最重要的不是真相，而是諾娃本人，他不就是為了這件事而跟出來的嗎？他突然醒覺。自己失落時，是諾娃的一番話鼓勵了她；縱使現在沒法做些甚麼，但最少能夠待在她身邊，陪伴她，然後大家一起想辦法。
「呃……那個，是怎樣說的？」愛德華不停地摸後頸，努力從腦海中擠出安慰的說話：「我沒法做到甚麼，只能說，沒事的，我們都在，會陪著你。」
諾娃登時心頭一震，眼角冒出些許淚光。她這幾天最希望聽到，也許就是這麼簡單的一句話。夏絲妲的擁抱，愛德華的話語，看起來十分平凡，但卻是她此刻最需要的定心石。尤其愛德華，她知道他不是常說這種話的人，因此這句話，以及背後的心意就更為珍貴。
那個黑影會繼續出現，但有他們在，她不會有事的。
「謝謝你，」她輕輕抹去眼角的兩滴眼淚。「嗯，謝謝你。」
愛德華只是害羞地呢喃了一句「沒甚麼」，便站起來，對她伸出手：「回去了。」

有更多的問題要解決了，走回木屋時，愛德華獨自在沉思。但三個人一起，一定可以解決的。三個人呢。愛德華自然地把他、諾娃、夏絲妲三人認定為一個群體，以前的他，可是連一個同伴也不會承認。這樣的想法令愛德華也對自己感到有些驚訝。

他確切地感覺到自己的想法在改變，是住在這裡的日子慢慢改變了他。

那麼，這種生活還能維持多久？這時，他想到一條重要的問題。

他當初留下的主要原因是為了養傷，但隨著傷口康復，也就失去繼續留宿的理由。是時候離開了嗎？他問自己。

不，再多留一會吧。他想起這陣子獨自練劍時一直在想的某件事，因而決定。還有些事要思考。

5

下午的陽光從樹林的隙間照亮林間，清爽勁風穿過大小松木。愛德華逆著冽風，提著黑劍，飛快在樹木間穿插。

他的跑速不算快，一直維持著均速沒有停止；跟平時不同，今天的他以左手握劍。在跑的同時，他假設前面有敵人，對著空氣揮劍，上下左右，動作皆為流暢，之後練習反手橫斬時嘗試把劍交給右手，再用右手向前刺。左右的交替算是自然，比幾天前完全接不住的狀態好很多了，他心裡萌生出一絲高興。

他未停下腳步，把劍交給左手後，看見前方樹上有些藤蔓，便決定要斬斷它們。左手橫斬出去——握劍的手勢大概正確，但準繩度和力道還差了些。看著停在藤蔓左方約一公分的劍尖，他忍不住「切」了一聲。

愛德華明白，自己上星期才開始練習左手握劍，就像重新開始練習握筆一樣，現在能做到這個程度已經算是不錯，但追求完美是他沒法改掉的習慣。他總是希望自己可以做得更好。但跟以前不同，「完美」二字已經不會再輕易的壓垮他。他現在明確知道自己的目標之一——早日練好左右開弓，也知道這不是一朝一夕便能練成的。

一想到這裡，他的腦內浮現那位曾在自己眼前展現完美左右開弓的女劍士身影，他清楚知道自己短期內沒法做到像她那樣，但只要不停練習，終有一日一定可以做到的。

夏絲妲揮劍的身影仍然浮現在他的腦海裡，未有停止。想起她行雲流水般流暢又輕巧的劍技，他不禁在心中讚嘆一個「美」字。

如果我能夠做到她這樣便好了，這已經不是愛德華第一次有此想法。

她的動作看起來毫無負擔，劍就如手臂的延伸，一舉一動自然得不得了，但技巧在美的同時，又散發著令人惶慄的殺意——那些殺意並非一下子把人震懾，而是猶如其劍技，輕輕的圍繞在目標的身邊，靜靜地醞釀，到別人察覺時，就已經變成絕望的代名詞，沒法反抗。

自己的劍有殺意嗎？愛德華不清楚。也許有吧，最少那位劍士說她見過，但他想像不到自己充滿殺意時的樣子。

看著卡在樹幹上的劍，他搖了搖頭，讓自己再度集中。

既然步伐停下來了，那就練揮劍吧。

規則的動作令他的心神從漆黑的劍光慢慢飄到遠方，不知為何，他的心神居然回到小時候父親教他揮劍時的回憶。

父親是他的第一個劍術師父，對愛德華來說，這個「第一」有著影響一生的特別意義。

三歲時的他在某天看到父親跟別人對決的模樣，那柔性和凌厲兼備的劍法深深吸引了小男孩的心，之後他便不斷哀求父親教他劍術。那時候，愛德華覺得劍術課是一天裡最快樂的時光，每次察覺自己距離父親近了一步，都會感到喜上眉梢。那時候的愛德華覺得，父親的劍術是其溫柔本質的展現，他想成為這樣的人，暗暗下定目標，一心要達到那個境界。

曾經，他視父親的劍術為自己的最終目標，但現在再次回想，只覺得一切都是羞恥。

他的劍術是高尚的，這點沒有改變，但又怎樣，人品根本跟不上，甚麼溫柔，根本只是無知少年的幻想，真相就是怕事、懦弱。

「哼，劍術這麼好又有甚麼用，明明就背叛了我。」

自從夏絲妲一針見血的跟他討論自己和父親的關係後，愛德華就沒法阻止自己去思考關於父親的事。直到剛才，他終於被自己的靈光一閃解開了多年來潛藏心裡的謎團——他對父親的憎恨，其實源於「背叛」二字。

也許他的心底早就得知這個答案，只是一直無視而已。

原來是「背叛」嗎。

愛德華停下了手上的動作，愣在原地，露出一臉恍然大悟又感慨的複雜表情。

過往的回憶不斷從腦海深處湧出，在他眼前重播一道又一道自己曾經表達過，對父親的憎厭。以前也許已經感知過，而現在他再確切感受到，那種恨，其實百味雜陳，錯綜複雜。

對，愛德華恨父親，因為他背叛了自己心中，那個溫柔又強大的完美形象。小時候的他深信父親所展示出的溫柔是強大的象徵，但目睹他面對朋友欺騙時選擇不反抗，面對家族財政危機時的消極妥協，這一切令他心目中那個「完美的父親」形象頓時化為碎片。現實狠狠地告訴他，他一直相信的那份「溫柔」，只不過是懦弱的幻覺。

父親的作為背叛了愛德華心目中，那份對他的完美形象。但同時，他沒法否定自己最初相信的「溫柔」只是懦弱，在心深處仍想相信它是強大的象徵。在夏絲妲面前激動捍衛父親的形象，就是最好的證明。

愛德華恨，恨的是父親背叛了他的理想，恨的是那個當初輕易相信並仰慕這幻影，那個天真的自己；而有這股恨意，是因為他愛著他、仰慕著他，才會被傷害得這麼深。

現在想通了一切，愛德華不禁感慨。夏絲妲說的話都是對的，她真的把一切都看得通透。

懷抱著滿心的複雜思緒，慢慢地，愛德華走到山頂。俯瞰著山下的村莊，遠方的大山河流，他再次感嘆自己的渺小。他最近很喜歡在練習時走到這裡看風景，因為這一切都提醒了他，自己要走的路還長著。

他終於明白，夏絲妲那番刺激的話是想他放下對父親的成見。只要接納了這些成見，接受自己就是一個天真的人，才能在霧中尋得道路，繼續前進。

他跟父親十分相像，對他的恨，其實也是對自己的恨。但就算現在醒覺了是「背叛」而生的憤怒，但要一時間完全放下，恕他做不到。

愛德華隨便找了一塊大石坐下，完全不顧石頭會弄髒自己的白褲，「虛空」被隨意放在石頭旁。正當他在享受下午的涼風時，突然身後出現一股劍光，正要向他的肩膀斬去——

「你在玩甚麼偷襲啊，」愛德華快速提劍並轉身，俐落地擋下攻擊。他的態度從容，似乎早在感覺到劍光出現時便猜到來者是誰了。「用來測試我的反應嗎？」

「我還以為可以嚇你一跳的，看來真的成長不少啊。」正如他的猜測，劍的對面是那位愛德華熟悉到不得了的紅髮女士，夏絲妲。她滿意地退後，並收起了劍。

「嗯，謝謝。」被仰慕的對象稱讚，愛德華有點害羞，但他努力把這種感情壓下去。這時，他看到夏絲妲並未把劍收到劍鞘裡去，仍然拿著它，不禁好奇：「咦？」

「要交兩手嗎？」似乎剛才的回擊勾起了夏絲妲的對決欲望，她已經有一段時間沒跟人對打過了，正手癢著。她悄悄將劍傳給右手：「不過這次特別一點，用左手。」

「甚麼？」愛德華一時反應不過來。

「我知道你最近都在練左右開弓，怎樣，不想試一下實戰嗎？」留意到愛德華臉上流露的擔憂之情，夏絲妲連忙解釋：「不用緊張，只是練習而已。」

也好，或者她能夠指點我一些技巧上的問題，愛德華從夏絲妲的身體語言看得出，她真的只打算休閒對打，沒有特別的意思。他悄悄把劍交到左手，並迅速刺向夏絲妲的左邊臉頰——

「鏘」，銀劍及時把黑劍架住。「開頭不錯，但結尾時的力道稍微下降了，要再控制一下。」說完，夏絲妲把劍撥開：「再來！」

退後兩步後，愛德華再以前刺攻向夏絲妲的頭和腰。依照夏絲妲所說，他集中控制出力力道，不讓攻擊在最後一刻軟掉。兩道攻擊都被她擋下，但夏絲妲卻露出滿意的微笑。

「對，就是這樣！」她很滿意愛德華的表現。

從她的稱讚中得到鼓勵，愛德華開始敢於嘗試更多。他飛快地用反手橫斬，劍揮出去後又揮回來，迅速的動作逼使夏絲妲退後。動作重複數次過後，他抓準時機，向前一踏，從右下大力往上側斬——

他本來想在劍劃到夏絲妲的頸部高度後就把它收回，但似乎用力過度，令黑劍在空中畫下一條大弧線。夏絲妲先在黑劍快要劃到頸項時用銀劍輕輕擋開，改變其軌道，再趁黑劍被高舉時畢直刺向愛德華的左臉。愛德華急忙側頭避開，但仍被削掉數條髮絲。

「嗯，左邊的反應快了，但仍有進步空間；而且剛才的動作太大，破綻明顯，要再控制一下出劍力道。」收起劍後，夏絲妲簡潔地整理出愛德華該改善的地方。評價一番後，她微笑，神情瞬間變得輕鬆：「不用急的，畢竟你以前沒有練習過左手握劍，短時間內有此成就已經很好的了。但當然，情況所需，你還是早日精通比較好。再來一回嗎？」

「嗯！」話音一落，少年立刻向前揮劍。他集中在左手力道的控制，又不讓自己的動作過份依賴思考，讓思考和直覺同時帶領身體移動。錚錚鏦鏦，在銀與黑的劍光舞影之間，少年感覺到自己慢慢已抓到「適當力道」的感覺，運劍更為順暢。他切身體會到，那種感覺無法言傳，必須透過練習的每一瞬間累積而成。

夏絲妲集中防守，讓愛德華有更多機會練習攻擊，但她又會不時反攻，以測試他左邊身體的反應。

隨著時間推進，二人打得越來越起勁，由一開始的原地對打，慢慢變成利用地型的認真較勁。夏絲妲的左刺被愛德華側頭避開，銀劍仍在往前刺時，突然黑劍從下方俐落地把它打離軌道到頭頂上方——

原來愛德華剛才在避開刺擊的同時悄悄把劍交給右手，因此才能使出如此大力的揮擊。夏絲妲重心傾後，愛德華抓緊這個機會，讓劍在空中繞了一個半圓後，畢直刺往她的胸口——

夏絲妲在千鈞一髮之間以反手橫握劍的方式勉強接住了攻擊。她用一個側斬打走黑劍，同時快速轉成正手，從下方橫架著尚在身前不遠的劍鋒。正當情勢膠著，二人都思考著下一步攻勢之際，一道溫煦的橙光從愛德華身後散發開來，照滿整個山丘。

二人起初仍緊繃地架著姿勢，但不過一會，似是看穿了對方的想法，四目交投的認真眼神頓時放鬆下來，解除了雙劍的交纏。

「原來不知不覺間已經是這個時候了，」打破沉默的總是夏絲妲。她收起手上的劍，看著遠方的夕陽山景，眼神有點不捨：「不如今天就到此為止吧。」

愛德華點了點頭。其實他也想再打一會的，但夕陽的到來告訴他快將要入夜，是時候回去了。

「對呢，我也差不多感到餓了。」這個時候的諾娃應該差不多餓得肚子響了吧，想到這點的愛德華頓時笑了笑。

二人就此散步似的往山下的木屋進發。黃昏下的樹林空氣十分清爽，微風不斷迎面撲來，靜靜地幫助兩副流汗的身體降溫。夕照的橙光從二人身後緩緩把墨綠的樹林染成一片橙，溫暖的氣息彷彿是在溫柔地感謝所有生物在一天的辛勞。

「真舒暢，很久沒有全身活動過，骨頭都要硬了。」說時，夏絲妲隨性的伸了個懶腰。

「你這幾天一直都去了哪裡？」愛德華順勢問，到現在他仍然不知道諾娃背著她向夏絲妲學習術式一事。

夏絲妲這才發現自己不小心把話題引到這個祕密行動，立刻頓住動作，心感不妙，但表面仍然是一副輕鬆的樣子：「有些要事要辦，你遲早會知道的。」

又是這樣，不願意告訴他。愛德華不明白，到底為什麼要一直保守祕密？

「既然遲早會知道，為什麼現在不能說？」他有點不滿。

「你不要這麼心急，到那個時候我會說的。」雖然嘴上是這樣說，但只要諾娃一天不說，夏絲妲也沒有打算要說的意思。

「先聽著吧，搞不好最後是被我無意中發現的。」愛德華別過頭去，不打算相信她的話。

聽畢，夏絲妲不禁「哈哈」笑了兩聲。這小子越來越坦率了，而且開始看得懂她的想法。

當然，不是全部。她還有更多的事沒有讓他知道。

「對了……相比起其他人，我算……進步得快嗎？」走過一段安靜的路，愛德華忍耐了很久，終於問出這個問題。

這些日子以來他一直疑惑，到底自己掌握左右開弓的速度算快速嗎？還是進度太慢？他問的時候有點緊張，生怕得到的回答是「太慢了」。

「僅僅幾天便有此成果，我覺得算快了。」夏絲妲的一句令他頓時放下心來。她所言非虛，自己當年也是在幾天不眠不休的練習下才掌握到精髓。「其實不用在意別人，只要依照自己的速度來就可以了。」

「但有時候就是會在意，別人的想法，他人的評語，一旦失去這些就會好像失去引路燈般，感到不安。」愛德華說完嘆了一口氣，再望向夏絲妲，「你就不會在意吧。」

「當然。」夏絲妲答得直截了當。

「為什麼？因為你比任何人都強嗎？」愛德華一直都不明白，為什麼她可以這麼灑脫，明明是個通緝犯，卻繼續堅持自己所做的事。她不會在意他人對她行動的評價嗎？為什麼可以不在意？

「很簡單，我不需要別人來評價我。」夏絲妲說得坦蕩。

「什麼？」愛德華聽不明白。

「我清楚自己是個怎樣的人，理解自己的能力，知道自己的目標。」說時，夏絲妲突然打了一個空翻，跳上附近的樹幹，輕快地走著平衡步，就像一隻小鳥，「我所做的一切，我自己會負責。他人的想法是他們的事，但我從來不會理會別人怎樣想我，只會依照自己的想法，做想做的事。」

「為什麼？」愛德華不解。

「因為我是為了自己而活，不是為了世界而活。」

說完，她飛快躍下，像隻貓般輕鬆著地。

這一句，這一刻，令愛德華愣住了。

他總是在他人身上追求強大之意。「比任何人都要強」、「站在所有人之上」，其實他所追求的是他人所定義的強大。但眼前人卻不同，她向著內心追求著屬於自己的目標，不需要他人的認同。

相信自己，與其向外求，更需向內求，是這個意思嗎？

所以她說我的目標虛無飄渺，是因為這一切都是建立在別人身上嗎？

他沒法忘記剛才夏絲妲跳上樹幹又跳下來的畫面。她的身影、背影總是那麼的自由，從她頭上散發出來的紅光總是那麼的耀眼，從她身上看到的「強大」，原來是源自那堅定的意志和目標嗎？

——咦，其實她一直以來的目標是甚麼？

愛德華突然靈機一動，想到這個一直以來都未曾思考的問題。

「你為什麼會開始揮劍的？」他思索了一會後，問。

「為什麼突然問這個？」這次輪到夏絲妲不明白愛德華發問的目的了。

「不，我只是在想，對你這麼厲害的劍士來說，劍術有甚麼意義？」愛德華托著下巴，認真想求一個答案。

「這個是條有趣的問題呢，我想是『尋找答案所需的方法』吧。」夏絲妲想了想，不假思索地回答。看著愛德華有點詫異的樣子，她有點納悶：「怎樣了，有甚麼意見嗎？」

「不……我還以為會是『追求劍術的極致』之類的。」愛德華坦白說出自己心裡的落差。

夏絲妲一聽，登時開懷地笑了兩聲：「確實，我抱有精進劍術的想法，常常希望學習更多的招式，探究更多，但主要目標是想藉著劍，藉著與他人切磋劍技，尋找一條問題的答案。怎樣，會覺得失望嗎？我不是那種全心全意把心神放在劍上的人。」

「不，我反而覺得安心了，看來我並非奇怪呢。」夏絲妲本以為愛德華聽完會對自己感到失望，怎知他卻鬆了一口氣。

「這話怎說？」夏絲妲不解。

「對我來說，劍術是開拓前方道路所需要的力量。有時候我會懷疑，不是一心為精進劍道而揮劍的人如我，會被視為旁門左道吧。但現在我覺得，也沒有甚麼大不了。」愛德華一笑。劍術之於他，是達成目標所需要的條件之一。正如書本的知識，以及金錢，那些都是為了達成目標而可以利用的事物。他不時懷疑帶著如此「邪念」的自己是否污染了劍術，但現在看來沒有。

「只為了精進劍道而花一輩子揮劍，整件事也太虛無飄渺了。」夏絲妲輕笑了兩聲。

「那麼藉著別人才能尋覓得到的答案，難道就不虛無飄渺嗎？」此時，愛德華神色認真地問。

「甚麼……」

夏絲妲不敢相信自己所聽見的，雙眼慢慢睜大，露出罕見的驚訝表情。她登時驚訝地看著愛德華，但後者的眼神依然平靜，像一個尋根究底的天真小孩般繼續問下去：「原來你跟我一樣，都追尋著一個虛無飄渺的目標嗎？」

「不……」「揮劍的理由」，這條問題夏絲妲在這些年間答過無數次，但愛德華的回應是令她最意外的。她曾經用同樣的字詞冷言批評過愛德華的目標，但她知道他不是因為報復而問的。她猜不到他竟然能夠一針見血地說出連自己也沒有想過的問題。

不，也許她很早以前便已經想過這條問題了。

——「這只是虛無飄渺的夢想。」

這時，夏絲妲的腦海突然又再浮現出那個金色的身影。她很記得，當時「他」正在冷言指出她的目標是無意義的，就像她曾經對愛德華說過的話一樣。

——不，我跟他才不一樣，我知道自己在追尋些甚麼。

我清楚知道自己在追尋甚麼，那是實在的，才不是沒有意義的！

「那麼你想尋找的答案，到底是甚麼？」見夏絲妲未有反應，愛德華再問。

「這不關你的事！艾溫！」

夏絲妲激動的反應嚇倒了愛德華，他從未見過她發這麼大的脾氣。愛德華嚇得立刻後退兩步，覺得可能是自己一時衝動，問得太深入了。他想道歉，卻又不知道該說些甚麼。

而夏絲妲也驚訝於自己的反應。她感覺到有一股怒氣正流通全身，這股憤怒十分熟悉，對，就是那晚在雪下和愛德華對決時所感受到的憤怒。

「艾溫？」這時，愛德華小聲問。

「甚麼？」夏絲妲的語氣裡混雜了粗暴。

「呃，沒有，你剛才好像說錯了我的名字？還是那是新的別稱？」夏絲妲的反應令愛德華有點嚇住，但他仍然鼓起勇氣問下去。

夏絲妲頓時吃驚：「剛才我說了『艾溫』？」

「嗯。」愛德華點頭。

夏絲妲立刻呼了口氣，讓自己冷靜，再看著愛德華。那個總是揮之不去的金色背影開始眼前的黑髮少年身影重疊。她不禁在心中感嘆，對啊，為何他們這麼相像？

無論是目標，還是名字都幾乎一樣。原來自己早就發現二人的相似之處了嗎？真是可笑啊。

她又再想起那股憤怒，以及令自己如此憤怒的那些回憶，就忍不住想笑。

「哈哈，哈哈哈哈……」

「夏絲妲？」愛德華一時抓不著頭腦。事情突然發展得太快了，他只是問一句目標，竟引來夏絲妲罕見的脾氣，現在她又突然笑起來，到底是發生甚麼事？

笑了幾聲後，夏絲妲總算冷靜下來了。她看著愛德華的眼神，頃刻變成了愧疚。

「對不起，」她別過頭去，似是有很多想說的，但一時間又說不出口。「……你也許以後會知道原因。」

拋下一句不明所以的話後，她頭也不回的快步離去，把一頭霧水的愛德華獨自留在森林裡。

從那一刻開始，她就沒再跟愛德華說過一句話。

6

「我到底都說了甚麼……」

午夜，夏絲妲獨自躺在樹林裡某間石屋的屋頂上，雙手手臂遮著雙眼，不住地嘆氣，少有地在內疚。

愛德華知道夏絲妲喜歡在晚上外出，但從來都不知道她到底去了哪裡。的確，她經常會在林裡散步，但更常的是躺在這間石屋的屋頂上度過一晚。獨來獨往的她素來喜歡躺在自家的木屋頂上看著夜空思考，但自從家裡多了兩位年輕住客後，為了不被他們發現自己這個習慣，也不想被他們聽見自己思考時的自言自語，她唯有改掉習慣。剛好就在那時，她在林中發現了這間無人知道的小石屋，因此便把它選作晚上靜思的地方，並幾乎每晚都過來。

每人都需要有自己的空間，就算是夏絲妲也不例外。

冬夜寒風嘯嘯，天上的烏雲以肉眼可見的高速飄浮著，來自北方的她對這種寒冷不以為然，只裹著一件大衣躺在夜空下。從今天黃昏開始，她就沒開過口，因此現時心裡積聚了太多想說的話句，腦裡堆積了太多思緒，她覺得自己要是再不開口，就要受不住了。

「啊……」可是想說的、所想的太多了，所有內容都纏繞在一起，結果脫口而出的就只有愧疚的嘆息。

她不想把事情弄至那個局面的，也討厭在愛德華面前暴露自己的那一面，但那時候實在沒法控制自己。

從決定把愛德華帶到自己家裡的那一刻開始，夏絲妲就知道他將會侵入自己的領域。但她未曾想過，這位少年竟然會侵入得那麼深。認知道這一事實的那刻，她感到噁心。

瀟灑不羈的她總是喜歡踏進別人的領域，卻從未讓別人踏進過她的領域。愛德華是一個例外，艾溫是另一個例外。

艾溫。夏絲妲又想起那個金黃色的背影，頓時勾起今午的回憶，以及那天雪夜下的事。想到這裡，她不禁嘆了一口氣。

過了這麼多年，我還是沒法擺脫嗎，她心想。

她衷心希望愛德華不要發現自己不小心脫口而出的「艾溫」，其實是指曾經跟他提過的「天鵝騎士」——艾溫・約書亞・司提芬・威爾斯，現任皇家直屬騎士團團長安德烈的兄長，曾經的北鵝郡郡主。但她有個預感，直覺敏銳的他很快會察覺的。

而艾溫，就是那道金黃色背影的主人。

夏絲妲又不住地嘆了一口氣。為什麼要到現在才明白呢，那一晚之所以會如此憤怒，就是因為她在愛德華身上看到艾溫的影子。

艾溫也是為追求「強大」而前進的人，跟愛德華相似，他也是同時追求精神和肉體強大的人。他所追求的，是精神和肉體上的極致，即是在思想、品行，以及武力上都比任何人都強。他的確做到了，其別稱「騎士之最」、「天鵝之王」就是最佳的證明。這跟在精神和肉體能力的的平衡點中追求最強的愛德華是多麼的相似，又多麼的不一樣。

為什麼她知道這麼清楚？夏絲妲低頭一看腰上的「荒野薔薇」，不禁「哈」一聲笑了。連她都分不清這是命運弄人，還是上天注定的玩笑。

當年，艾溫教她劍術；而今天，她正在指導愛德華走他想走的路。當日，艾溫狠狠否定了她的路；而今天，她也許在讓愛德華走上一條跟艾溫相似的路。

現在她總算明白當日在雪下為何自己會那麼憤怒了。當時愛德華的一番話，令她想起這個可恨的人，以致她一瞬間把愛德華當作成艾溫，從心底發洩自己對他的憤怒。但她冷言批評愛德華的目標，卻不是源於自己對艾溫的恨，這一點夏絲妲十分清楚。她是因為見過這條路的末路，才勸止愛德華的，但如果現在問她，當時的話有沒有包含對艾溫的恨意？她不敢說。

——「這只是虛無飄渺的夢想啊，莉璐琪卡，放棄它吧。」

夏絲妲的腦海再次浮現艾溫的聲音。他呼喚自己別名時的聲音總是那麼的溫柔，就算說著令人意志消沉的話時依然如此。

哼，說甚麼追求最強，說甚麼虛無縹緲，你最後不又是輕易地被殺害了。虛無縹緲的，不是你麼。夏絲妲對天不屑地笑了一聲。

笑完，她又不禁嘲笑自己。已經是十多年前的事，她本來以為自己早就已經把它放下，怎知原來還一直記掛在心上，還得藉著一位少年來提醒自己，真是難看又諷刺。

但為何我會那麼在意？夏絲妲問自己。是因為做就我今天的人就是艾溫嗎？

那些艾溫教她劍術的回憶頓時湧出。對，當日如果沒有他收留自己，今天這個世界就不會有「薔薇姬」，夏絲妲不得不同意。沒有他，她大概不會成為舞者，而是可能早就凍死在街頭，或者被抓到不知哪裡受盡虐待。

但那又怎樣？也許自己對他曾經有過救命恩人的感動，但都已經是過去的事了。也許他曾經是自己的目標，但現在，他甚麼都不是。

——「在變得比任何人都要更強之前，我是絕不會停下的！」

這段曾經刺激到自己的記憶不再模糊，夏絲妲記得很清楚，那是屬於艾溫的吶喊。記憶裡的鮮紅是她自己——十年前的她，當時二人都握著劍，正在一個布滿霜雪的山丘上對峙著，而當時艾溫正處於劣勢。

艾溫要成為最強，就算已經是全國最強的人，他仍不罷休——這種毫無盡頭的追求之路，正如自己曾經說過的，虛無縹緲。在無人能踏足的山頂上獨自站著，到底會得到甚麼？只有孑然一身的孤獨，現在的她最清楚。

但這一切真的毫無意義嗎？現在她的身邊就有一個最好的例子。這少年每天都在努力，無論他的目標是多麼的虛無縹緲，他為此所付出的努力將會在未來讓他獲得某些成果，可能是目標以外的意外得著。因此，她沒法把他的努力定斷為「無意義」。

唉，夏絲妲的胸口被無奈的心情壓得透不過氣。這個矛盾，到底可以怎樣解決？

——「莉璐琪卡，放棄這個目標吧，你不值得為它而努力。」

艾溫的話再次在她的耳邊縈迴。

這合「天鵝之王」曾經想成為最強，而自己就是那個要超越她的人——但都是過去的事了，今天的她已經拋棄了這個目標。她清楚知道自己想尋找怎麼樣的答案，有意義與否，都不到別人來評價，只要她知道「它」並不是虛無縹緲就可以了。

她坐起來，握緊「荒野薔薇」的劍柄，紫黑雙瞳此刻流露的，是堅定和冷酷。

我會在自己選擇的道路上繼續前進。一切已成過去，艾溫．威爾斯，你無法，也沒有資格評價我。

7

「對，就是這個樣子。」看見諾娃的術式練習成果，夏絲姐滿意地稱許道。

夕陽餘暉下，諾娃的術式練習仍在繼續。今天的課題仍是治療夏絲姐做出來的傷口，但跟前幾天比較，諾娃感覺自己進步了。

每次使用術式時，那些夢魘仍會她的腦海中出現，那把女聲依然會像鬼魂般纏繞著她，但現在只要想到愛德華正在某處努力著，想起那個晚上他對她說過的話，她便能冷靜下來，壓下那些腦中的聲音，專心使出術式。

「沒事的，我們都在，會陪著你。」──對，她不是一個人，那些都只是夢，沒事的。

不消兩分鐘，諾娃就把夏絲姐手腕上一個切得頗深的傷口完全治好，皮膚上一點傷痕都沒有留下。

「其實現在這個治癒速度已經足夠在正式場面上運用了，不過我想你應該想繼續練習吧？還是你想再學其他術式？」夏絲姐問。

「嗯……」諾娃低頭沉思。還有甚麼術式可以助愛德華一臂之力呢？「可以教我其他類型的術式嗎？例如一些可以用作防禦的。」

諾娃才剛問完，就在這時，本來安靜的山丘突然傳出草的擺動聲。

「是誰！」夏絲姐立刻擋在諾娃身前，並架劍警戒。「快出來！」

「你們到底在這裡做甚麼？」在草叢中緩緩走出一個身影——是諾娃這刻最不想見到的身影。夏絲妲登時別過頭去，托著頭，嘆了一口氣，似乎是在說：穿幫了。

「愛德華？」諾娃驚呼。

「為什麼你一直不肯告訴我，你在練習術式的事？」

晚飯過後，愛德華把諾娃給叫了出去。諾娃就好像一個做錯了事等待被老師懲罰的孩子般，垂頭喪氣地跟他走到瀑布旁。

愛德華理應不會看到諾娃和夏絲妲一起練習的。他習慣在山路陡峭的森林東面練習，因此夏絲妲便選擇在森林西面教諾娃術式，好讓他們碰面的機率減至最低。怎知今天他忽然靈機一閃，決定從東面的山頂走到西面作耐力訓練。正當他找路下山的時候，在林間聽到人聲，接近之後才發現是諾娃和夏絲妲。被發現到行蹤已經夠糟糕的了，更不幸的是，愛德華見到二人的時間剛好是諾娃使用術式的途中。

原來你們一直瞞著我的就是這件事，看我這次還不抓到你們——愛德華忍了一個多星期的氣終於有機會爆發，他藏也不藏，像抓到現行犯一樣，立刻走到二人面前，然後一直氣呼呼的維持到現在。

「原來之前突然開始發惡夢，是因為術式的練習啊？」諾娃早就猜到事情被愛德華揭發後，他會氣得不輕。但現在看來，似乎他氣的程度比她想像中的嚴重。

「那……我想給你一個驚喜，希望可以助你一臂之力……」諾娃心裡滿是愧疚。

聽見諾娃誠懇的話語，愛德華的火氣登時沒了一截：「但……之前發惡夢的時候就應該告訴我，我才可以想辦法幫你啊？」

「我見你總是一個人去面對困難，就想自己也可以一樣，不想徒增你的煩惱，才沒有說出口啊。」諾娃忍不住解釋，此時此刻，她沒法再藏著不說了。

「呃……」愛德華登時不懂得該怎樣反駁，他完全沒想過諾娃做的這一切都是為了他自己，但仍在氣頭上的他還是想再說幾句。他別過頭去：「但你還是該告訴我吧！這種事怎會成為我的煩惱？」

其實愛德華自己清楚，他發這麼大的脾氣，只是因為討厭不被信任的感覺。他因為諾娃一直隱瞞他而生她的氣，但他更氣的是那個被蒙在鼓裡的自己。他知道諾娃不是不信任他，但心裡那口氣就是嚥不下。同時他也氣著那個因為覺得不被信任而感到憤怒，沒有安全感的自己。

發洩完，愛德華沒再說話，只是望向一邊，任由晚間的寒風冷靜自己的心神。良久，他低聲脫口說出幾隻字：「……對不起。」

「這應該是我的錯，我不應該隱瞞你——」

「你沒有錯，是我太敏感了，」愛德華打住了諾娃，卻又欲言又止。「……不過，以後不要再這樣了，可以嗎？」

「嗯。」諾娃真誠地大力點頭。

聽見她的承諾，愛德華的怒氣總算散去，他便開始問些正經的問題：「那麼你的術式學習得怎樣了？還有作惡夢嗎？」

「總算學會了一些基本的，例如治療術式，夏絲妲說已經可以在正式場面派上用場了，不過我想再多學幾個。」諾娃坦誠說出實話。「在夢裡還是會見到那個黑影，不過沒有之前那麼可怕了。」

「咦？為什麼？」愛德華好奇地問。只是幾天而已，為何會改變得那麼快？

諾娃與愛德華對視幾秒後，突然別過頭去，再仰天：「不知道呢，可能是習慣了吧。」

她臉紅如蘋果，心正在噗通噗通地狂跳。剛才一想到自己克服到惡夢的真正原因，心裡就覺得害羞，沒法在本人面前說出口。以前的她不會有如此反應，連她本人都理解不到為何會變成這樣。

「是嗎？」但愛德華卻不明白為何她要突然轉過頭去，並從後探頭追問。

「是、是啊。」諾娃過分緊張，連話也說得吞吞吐吐的。再說下去她感覺自己會再瞞不住心裡的感覺，所以決定趁早轉移話題：「那麼你呢？你跟夏絲妲發生甚麼事了嗎？」

聽畢，愛德華頓時臉色一沉。

自從幾天前他在林間對夏絲妲說其目標也是虛無縹緲後，她就一直沒有跟愛德華說過一句話。愛德華曾經為自己的失言向她道歉，但她只是說了句「不，不是你的錯」，就再沒有對他說過話。就連今午在林間，愛德華在二人面前出現之際，他留意到夏絲妲的嘆氣似乎不只是因為事情敗露，更是因為又要面對自己。

「發生甚麼事了？」諾娃誠懇地問。她很擔憂，這兩位平時總是很合拍的二人竟然吵起架來，那一定是很嚴重的事。

「我也不知道，」說完，愛德華把那天發生的事全盤托出。「應該是我說錯話吧……」

他低下頭，仍然覺得是自己的錯。

「這樣啊……」諾娃聽完也靜下來，一同煩惱著。她一時間不懂得該如何開解眼前這位敏感的少年。她知道這不是愛德華的問題，但也不是夏絲妲的錯，相信愛德華也隱約知道吧。

不過說實話，她有點吃驚，因為她從未見過夏絲妲有如此激動的一面。是心結吧，她從身邊最常會有此反應的人——愛德華身上推斷出來。但像夏絲妲這樣似乎對一切都看通看透的人，也會有心結的嗎？

——到底夏絲妲是個怎樣的人？她突然想到。

「愛德華，你覺得夏絲妲是個怎樣的人？」諾娃忽然問。

「甚麼？這麼突然？」愛德華也嚇了一跳。剛剛才在講他跟她吵架的事，為什麼下一秒就是問自己對她的想法？

「沒有，只是想起一直以來都沒有聽過你對她的看法。」

「嗯，我想想看……」他還真的老實地回答了：「劍術強大得可怕，日常生活每一件事也做得完美，彷彿甚麼缺點也沒有。雖然很喜歡捉弄人，有時候像個淘氣的小孩般，還有常常看不懂她在想甚麼，但我感覺最近開始懂得一點了，相處久了，就覺得其實她挺有趣的。」

愛德華在說的同時，同時回想起這幾星期的一些點滴，嘴角不禁上揚。

「為什麼突然這樣問？」他不解地問。

「沒有，一時好奇而已，」看著愛德華洋溢著滿足的微笑，諾娃又靈機一觸，想到另一條問題：「你喜歡她嗎？」

「甚……咳咳咳咳！」愛德華聽到，嚇到差點尖叫，還因為說話太快而被口水嗆到，連連咳嗽，好不容易才冷靜下來。「你到底在說甚麼啊？這個根本沒可能吧！」

他的聲音之大，大概半個森林都能聽見。

「我只是說籠統的『喜歡』而已，不是說其他，」但諾娃十分淡定地解釋，彷彿顯得激動過頭的愛德華是個傻瓜。「我看你應該挺喜歡她的？」

「那裡有啊？有時候快要被她氣死才是。」愛德華急著解釋。

「但我看你最近心情挺好的？」但諾娃頓時搬出另一件暗中留意到的事。

「這是因為最近在做的都是自己喜歡的事，跟她無關吧。」愛德華連忙劃清界線。

「不是這麼簡單吧。」但諾娃卻依然沒有放手。

「真的不是啊，」見怎樣解釋也沒用，愛德華無奈地嘆了一口氣，沒再說下去，只是仰望夜空。今天天氣不錯，沒有灰雲阻擋銀月和繁星的身影。銀月彎如弓，在旁的繁星雖然因月亮的光而被蓋過些微光芒，但仍有條有紊地閃爍著。注視著如此美麗的夜空，安靜一會後，愛德華突然又好像想到甚麼似的，輕輕一笑，小聲地說：「……硬要說的話，是仰慕吧。」

「仰慕？」諾娃感到好奇。

「如果可以成為像她一樣的人便好了——最近我不時有這個想法。」他簡潔地說出自己心中所想。

他心裡知道，自己想成為像她一樣的人，所以勤練劍術，苦練左右開弓，聽到她的讚賞時會感到高興，見到自己因為失言而令她發怒時會感到傷心。對他來說，「薔薇姬」三字已經不再是恐怖的象徵，而是一個耀眼的目標。

「就算她對你發怒也是？」諾娃問。

「嗯。也許在我心裡的『強大』形象，跟她十分相像吧。」輕輕一笑過後，他突然轉頭望向諾娃：「那麼你呢？為什麼只有我一個人在說的啊？這不公平吧。」

「嗯……」諾娃沒想過問題會回到她那裡去，她低頭想了想，再說：「我跟你的差不多，但有時候我覺得她明明就在身邊，但感覺距離遙遠，彷彿身處兩個世界一樣；有時候她明明是看著我，但好像在看別的事一樣。」

有時候跟夏絲妲說話時，諾娃總是覺得那雙紫瞳明明是在看著她，但夏絲妲的心裡卻在想別的事；有時候諾娃留意到夏絲妲跟愛德華說話時，也有類似的情況。

「是嗎？」愛德華有點驚奇，他完全沒留意到這一點。

「這只是我的感覺而已，不用太在意。」她希望只是自己的錯覺，但這感覺在心中揮之不去。也許跟她相處更久，便會找到答案吧？她心想。

說起來，我們已經住在這裡有三星期多了，當初留下的原因是為了讓愛德華養傷，但他現在傷已經全好了，那不就意味著……

諾娃偷偷望向愛德華。他想離開嗎？

依她看來，這位主人其實挺享受在這裡的生活。初遇他時，她幾乎未見過他的笑容；但這幾個星期，他的臉上不時都會掛著微笑。遠離煩惱，一心鑽研自己喜歡的事，也許是他嚮往的生活吧。

但他喜歡是一回事，夏絲妲讓不讓他繼續留下是另一回事。而且二人是舞者，終有一日要回到眾人的目光下的。

「對了，愛德華，你想一直留在這裡嗎？」她問。

一想到繼續住下，愛德華便立刻想到他和夏絲妲之間的事，立刻把頭埋進膝蓋裡，一臉苦惱：「別說了，那個問題仍未解決啊。」

「放心吧，過幾天應該沒事的了，」諾娃笑了笑，她相信只要夏絲妲想通些事，或是冷靜下來，事情自然會解決。她的話，應該很快會明白的，只是需要點時間而已。

「其實我有時候在想，一直留在這裡，每天過著輕鬆的生活，不好嗎？」她在說時，不忘偷瞄愛德華的表情。

「嗯，」愛德華輕輕點頭，但同時收起了笑容：「但我們都是舞者，終有一日要分開。」

看來他早就想過這方面的問題了，諾娃心想。「但……」

「那是沒辦法的事，我們還是要面對現實。」愛德華說得淡定，但任誰都看得出，那潛藏在他心裡的不情願。

「愛德華……」諾娃略為憂心地看著他，希望他能說出心裡所想。也許他們不能長留，但應該可以選擇再多留一兩個星期吧？

「……但如果可以一直持續，你說多好。」過了一會，愛德華輕聲呢喃。

「嗯。」諾娃笑了笑，再次望向天空。

銀月繁星仍在閃耀，冬風仍在吹拂，她心想，到底還有多少天能在心神完全靜下來的狀態下欣賞這片景色？

她再看看身旁的愛德華，可能是訓練太累，他不經不覺已伏在膝蓋上睡著。她不打算叫醒他，只是繼續坐在他身邊，直到他醒來為止。
珍惜最後的時光吧，她輕輕微笑。

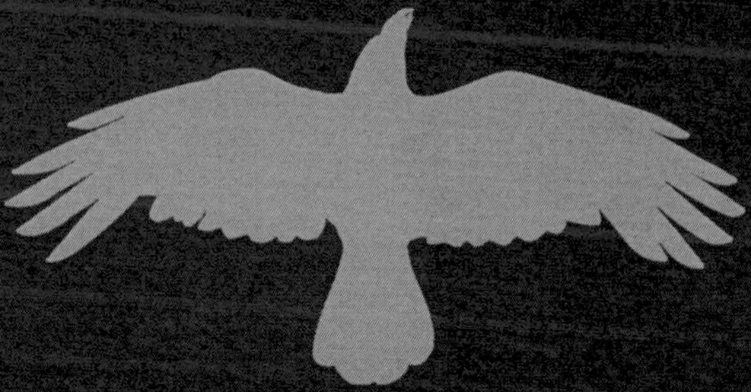

第八迴－Acht－

爭持－CONTENTION－

1

新年才剛過去兩星期，今天蕾露妲城堡的議政大廳便聚集了眾多貴族。安納黎各郡的十二位領主聚首一堂，整齊的坐在廳內一張長桌的兩旁，靜望著長桌盡頭的一個簡潔的座席。那裡的座上之人，頭頂皇冠，手放椅把，單托面頰。那便是皇帝——亞洛西斯。

坐在皇帝身旁最近的兩位，分別是主管國防事務的直屬騎士團團長，「北鵐候爵」安德烈，以及主管國家內部事務的宮內大臣，「齊格飛公爵」歌蘭。而歌蘭的旁邊則坐著統領全國軍隊的大將軍，「霍夫曼公爵」加百列・喬治・L.・E.・霍夫曼。三位都是樞密院的核心成員，擁有一人之下，萬人之上的地位，所以理所當然地，比起其餘十二位樞密院領主成員更靠近皇帝。在此之下，坐在他們之後的安納黎的領主們，一共十二位，共管理二十個郡，部分領主管理多個郡，也讓領主之間有所比較。

「安凡琳公爵她，還是缺席嗎？」亞洛西斯仍然托著頭，語氣聽似有點不耐煩。

「是的，皇帝。」歌蘭率先回道。

「是嗎，雖然早就估計到了，」布倫希爾德名義上雖然是樞密院成員，但從來不會出席御前會議，亞洛西斯早就習慣了，心裡沒有太大驚訝。他環看大廳，發現除了因急病去世，仍未委任繼任人列席而缺席的冬鈴伯爵，其他領主都到齊了，就清了一口喉嚨，宣布：「那就事不宜遲了，讓我們先開始這一年的御前會議吧。」

他一說完，所有領主立刻站立，向亞洛西斯點頭敬禮——這是御前會議開始的既定禮儀。待亞洛西斯揮手示意後，才逐一坐下。

「我已經收到每位領主的年度稅務報告以及上繳的稅款，目前審計院還在審查當中，不過總體的數字已經大體得知了，看來這一年的稅收——」一開始會議，亞洛西斯便打了個響指，指令門後下僕把一份份以羊皮紙批寫好的各郡財務表，各自的放到領主面前。「希望身為領主的各位，能夠真的繳足稅款，有勞了。」

皇帝板起嚴肅的臉孔，「有勞了」聽在部分領主心裡格外別扭。

安納黎一直都實行貴族分權統治，直到現在國家的權力依然分散在皇帝和各地領主手上。雖然現時全國的法律統一由皇帝管理，國家政策也是由皇帝頒布，但仔細的地方政策則由各地領主決定。財政表面上是由皇帝的中央部門集中管理，不過在實行上是由各郡的領主負責向市民收取稅款，再上繳給中央。各郡每年要上繳的稅款數目是按人口比例而定的，不過當中詳細的稅項、人均從人口中收取多少稅款，就取決於每位領主了。

這樣鬆散彈性的制度，想當然也會出現稅制上的灰色地帶，尤其分權統治下，地方勢力難以管理。有見及此，亞洛西斯七年前登基後，便決定讓領主在新一年首一個月都集中在蕾露妲城堡議政廳，舉行御前會議，目的是為了問責。

不過殿堂中的領主們可沒有想要貼貼服服地服待這位年輕皇帝。

「以前我們都是把稅款上繳後便完事，現在卻要等審核，不會覺得效率降低了嗎？」亞蘭郡的領主，亞蘭伯爵，一個年過五十的鬍子大叔，對眼前的羊皮紙不屑一顧，開口便提出對亞洛西斯的質疑。

「稅收是關乎到我國每一位臣民的日常生活，仔細一點處理，是值得等待的。審計院只是查看上繳的稅帳和各位收取的稅款是否一樣而已，大家不用擔心。」

亞洛西斯輕鬆帶過，向眾人再次表示他的做法不會影響大家——前提是眾人乖乖守法的話。

亞蘭伯爵一聽，只好沒好氣地閉上嘴。其他領主聽見皇帝竟然再三審查自己的報告，也開始議論起來。廣寬的殿廳多是光滑的大理石所舖蓋，微細的回音聽得亞洛西斯心中的不滿愈來愈強烈。

以前的皇帝，尤其是亞洛西斯的父親，都不太會干涉每一個郡的事，也不會仔細檢查稅收，但自從亞洛西斯上台後，他堅持要親力親為，凡是交給他的文件，都絕不假手於人；而且還會仔細研究細讀，並提供更好的建議和方法。當他發現某些貴族的報告和稅款有不足的地方，他必會調查，如果發現有貴族中飽私囊，他也必嚴懲，絕不徇私。因此，只是登基數年，亞洛西斯已經改善了不少前任皇帝遺留下來的財政和民生問題，因而廣受民眾歡迎。

但在這些貴族眼中，他只是一個要肆意搶走他們既有利益的年輕小子。

亞洛西斯看著眼前的領主各懷鬼胎，他想做的事，可不只是要查明錢銀的來往那麼簡單。

「趁今天這個機會，我想向各位提議一個新的政策。從今以後，為了簡化稅收系統，以及減輕領主們在這一方面的負擔，我提議可以改由樞密院統一徵收稅款。」深了一口呼吸，亞洛西斯響亮地說出這個他盤算了多年的政策。此話驚動了席前的北方領主們，議論的聲音便愈發嘈雜。

歌莉莎伯爵、普加利亞伯爵、蓉希伯爵、亞蘭伯爵和慕特女伯爵，五位來自北方的領主們立刻低頭私下討論，說話時不停地望向亞洛西斯。單憑他們的眼神，亞洛西斯就已經猜到他們在說些甚麼、之後會如何質疑自己，但他只是在心裡笑著，並靜心等候時候的到來。

「咳，不知道各位領主有甚麼意見？」皇帝輕咳一下，打斷北方領主們的私語討論。

「啊……陛下，現行的稅收系統行之有道，為何要更改呢？」來自北方的普加利亞郡領主，一位年過四十，身材健碩的大叔，立刻提出質疑。

「普加利亞勳爵，正如我剛才所說的，現時的稅收系統確實行之有道，但算不上有效率。我知道每位領主要處理的日常公務很多，而反正樞密院一直負責處理國內的財政事務，那麼由它負責稅收，減輕各位領主的工作。」亞洛西斯不慌不忙地回應，嘗試以柔制剛，不與他硬碰硬。說完，他轉頭望向來自南方的領主們。「威莎勳爵，妮惇妮亞女勳爵，郡的所在地位處邊界的你們一定比其他人更了解我國的軍事現況，你們認為呢？」

「現時亞美尼美斯經常與我國軍隊在邊界有輕微衝突，雖然我們的士兵能力較強，但對方的武器性能正在逐漸進步。如果能夠統一稅收，我相信定能協助軍隊更快研究出高性能的新武器，免於被鄰國威脅。」看起來年過四十的威莎伯爵皺著眉頭，以洪亮的聲音說道。說完，他把目光拋向身旁的妮惇妮亞女伯爵，有著一頭白髮的女士肯定地點頭，表示：「正如先祖多年前所立的誓言，我們南方領主們會繼續效忠康茜緹塔家。」

「感謝兩位，那麼希蕾妮亞勳爵呢？你怎樣看？」此時，亞洛西斯點名問愛德華父親的意見。

聽見自己居然被點了名，坐在長桌不起眼一角的基斯杜化先是愣了一下，過了一會才反應過來：「我認為，集中稅收可以令國家的資源能夠分配均衡、用得其所，因此同意陛下的改制。」說時，基斯杜化留意到有些人向他拋過不屑的眼神，但他好像看不到似的，只是在表達完自己的意見後，便回到不起眼的角落。

南方的領主們全都表示支持，剛才還在私語討論的北方領主們頓時慌了。

「從四百多年前，亞凡嘉利王國和諾威登王國合併成亞凡嘉利——諾威登王國的那一天開始，亞雷斯先皇陛下承諾讓我們這些原屬於諾威登王國的領主繼續行使原有的領地管理權利，那個承諾有記錄在案，為何今天需要改變？」哥莉莎伯爵作為數人的代表，持著高音的聲音與貴族的特別口音，質問亞洛西斯。

正如哥莉莎伯爵所說，今天的安納黎帝國，其實是由數個國家合併而成的。

安納黎立國之前，這一片土地存在著四個國家——除了精靈之國和多加貢尼曼王國，就是精靈之國南部，由康茜緹塔家管理的「亞凡嘉利王國」，和精靈之國以北的「諾威登王國」。南方的貴族們，他們的家族從亞凡嘉利王國成立之時已經一直效忠康茜緹塔家，而普加利亞伯爵和哥莉莎伯爵等北方貴族，其家族都是屬於諾威登王國的效忠王族。

在甄珮莉娜曆前三十年，諾威登王國因為皇室絕後，根據該國的繼承法，便由身為遠房外戚的時任康茜緹塔家家主暨亞凡嘉利國王——亞雷斯．尤利亞斯．康茜緹塔繼承國王之位。亞雷斯依靠諾威登王國裡的兩大家族——霍夫曼家和威爾斯家的支持，令境內其他貴族都順服於他，並將兩個國家合併為「亞凡嘉利—諾威登王國」，之後再併合精靈之國和多加貢尼曼王國，便成為了現今的安納黎帝國。

當時亞雷斯為了得到北方貴族支持將兩國合併，鞏固自己的權力，便立下承諾，保留他們本來的領地管理權利。而且多年來，歷任安納黎皇帝都以隻眼開隻眼閉的形式默許他們私吞稅款，換取他們不反抗；同時慢慢地，北方貴族們也就坐大了自己的地方勢力。

在權力未完全鞏固的開國初期，這也許是必須的，但問題長久不處理，現在便變成了國家進步的毒瘤，尤其當需要發展時，來自人民的稅收沒法正常給予政府，最後輸家會是國家和民眾。亞洛西斯上任後，一直打算從這些貴族取回某些權力，解決貪污問題，但苦無機會，因此一直等待，直到今天。

「哥莉莎勳爵，有關皇帝重整稅收制度一事……」剛才一直眼著領主們私語的歌蘭，眼見北方領主們這樣反駁，實在坐不下去。可是，在哥莉莎旁邊的普加利亞伯爵卻不等歌蘭說完，先擅打斷歌蘭。

「可能陛下安坐南方，忽視了北方的我們經常遇見的問題，例如近些年普加利珍海上的航海情況不甚理想，領主們所收的稅都直接用在防禦工事上。要是由樞密院直接管理，中央的錢可以那麼快下到來嗎？我相信在這件事上，領地位處普加利珍海邊的蓉希勳爵一定會明白。」

普加利亞伯爵以海上安全問題作辯護，引得亞洛西斯心裡暗笑。

你以為我不知道你們這些北方貴族，一直向郡內的子民徵收超過上繳數量的重稅，以及暗中跟海盜勾結，藉機獲取更多油水嗎？現在居然對我說統一收稅會影響防禦工事，想笑死人嗎？

亞洛西斯完全沒有怪責普加利亞伯爵無禮的意思，只是望向新上任才剛一個多月的蓉希伯爵，問：「那麼蓉希勳爵，你的看法跟普加利亞勳爵一樣嗎？」

「我認為統一稅收才是維護漁民們航海安全的妙法。」樣貌看起來接近三十，蓉希伯爵站起來時動作雖然有點膽怯，但他發言時卻十分堅定。

「甚……」本來普加利亞伯爵以為蓉希伯爵的發言會使他有利——明明剛才蓉希伯爵就一直跟哥莉莎伯爵和普加利亞伯爵等人小聲非議，而且在會議之前，蓉希伯爵還是那個建議普加利亞伯爵向亞洛西斯提及海上現況，借機推翻皇帝政策的人！怎知現在普加利亞卻被這小子狠狠地刺了一刀，令他立刻怒火中燒，望向蓉希伯爵，怒吼：「你這小子！」

「我明白普加利亞勳爵的憂慮，但正如在座各位所知，上一任蓉希勳爵，也就是我的父親，在約兩個月前被刺殺，原因正是來自人民對一直以來的沉重、無理稅收的報復。我並不是質疑各位領主的稅收，只是認為如果由樞密院接手稅收事宜，不就可以免去民眾因為不滿稅收而遷怒領主的問題嗎？」

蓉希伯爵並沒有被普加利亞伯爵嚇倒，相反，他理直氣壯向面前貴族老人們說明，統一稅收便可以大家於被暗殺的命運。

「據我所知，哥莉莎勳爵，你最近不是被人跟蹤著嗎？普加利亞勳爵，你的兒子不是差點被毒殺嗎？你們就不會怕嗎？」

二人登時沒法回話，因為蓉希伯爵所說的都是真話。

「我明白兩位勳爵的憂慮，」這時，一直沉默坐著的安德烈出聲了。他站起來，看著二人，說：「但正如蓉希勳爵所說的，統一稅收，就能夠容許樞密院發放合適的款項給領主們去強行防禦工事，邊境守衛也是，海上安全也是。作為直屬騎士團團長，我也認同剛才威莎勳爵所說，錢的來去統一，才能加快研製新武器。霍夫曼公爵，要是這項政策通過，將會令我國打更多的勝仗！你怎樣看？齊格飛公爵？難道你們都不希望國家富強嗎？在我們討論的這些時間裡，可能有將士們正在戰場上與亞美尼亞斯的軍隊爭戰。統一稅收是令國家進步的重要一步，我們還要落後鄰近國家多少年？」

「……北鵝勳爵所言甚是，在國家面臨多重困境的現在，嘗試新方法也不嘗一件好事。」一直坐著，望著議會眾人，眼神一直閃縮不停的加百列被安德烈這麼一說，頓時不得不同意。如果他反對安德烈的話，不就變成身為將軍的他不希望國家強大嗎？他明白這是安德烈設給他的局，令他無法反抗。

「我同意北鵝勳爵的話。」歌蘭甚麼也沒說，只是言簡意賅地表示了肯定。

「沒錯，先皇確實為我們前諾威登王國的貴族們立下了承諾，但時過境遷，當日的承諾未必適用於今天的國況。再這樣爭鬥下去，如果我們被敵國入侵，就甚麼利益都沒有了。你們真的想這樣嗎？」得到加百列的同意後，安德烈乘勝追擊，為皇帝繼續解釋利弊。「威爾斯家，將連同轄下管治的領地，全力支持陛下的政策。」

見北方兩大貴族威爾斯家和霍夫曼家都一反常態，反過來支持統一稅收，哥莉莎伯爵和普加利亞伯爵頓時慌了。他們早就知道安德烈會支持亞洛西斯，但沒想到加百列居然也會答應。這可是這個年輕小子削弱我們權力的把柄啊，就沒有人看到嗎？

「你……這個私生子有權為家族決定甚麼！」普加利亞伯爵忍不住心中的憤怒，居然公然指責安德烈，還挑他私生子的身分來攻擊。

安德烈立刻回瞪，眼神登時變得兇恨：「請你小心發言，普加利亞勳爵，不然我就要告訴大家，你的愛兒最近怎麼樣了。」

普加利亞伯爵一聽，憤怒一下子都變成驚慌。他知道安德烈說的是他兒子前陣子因酗酒鬧事，誤殺了一人的事。明明已經在發生後第一時間把事情壓下，買通所有見證人不把事情傳出去，到底這個由私生子扶正當家主的人是在哪裡知道的？

「你……」

「北鵝勳爵，就到此為止吧。」

正當普加利亞伯爵要反駁時，在座長桌之首的亞洛西斯，打斷了二人的爭執，凝重地望向大廳的眾人，再次申明自己制定這項政策的背後原因：「現在安納黎正處於內憂外患之時，作為當權者，我們需要共同進退，才能使國家富強。我明白突然要各位改變一貫以來的做法，一時間會難以適從，但我可以承諾，先皇留下的承諾未有消失，只是執行辦法稍微改變一點而已。如果同意此項政策的，請舉手。還需要時間考慮的，之後再答覆我也沒有關係。」

他一說完，全場所有領主幾乎都同時舉手支持，就連剛才一直沒有發聲，管理安納黎大部分北方海島的亞蘭伯爵和慕特女伯爵也舉手支持，全場就只剩下哥莉莎伯爵和普加利亞伯爵二人沒有舉起手。

二人這才明白這場會議從一開始，就已經在亞洛西斯的盤算之中。亞洛西斯一早便獲得南方貴族的支持，在北方，對他忠心耿耿的安德烈一定支持，而餘下的樞密院二人要是反對，早就在事前的內部會議時提出了。

本來他們以為新任的蓉希勳爵會像他父親一樣，堅決反對來自南方的干預，怎知這傢伙居然一直藏著自己是亞洛西斯那邊的人。就算冬鈴伯爵還在生，而他願意與二人站在同一陣線，只有三個人，怎能鬥得過其餘十一人？

安德烈看來已經掌握二人一些不能見光的資料，依照他剛才的威嚇看來，要是不同意，他大概會利用這些材料，暗中為二人帶來影響吧？

「哥莉莎勳爵，普加利亞勳爵，需要一點時間嗎？」這時，安德烈望向二人，問。

沒辦法，根本鬥不過。二人同時嘆了一口氣，沮喪地舉手。

「不需要時間了，我們都同意。」

亞洛西斯一見全場的貴族都舉起了手，正如他的預計，立刻露出滿意的笑容。

「感謝大家，那就這樣定了。」

翌日上午，亞洛西斯一個人在自己的書房裡，對著眼前像山一樣高的公文發呆。

御前會議在昨天圓滿地結束了，但不等於他的工作就此完結。有些領主提出希望覲見商討事宜，而他也有一大堆的年度報告未批改好。這幾個月，他每天只能擠出數小時睡覺，所以現在他覺得頭疼得快要爆了。

就算準備多年的統一稅收終於在幾乎沒有反對之下通過，但這只是他目標的第一步。

他想做的，是改變以前的制度，慢慢從領主們手上取回地方的部分控制權，集中在作為權力中心的自己手上，以方便制定統一的國策，這樣才能適當地運用國家的資源，安納黎才能真正邁向富強，與鄰近國家競爭。但正如會上所見，歷史遺留下來的問題令他這個年輕又沒有甚麼後台的人舉步艱難，因此花了七年，才能藉蓉希動爵和冬鈴伯爵的去世找到突破點，實行計畫的第一步。

但更麻煩的問題，在這之後。

北方貴族的問題固然麻煩，但在這之上，三大公爵家的現況也令人頭疼，當中以溫蒂娜家為最麻煩。當年亞雷斯成立亞凡嘉利──諾威登王國後，便立刻意識到有一個必須解決的嚴重問題──南北之間的陸路交通。

當時，精靈之國的版圖剛好擋在理德加利斯王國和諾威登王國之間，如果不把精靈之國納入版圖，那麼南北之間只能靠水路互通，訊息與運輸不便的情況下，位處南方的康茜緹塔家自然較難控制北方的貴族勢力，增加了北方叛變的機會。

亞雷斯於是決定，先接收日益衰落的多加貢尼曼王國，再接收精靈之國，除了可以確保南北交通，也可以獲得精靈之國和多加貢尼曼王國境內豐富的資源，同時消除這兩個國家的對自己的威脅，並擴充國家的版圖。

雖然亞凡嘉利—諾威登—多加貢尼曼王國擁有強大的軍力，但精靈並不能小看。當時精靈之國剛經歷完內戰，但他們對外的攻防依舊強勁，雙方一直爭持不下。眼看再繼續下去會變成長久的消耗戰，就算精靈能夠勝出，也只會是精力耗盡的慘勝，要是人類之後再次攻來就一定守不住，因此精靈女王亞絲特蕾亞為了保護國民和環境，決定跟人類停戰，並跟亞凡嘉利—諾威登—多加貢尼曼王國簽訂和約。起初，亞絲特蕾亞希望精靈之國能繼續維持其獨立地位，但亞雷斯堅持精靈之地一定要併入國家，不然就只有開戰一途。在多番爭持過後，亞絲特蕾亞最終屈服，同意將精靈之國併入亞凡嘉利—諾威登—多加貢尼曼王國，成為新帝國「安納黎」的一部分。在協議之下，精靈女王會成為安納黎的其中一位公爵，全權管理安凡琳郡——原精靈之國，也擁有安納黎的王位繼承權。同時，精靈們會在安凡琳郡裡開放一條貫穿南北的道路供人類使用，但除了那條公路之外，其他地方皆由精靈管理，人類不得隨便進入。

亞雷斯本來打算，今天他們使精靈讓出了一條公路，他日人類就可以從那裡慢慢侵蝕，漸漸控制整個安凡琳郡，怎知精靈的能耐超乎他的想像，幾百年來一直堅守著協議的承諾，沒有鬆懈，到現在他們仍對安凡琳郡擁有強大的管治權，人類完全沒有插手的機會。

在國家需要進步的前提下，亞洛西斯當然希望精靈們能夠提供人力物力，但奈何幾百年前的契約幾乎等於互不侵犯條約，在溫蒂娜家完全無意跟人類合作的前提下，說甚麼都是徒勞。不過溫蒂娜家現存唯一的繼承人參加了「八劍之祭」，換言之，祭典的結果有機會影響到安納黎和精靈之間的關係。如果水精靈一族的領導者絕後，那麼奪下精靈王者之位的會是土精靈，還是火精靈一族？也許他們不會像溫蒂娜家的態度一樣強硬，也許一樣，甚至更甚。在未掌握到精靈四族表態的現在，胡亂猜測，未免太魯莽。

至於齊格飛家，情況也一樣麻煩。當年亞凡嘉利—諾威登王國跟多加貢尼曼王國訂下的停火協議是，齊格飛家將擁有郡的全面管治權和安納黎的王位繼承權，同時需要負責安納黎東面和東南面的邊境防衛。雖然他們不能像精靈一樣禁止其他人進入，但仍對郡內的資源調配擁有絕對的話語權，加上本身強大的軍力，他們憑藉這兩點，一直影響著安納黎的政策，有時還會作軍事要脅，不讓自己的利益有絲毫受損。而且跟與世無爭的溫蒂娜家不同，齊格飛家可是一直對帝位虎視眈眈，同時希望終有一日能復興多加貢尼曼王國，多年來皇帝們都曾努力削弱他們的勢力，但直到現在都不怎樣見效。

歌蘭表面上對亞洛西斯表示順服，但每次一談及影響到齊格飛家利益的政策時，他的態度就變得強硬。正如當他和歌蘭談及稅收統一的問題時，歌蘭同意亞洛西斯的想法，但同時要求他保證齊格飛家依然能夠如當年亞雷斯承諾，擁有全郡的防衛和資源管理權。亞洛西斯當時不得不同意，唯有先退一步忍讓，待日後有機會再來處理齊格飛家強大的權力問題。

亞洛西斯覺得，跟他關係緊密的路易斯當上了領主也許是件好事，但他只是個新上任的小鬼，重要決策一定有歌蘭在背後指示，不容他有乘機藉路易斯獲利的機會。就算路易斯不幸在祭典中落敗，歌蘭仍然在生，而且還有路易斯的二哥羅倫斯可以繼承家族。到現在亞洛西斯還未清楚到底羅倫斯是親歌蘭的，還是個會認同亞洛西斯理念的人。不穩定因素實在太多，他不敢妄下判斷。

除了兩大公爵家，協助康茜緹塔家穩定北方的兩大家族——霍夫曼家和威爾斯家也是隱憂。威爾斯家的問題比較少，因為他們幾百年來一直完全效忠，但霍夫曼家就不同了。雖然他們表面上效忠安納黎，但亞洛西斯知道，他們一直在等待一個機會，當祭典的結果令齊格飛家和溫蒂娜家的影響力下降後，他們便能崛起，以其強大的軍事力量在國家決策上獲得更多話語權。現在安納黎的軍隊裡最優秀的要數霍夫曼家訓練出來的士兵，所以此事真的發生，亞洛西斯可說是會被勒著頸，沒法輕易抉擇。就算霍夫曼家的長子舒伯特在「八劍之祭」一開始便被殺害，依然影響不到霍夫曼家的權力。老霍夫曼公爵仍然在世，他膝下還有數位年輕有為的兒子，亞洛西斯在這場博奕裡的不利形勢依然沒有改變。

總而言之，安納黎要變得更強大，就必須改變一向的管理方針，把權力和財產集中到皇帝手上。因為歷史的問題，令亞洛西斯不能輕易得到自己想要的結果，必須一步一步來；但鄰國亞美尼美斯的壯大和軍事上的威脅，又逼使他不得不儘快取得相當成果。

唉，亞洛西斯對著眼前的公文嘆氣。該做的事還是要做，有甚麼辦法。

「陛下，北鵝侯爵求見。」

此時，他聽到安德烈求見。亞洛西斯知道安德烈前來，一定是關於一些重要事，立刻放下手上的筆，等待他的報告。

「坐吧，不用太客氣。」等他輕輕低頭行禮後，亞洛西斯便請他坐到書桌對面的椅上。他和安德烈算是老相識，在他剛登基時便已經認識身為騎士團一員的他。二人理念相同，因此亞洛西斯後來選了他作為自己的近身騎士，後來安德烈曾經多次保護他免被暗殺，而在他因為威爾斯家後繼無人，而被從私生子正名再繼續家族後，便擔任皇室直屬騎士團團長暨樞密院成員，直到今天。

對亞洛西斯來說，安德烈是少數能夠信任的人，因此在他面前，他能夠放下平日的擔子和面具，稍微像朋友一樣交談。

「陛下仍在批改報告嗎？」安德烈一看桌上的公文，問。

「差不多完成了，只是有幾份比較棘手。」說完，亞洛西斯把管家叫來，讓他倒兩杯茶來。待他走後，他便對安德烈訴苦：「好不容易說服大家統一稅收，但今年的稅款記錄還得看啊。」

「恭喜陛下，多年來的目標終於能夠踏出第一步了。」安德烈真誠地祝賀。

「但只是第一步而已，實際如何實行，要委派誰負責這一份工作才能夠服眾，全都是問題啊。」

亞洛西斯沒有很高興，只是感到頭痛。

「我相信陛下一定能夠找到適合的人選的。」安德烈鼓勵道。他知道亞洛西斯看人的目光很準，所以不會選錯人的。「不過說起來，哥莉莎勳爵和普加利亞勳爵身邊最近剛巧都遇上威脅人身安全的事，真是巧合呢。」

「對，真是巧合呢。」亞洛西斯感嘆道，但他臉上的微笑卻似有深意。

安德烈頓時吃驚，心裡萌生一個驚人的想法：「陛下？難道……」

「有時候事情就是那麼湊巧，這個大概是天意吧，」但亞洛西斯沒打算解釋更多，他只是以一句天意蒙混過去。不給安德烈繼續追問，他轉換話題：「話說你來，是報告關於跟亞美尼亞斯的紛爭的嗎？」

「是的，陛下。」安德烈本想繼續問下去，到底亞洛西斯是不是在背後策劃針對北方領主親屬的暗殺或威脅，間接逼他們同意統一稅收，但既然後者表態要停止閒聊，回到工作上的話題，他也就識趣地就此打住。他換上一副嚴肅的口吻報告：「剛剛收到消息，我軍已成功在妮惇妮亞郡的邊境擊退企圖侵襲村莊的亞美尼美斯軍。」安德烈簡短地報告。

「是嗎，那就好。把這件事告知天下，讓民眾慶祝一下，有助提升士氣，」聽見軍隊打勝仗，亞洛西斯頓時鬆了一口氣，但他頓時想到別的問題：「對方有追擊的意思嗎？」

「暫時未有，但領軍的亞丁頓將軍推測，對方短期內可能又會有動作。」安德烈立刻回答。

亞洛西斯登時緊皺眉頭，甚是煩惱：「最近他們總是在騷擾我們的邊境，被打退後又不會立刻還手，只顧做些小動作，感覺好像在背後計畫著某些大事呢……」

亞美尼美斯從來不是安納黎的盟友，但也不是敵人。曾經，安納黎憑著優秀的軍隊、武器性能和地利保持優勢，但近年隨著對方新將軍的上任，他們更主動侵略，經常騷擾安納黎的邊境，大大小小的仗已經打過幾場，雙方有贏也有輸。暫時仍是安納黎比較有利，但亞洛西斯一直擔憂，對方是否在等一個全力進攻的機會。

安德烈點頭認同：「亞丁頓將軍也有此想法，所以他希望陛下能增派兵隊駐守邊境，他恐怕敵人會從水路進攻。」

安納黎和亞美尼美斯共享著妮惇娜河，因此如果亞美尼美斯要從南面進攻，除了陸路，最快的要屬水路了。

「的確，從妮惇娜河攻入是最容易的，」亞洛西斯也同意此想法。兩國邊界一帶的妮惇娜河區地勢平坦，同時因為河流流量巨大，就算流量在冬天有所減少，但也不會冰封，因此從水路攻入是有可能的。「好的，多派兩支騎兵團過去，以及一支海兵隊，守住陸路水路，又不要讓對方覺得我們有大軍部署。」

「需要調動霍夫曼將軍的部隊嗎？」安德烈問。

「請他繼續守住西面海邊的邊防吧，敵人也有機會從普加利珍海進攻。對了，還有請歌蘭加強郡內的邊境防衛，雖然利亞諾斯是我們的盟友，但東面和東南面的防線也不能鬆懈。」

利亞諾斯帝國，位處安納黎東面，威芬娜山脈以東的國家，多年來一直都是安納黎的盟友。

「不是應該對威芬娜海姆公爵說嗎？」安德烈想起威芬娜海姆郡的負責人不再是歌蘭，立刻提醒。

「啊對，」亞洛西斯這才醒過來，他一時忘記了現在的威芬娜海姆公爵是路易斯，不再是歌蘭：「兩邊都知會一聲吧，我想歌蘭比較熟悉這一方面的運作，但也要讓路易斯知道這件事。」

雖然名義上路易斯是繼承了齊格飛家，但實際控制著一切的應該還是歌蘭吧。亞洛西斯十分清楚，以歌蘭的性格，他是不會輕易放手的。

不過路易斯會想反抗嗎？

他想起前天收到的，來自路易斯的邀請帖，就不禁若有所思地笑了笑。

「這次齊格飛家的舞者竟然不是歌蘭，而是路易斯，真令人驚訝。」這時，安德烈由衷地說。

「他不過是個十九歲的小鬼啊？」

「這並不意外，從來沒有人知道神在想些甚麼。例如前兩屆，神居然從齊格飛家裡挑選了一個十二歲的小女孩參戰。當時齊格飛家好像因為女性繼承權的問題而爭吵了很久，直到女孩輸掉還未有結論。我總是覺得，神是為了想看他們爭吵而故意選她的吧。」亞洛西斯只是輕輕一笑，彷彿早就接受這個有趣的事實了。「不過說起來，今年的『八劍之祭』形勢很有趣，起碼有兩位舞者都是來自某家族的未來唯一繼承人。」

溫蒂娜家和雷文家，他們的代表都是家族嫡子，而路易斯也算是半個嫡子——誰知道羅倫斯是否還在世呢。最有趣的是溫蒂娜家，一旦布倫希爾德輸掉，到底會對精靈四大種族的現況做成怎樣的衝擊？

而雷文家……一想到這裡，亞洛西斯立刻記起一件重要的事。愛德華！

「對了，安德烈，到現還未有雷文勳爵……愛德華的消息嗎？」亞洛西斯急忙問。雖然愛德華跟他父親的稱號不同——基斯杜化是希蕾妮亞男爵，而愛德華現在是雷文伯爵，但因為姓氏一樣，他怕安德烈誤會自己想說前者，因此改以直稱少年的名字。

安德烈對亞洛西斯突如其來的大反應有點吃驚。他頓了頓，才答：「還未有，外面仍然遙傳著他已經死去。」

「你認為他真的被『薔薇姬』殺死了嗎？」亞洛西斯問。當初向他報告愛德華死訊的，以及他死前行蹤的，正是安德烈。

「從客觀證據上來看，是，但我的直覺卻不是這樣想。」安德烈回應。

「我也有同樣想法……但沒死的話，他現在到底在哪裡？不會是跟『薔薇姬』在一起吧？」亞洛西斯在說的同時，想出一個連他也覺得不太可能的猜測。

「這個應該未必，我不認為『薔薇姬』是這樣的人。」安德烈十分堅決地否定。

那個夏絲妲從來不會放過決鬥的對手，在她的世界裡，不是你死，就是我亡，從來沒有第三個選擇。在這個世界裡，大概只有我最清楚夏絲妲的為人，安德烈心想。

既然不知道，也就沒辦法了。亞洛西斯吩咐：「嗯……總之繼續留意，有消息再向我報告。」

「陛下為何要如此著急要找雷文伯爵？」安德烈疑惑地問。

他仍然記得，祭典開始後沒過幾天，亞洛西斯就立刻想召愛德華入宮。當他知道愛德華生死未卜後，非但沒有放棄，而是命令安德烈繼續留意關於他的消息，一有消息要立刻告知，而且每隔幾天便會像今日那樣詢問。安德烈不明白，亞洛西斯到底有甚麼要事要找這個黃毛小子？難道因為他被那個夏絲妲看中了當對決對象嗎？還是因為他是雷文家的後人？但肯尼斯的能力跟這個小鬼無關吧？

「我有要事要找他。」亞洛西斯只是輕描淡寫地說了句，看來他並不打算把原因告訴眼前這位重臣。「那麼其他舞者呢？」

「威芬娜海姆公爵和安凡琳公爵健在，將於下月訂婚，夏絲妲……伯爵行蹤未明，奈特伯爵好像在蒂莉絲莎璃郡裡，利歐斯伯爵回到了他在歌莉莎郡的家，而霧繪伯爵也一樣行蹤不明。」

「是這樣嗎……好的，謝謝你，」亞洛西斯托著腮，嘆了口氣。

「陛下，不知道我可以問一個問題嗎？」待亞洛西斯點頭後，安德烈繼續說：「為何您會如此關心祭典的進展？難道陛下真的相信神的承諾？」

「可能聽上去只是個虛構故事，但安德烈，我只在這裡跟你說，那個承諾是真的。」亞洛西斯收起了笑容，沒再托腮，看來是認真的。

從亞雷斯留下來的文件中，亞洛西斯知道承諾一事不是虛構的；也因為他知道內情，所以現在祈求的，是「八劍之祭」盡快得出結果。

據說當年亞雷斯跟神立下的契約是，只要「八劍之祭」成功舉辦，並能夠在期限裡得出勝利者，那麼神就會繼續保佑安納黎平安無事。幾百年來安納黎一直依靠這個承諾平安活到現在，曾經試過有一屆祭典舉行時，剛巧有風暴襲國，正當所有人都以為會出現重大傷亡時，祭典得出勝利者，然後風暴突然減弱，就好像神出手保護安納黎一樣；也有一屆祭典舉行之際，東北方的柏拉提塔王國的將軍正計畫入侵安納黎北方，但當祭典結束後，柏拉提塔出現了一場瘟疫，全國多人受到感染，就連那位將軍也受到感染而死，侵略計畫自然就流產了。這些事要用巧合來解釋的話，也太勉強了。

對亞洛西斯來說，每一次的祭典，猶如向神提出續約，而每次祭典舉辦時，就好像契約的能力變弱，總會有大事發生。現在安納黎正受到亞美尼美斯的威脅，如果祭典能夠成功舉行，神又會否出手幫助呢？

「難道陛下相信只要祭典有結果，亞美尼美斯就會放棄，或者某些理由令他們放棄可能在背後計畫的侵略大計？」安德烈不敢相信，眼前這個一向腳踏實地的皇帝，竟然會相信這種天馬行空、毫無根據的事？

「只能相信了。」亞洛西斯答得淡定。

說實話，他不想相信，也不想依賴契約，但現在他有選擇嗎？沒有。

「皇帝陛下，」這時，亞洛西斯的管家走進房間，向他報告：「希蕾妮亞男爵已經前來，正在接見室等待。」

「好的，請他到翠綠會客室等待，我將會過去。」亞洛西斯一聽基斯杜化來了，似是等待已久一樣，雙眼頓時有了神彩。

「希蕾妮亞勳爵？為什麼？」安德烈很是驚訝，他完全沒聽過基斯杜化被亞洛西斯召見的消息。

剛剛才談過愛德華的事，現在皇帝要找他的父親到底所為何事？

「只是一些小事而已，」亞洛西斯只是輕描淡寫地回應，但安德烈知道一定不會這麼簡單。

「既然沒有甚麼事，那臣子就先行回去，去找歌蘭……」見要談的話題都已經完了，安德烈打算回去繼續工作。怎知他說到一半被亞洛西斯叫住：「對了，歌蘭昨天已經離開了皇宮，你現在恐怕找不到人，要找人傳話了。」

「昨天？這麼突然？發生甚麼事了？」安德烈有點驚訝，歌蘭很少會這麼突然請假的啊？而且昨天？難道他在御前會議一結束便趕回家了嗎？平時他總是用一百個工作的理由解釋為何不回家的，這樣子不像他啊？

「你這幾天沒有聽說嗎？」亞洛西斯只是掛著一副不以為然的微笑，從抽屜裡取出一張邀請帖，上面寫著路易斯和布倫希爾德的名字。「齊格飛家和溫蒂娜家的訂婚典禮將在下月初舉行。」

「這個我知道，但有甚麼關係？」安德烈不解地問。

「哈哈哈哈，」安德烈疑惑的反應，令亞洛西斯笑得更開懷：「安德烈，就算你跟歌蘭共事的時間不長，但你應該猜到他是那種需要部下絕對聽從他，不讓任何人有機會破壞他計畫的人吧？你難道覺得他對家人會是另一種態度？」

「嗯……啊！難道是因為路易斯的婚事……」安德烈終於猜到了。「但就算如此，也不用這麼大反應吧？」

「自己的棋子居然不照自己的計畫行事，還有機會毀掉整個棋局，反應不大才出奇啊。」亞洛西斯的口吻，彷彿他完全摸清歌蘭的行事為人，以及他跟路易斯的關係。「搞出這麼大件事，我真想知道路易打算怎樣完場啊。」

「恕我僭越，陛下您好像樂在其中？」安德烈有點驚訝。在他眼中，這刻的亞洛西斯就像期待著甚麼大事發生一樣，彷彿最好是見到二人有一場大戰。

「當然，難道你不覺得有趣嗎？」亞洛西斯輕笑兩聲後，只是轉過身，帶著若有所思的微笑望向窗外：「故意繞過老爸自行下這麼大的決定，事前還要不通知他，我很好奇歌蘭到底會氣到甚麼程度啊……」

2

早上才剛過九時半，在威芬娜海姆城堡的一角，便已經傳出一陣又一陣訓斥的聲音。

「你有沒有聽懂我的說話？劍從下揮上的時候要同時使出火焰，然後一直保持著輸出……不要讓火焰離開劍身，你還控制不了！」奈特響亮的聲音響徹整個練劍場。剛才他讓路易斯嘗試揮劍給他看，要在揮劍的同時使出龍火，但路易斯把劍從下揮上之後才變出龍火，同時又嘗試讓龍火脫離劍身，直接化成火鞭攻擊，結果被奈特一劍切斷火鞭，並被他嚴厲指責。

「明白。」路易斯滿頭大汗，滿臉通紅。同樣的動作他已經連續做了幾十次，但總是沒法抓準使出火焰的時機——集中在揮劍時，便無法分神使出火焰，反之亦然。

路易斯喘著氣的同時用衣袖抹去頭上的汗。他已經不停地練習了近半小時，心裡懇求眼前這位嚴格的導師能給他一個小休。

「我聽不到，你說甚麼？」奈特抱著胸問，語氣就像軍官檢閱士兵時一樣嚴厲。

路易斯立刻挺直身子，大聲說：「明白了，奈特！」

「好，那麼再來一次。」奈特滿意地一笑，並架劍在身前。他的語氣頃刻變得柔和，好像變了個人似的：「跟剛才一樣，記住揮劍的同時要使出火焰，不用過份緊張，放鬆點，跟隨身體的感覺便好。」

身體的感覺嗎？路易斯呼了一口氣，再次提起「神龍王焰」。他不是很明白甚麼是身體的感覺，但也只能照著奈特說的試一次了。

他閉上眼睛，聚精會神。

其實他已經熟習了使出火焰的方法，只是有時候仍然會害怕控制不好，而無法分神揮劍。

——平時我都是想像劍被火焰纏繞的模樣，不然就是奈特所教的劍法，如果我把兩者合而為一呢？

路易斯再次睜開眼，並立刻從左下往上揮劍，見奈特避開，就改從右下反手往上揮劍。他的步伐和劍法跟之前並沒有太大分別，只有一點——揮劍時，其大劍上有兩條粗大的火焰穩定包圍著劍身。

他成功做到奈特要求的事了。

奈特沒有還擊，只是左右閃避，漸漸被路易斯逼到一條大柱前。當路易斯再斬向奈特，他只是一個滑步竄到路易斯身後，再拉開距離。

——這個動作！

想起了甚麼的路易斯，眼神一變，忽然加快了劍路，以一副要打敗眼前人般的氣勢斬向奈特。他揮劍從右往左橫掃，見奈特後退避開，便改從左往右再次橫掃。奈特依然輕易後踏一步避開，此時路易斯往右前方一踏，並往前刺，正中奈特的下一步位置——

奈特急忙往左側身，但還是遲了一步，他的臉頰和肩膀均被龍火燒傷，雪白襯衣上仍留有燃燒的火苗。趁路易斯一時遲疑，他立刻從下往上揮斬，推開大劍，拉開二人的距離。

大劍上的龍火早已消失不見。路易斯一回過神來，便立刻拋下劍，跑去關心跌坐在地上，滿頭冷汗的奈特。

「奈特，你、你沒事吧？」路易斯急得手忙腳亂。他先是幫奈特吹熄衣服上的火苗，但看著奈特血流如注的刀傷和紅燙的燒傷，他焦急得不知所措。當他終於想到可以撕下自己襯衣的一角幫他止血時，奈特一個手勢，阻止了他。

「『Stapika』。」輕聲說出普通治癒術的咒語後，奈特的傷口慢慢止血，他的表情也漸漸變得沒有那麼痛苦。他搖頭，說：「小事罷了，很快會好。」

「但剛才！」路易斯從心感到抱歉，他一開始並沒有打算要弄傷奈特的。「我不是有……」

「堂堂齊格飛家家主，竟然向對決的敗者道歉，成何體統！」奈特立刻打住了他，並予以叱責。說完，他又收起嚴肅的臉容，稍微溫柔地問：「你剛才是看到甚麼，對吧。」

路易斯點頭。他想起愛德華。

剛才的交手，奈特的閃避方式令他想起和愛德華的對決。當時，愛德華就是像剛才奈特那樣閃開自己的攻擊的，就連被逼到柱前時的反應也一模一樣。

有一瞬間，他把眼前的奈特看成愛德華，並認真地要打敗他。

奈特是故意模仿的嗎？還是說，這不過是一場巧合？

路易斯沒法解釋，跟眼前人練劍已接近兩星期，但他還是看不清他的行為背後的動機。

不消一會，奈特的傷口全都癒合了。「剛才你做得很好，就是那樣把劍術和控制火焰兩件事合在一起。你能夠做到的，只是未習慣而已。」

「嗯。」獲得稱讚，路易斯心裡頓時多了一份自信。

「那麼我們再來一——」正當奈特站起來，要拾起「黑白」時，練劍場的大門被「啪」一聲粗暴地打開。

「路易斯大人，歌蘭大人剛回來了！」彼得森急忙地衝進來，他滿頭大汗，氣喘連連，明顯是跑過來的。

「甚麼！父親？那麼突然？」路易斯一驚，父親竟然甚麼通知都沒有就回來了？

「他剛剛才到埗，一下車聽到其中一位僕人說你在練劍，便立刻說要來看……」彼得森焦急得很，他已經沒有時間解釋了。他望向奈特：「奈特大人，快點——」

「路易斯？你在這裡練劍吧，讓為父檢視你的成果——」

正當彼得森要向奈特跑去時，一把從後傳出的聲音止住了他的腳步。這個家本來的領導者以洪亮的聲音宣示自己的到來，他環望四周，看到本來不應該存在於此的奈特，頓時皺起眉頭。

「這到底是甚麼一回事！」

「你跟我解釋！為什麼家裡會多了個外人？還要是舞者！」

在歌蘭的書房內，路易斯低著頭，接受父親嚴厲的質問。

他早就預計到會發生這樣的事了。雖然他總是對彼得森說，邀請奈特住下並結盟的事理應由身為家主的他來決定，父親沒有權利說三道四，但這些話都不過是裝的。他一早就知道這件事要是曝光了，父親一定會氣死。

他明白今早彼得森焦急地跑過來練劍場，除了是為了通知他父親回家的事，更是想讓奈特躲到一個父親看不到的地方去，先避個風頭，再決定下一步行動。但不幸地，奈特的存在被父親看到了，而更麻煩的是，二人當時正在練劍場，奈特正手持「黑白」，練劍一事也就無法隱瞞了。

當然，路易斯可以謊稱二人當時正在對決當中，但這樣只會令他陷入更麻煩的情況，與其要用一個謊言掩飾另一個謊言，還是把事實坦誠相告比較好。

「而且你竟然跟他練劍？到底是甚麼一回事！」

歌蘭一聽完路易斯的解釋，二話不說，便命令他到自己的書房裡去。他不顧走廊上會否有僕人聽見，會否丟了兒子的架子，只顧高聲斥責路易斯。這位老人的憤怒聲線響徹全房，路易斯彷彿感覺到石地板在震動，他覺得這次父親的憤怒比自己輸掉決鬥後時的怒氣要嚴重幾倍。

「我、我和奈特伯爵定了盟約，一同打敗愛……」路易斯試圖解釋。

「盟約？我們齊格飛家的人竟然要淪落到要跟外人立下盟約？」路易斯還未說完，歌蘭一拍書桌，再次截住他的話。「你自己一個人沒法打敗那黑鴉小子，不是想如何增強力量去贏他，而是多拉一個人幫忙？為父何時有教過你這樣的？」

你根本甚麼都沒有教過我，路易斯很想反駁，但他不敢。

這些年來，歌蘭經常不在家——每年平均在家日數不會多於二十天，而他每次回來，都只會對路易斯的學習進度、生活態度作出諸多批評，總是把「身為齊格飛一族的人應該怎樣怎樣」掛在口上來教訓他，但從來沒有給過改善的建議。

每一次，都是路易斯自己想辦法改善，務求得到父親的認同，但歌蘭仍然會無情地否定兒子的努力，今天也不例外。

就算成為了當家，在你的眼中我仍是那個無能的兒子嗎？一想到這句，路易斯的心頓時揪了一下。

「和精靈女王的婚事現在是怎樣？」見路易斯沒有回應，歌蘭便怒氣沖沖，雙手抱胸地質問，把他趕回家想對路易斯說的話都說出來：「覺得自己可以一切作主嗎？訂婚日期決定後不告訴我，為父竟然要跟全國上下貴族在同一時間知道消息，你是想怎樣，作反嗎？」

說完，歌蘭再拍了一下書桌，其力道之大，路易斯覺得父親似是快要憤怒得要拿武器打他了。

果然是為了這件事而回來的嗎，路易斯覺得自己不能再退讓，奈特的事也算了，但婚事，他絕對不能退縮，這是他的底線。

「你之前不是派人傳話說，要讓我自己處理這件事嗎？而且那是我的婚事，當然是由我來處理！」他鼓起勇氣反駁。

沒想過平日罵兩句便會選擇妥協的小兒子居然學會了駁斥，歌蘭的怒氣頓時上升：「你這小子，就知道提早讓我知道的話，我一定會諸多阻撓吧！」

「也不是這個意思……」見歌蘭更為憤怒，路易斯頓時嚇得沒了火氣。

「你覺得自己坐上了家主之位，就掌握大權了嗎？別傻了！為父一天還活著，就仍然是這個家的主人！」歌蘭沒有理會路易斯的反應，繼續責斥，宣示作為父親的主權。

路易斯沒有為歌蘭的宣言感到驚訝。他早就認命了，從封爵，不，得知自己因為被選為舞者而要繼承家族的那一刻起，便知道自己只是個掛名公爵。也許在起始儀式上接受封爵儀式時，那些在他背後的貴族都是這樣想吧：這小子不過是個花瓶而已。

在學院那些跟隨他的人也一定是這樣想，如果這個人沒有齊格飛的姓氏，如果他不是家族最有力的繼承人，那麼誰要跟這個整天裝模作樣又不能幹的人在一起？要是愛德華和他的地位互換，他早就成為學院裡最受歡迎的人，而自己則甚麼都不是吧？

在愛德華面前，他的所有偽裝都表露無遺。

「唉，算了，我時間不多，首都還有很多工作等著我去辦，沒空閒在這裡跟你浪費時間，」歌蘭留意不到兒子細密的心思，只是在心裡數算自己花了多少時間去完成「叱責」這一工作，兒子的反應對他來說不過是「浪費時間」。「總之，今天之內把那個奈特甚麼請走，還有訂婚那邊，訂婚日子不能改，那麼就把結婚之日儘量拖長，拖到祭典完結之後，最好拖到整件事不會發生，明白了麼。」

「這、為什麼？」路易斯登時明白父親的意思——他仍然不同意這門婚事。

「為什麼？因為精靈之等沒有資格加入齊格飛家，會污染我們的血統。」出乎路易斯的猜想，歌蘭給出的理由居然不是世仇或者二人互為舞者，而是更為根本的血統。前兩者他已經想好方法解釋，但一聽到是血統，他頓時恍然大悟。

對，父親視血統為一切之基本，以齊格飛之血為榮，視精靈為低等生物，從來都看不起他們，這不是從小便知道的麼。

「那些精靈，就只懂得以術式迷惑人心，才有今天的地……」

「溫蒂娜小姐才不是這樣的人！」正當歌蘭要說下去時，路易斯忍不住打住他。「也許精靈們不太喜歡人類，但絕對不會以迷惑人為樂！」

「你……！之前去安凡琳時吃過甚麼嗎？是牠們教你這樣講的吧？……是那妖孽對你下了術式吧？」去了一次精靈的家，居然變得會坦護牠們了？那些妖孽到底把甚麼給了我的兒子！歌蘭頓時暴怒。

「沒有！」路易斯一口否定。父親的用詞令他怒火中消：「而且她不是妖孽！」

歌蘭先是頓住，然後很快搖頭嘆氣：「看來你真的被牠迷到神魂顛倒，連事實都不懂分辨了。」

「是父親你不懂！你有見過精靈嗎？有跟溫蒂……安凡琳女公爵說過話嗎？沒有吧，那麼為什麼要對他們有如此偏見？」路易斯激烈地反駁。他想起自己在安凡琳看過的一切，雖然沒有跟布倫希爾德有過長時間的交流機會，但從她的片言隻語和信件的文字中便能感受到，她絕對不是歌蘭口中的「迷惑人心的妖孽」。

換著是其他人，他還能忍；但這關乎到布倫希爾德的形象，他覺得一定要出手保護，這是他能為所愛的「溫蒂娜小姐」而做的僅餘幾件事。

「哼，小子，你以為只有自己見過嗎？你覺得為父我活了五十多年，沒有跟精靈們見過面，不知道牠們背後都在打甚麼算盤嗎？別自以為是了，我不用你教我！」歌蘭完全否定了路易斯的話。

的確，歌蘭活了五十多年，從政也接近三十年了，一定曾經在各種場合見過溫蒂娜家的家主，路易斯無言以對。但他仍然覺得父親對精靈的偏見過重，並認為一定是因為齊格飛家和精靈一族的世代爭議而導致他有此看法。

「但你這些年見過的精靈，都不等於溫蒂娜小姐吧？怎麼肯定她一定是那樣的人吧？為什麼就不能換個角度看呢？」他嘗試提出質疑，希望父親可以改變思考角度。

「換過甚麼角度都是一樣，精靈就是精靈，根本的劣性是不會變的！」但歌蘭立場堅定，堅持己見。見這個兒子居然一直在幫外人，他呼了一口氣，再望向他，露出厭惡的神色：「要跟外人一起才敢打倒曾經贏過自己的敵人也就算了，現在連外敵是誰也分不清楚，還要一味投向人家的懷抱裡……果然你就是不行，不及你大哥，不是正統的齊格飛家繼承者！」

說了這麼久，結論還是這句話嗎？氣在頭上的路易斯決定不再忍了，立刻反駁：「對啊，在父親的眼中就一直只有路德大哥，我就甚麼都不是！既然如此，那麼你就把他叫回來啊？」

「路易斯，你……」歌蘭有點吃驚，沒想到路易斯會口出此言。

「路德大哥叫不回來，那不如就叫羅倫斯二哥回來啊？但連你也不知道他在哪裡不是嗎，哼！這麼多年來，只有路德大哥最適合當繼承人，因為他是長子！但路德大哥已經不在了，你難道要到地獄找他嗎？」

「路易斯！注意你的言辭！」歌蘭喝住了他。他的聲線如同獅吼般恐怖而有威嚴，但路易斯像吃了豹子膽一樣，仍然繼續說下去：「對啊，我又說錯話了，但我有說錯嗎？二哥自從大哥死後就再沒有回過家，你覺得是誰的原因？」

「路易斯！」歌蘭的聲線更為兇惡，路易斯的一番話點中了他的污點。「……唉，果然你還是

「——」

「反正我做甚麼都錯，大不了就不做家主！」

說完，未等歌蘭反應過來，路易斯便立刻頭也不回地衝出房門，還「啪」一聲大力關上房門。

3

路易斯一人躺在城堡一角的某座亭裡，看著亭頂的石灰石，一直發呆。

剛才氣呼呼地從歌蘭的房間衝出來後，他便來到這座亭裡，時而坐著，時而躺著，就是兩個小時。亭外風聲呼嘯，冬雨綿綿，但他連外套都沒有穿，只是穿著單薄的襯衣長褲，靜心聆聽雨點打在亭頂的聲音，讓心安靜下來。

從小時候開始，每次跟父親吵架後，路易斯都會來到這座亭裡發呆。他沒有傾訴的對象，只能獨自發呆，讓憤怒和憂傷淡去。

剛才的態度，是我的錯吧，路易斯心想。我實在不應該這樣對父親說話。

也許他說得對，我不應該靠奈特，而是靠自己練習勝過愛德華；我不應該未問過他，就擅自決定訂婚的日子。就算父親不喜歡我，這也不過是他的錯，我確實沒有路德大哥那麼聰明，做甚麼都是半吊子，這樣的兒子，有誰會喜歡。

他說的話都是對的，身為兒子，理應順從父親的話語。

但這樣真的對嗎？

這些年來，他一直要求我跟隨他的想法行事，但他有想過我的感受嗎？以前便算了，現在我已經長大成人，是公爵家家主，難道還要對他的話言聽計從，整輩子都是這樣嗎？如果是這樣，那麼我是甚麼，父親的一顆棋子嗎？

如果是路德大哥，或者羅倫斯二哥，他們會怎樣做？

路易斯登時想起大哥路德維希那溫柔的笑容，以及二哥經常捉弄他得逞之後大笑的模樣，再想到現在只剩下自己一人，眼角不禁濕潤。

如果他們都在，那就有人可以聽我說話，可以告訴我怎樣做……

如果可以選的話，誰想做家主……

「這麼大風，一個人躺在這裡，不怕著涼嗎？我好像教過你，身體管理也是作為劍士的重要一環吧，你忘記了？」這時，一把熟悉的嚴厲聲音從不遠處傳出，路易斯嚇得立刻坐起來，十分驚訝。

「奈特？你怎會知道我在這裡？」他問。只見奈特提著一件大衣，靠著亭柱，一臉無奈地看著自己。他的銀灰長髮上雖有水珠，但不算多，衣服也只濕了一點，看來並沒有在戶外逗留太久。

「我問彼得森你在哪裡，他便告訴我了，這個是他拜託我交給你的，快穿上吧，」說完，奈特把手上那件外套拋給路易斯，路易斯一看，的確是他平時在房間時會穿的那件外套，因此沒有起疑。

「怎樣了，聽說跟歌蘭吵了一架？」

「……嗯。」過了一會，路易斯才低頭承認，樣子有點沮喪。

「是跟我的事有關吧，」奈特一猜便中。「我不應該留這麼久的。」

「不！請你留下是我的意思，這是我的決定，不關你事。」路易斯連忙否認，但當他的視線對上奈特後，又沮喪地低下頭，似是心裡有些想法，但又說不出口。

難得看見路易斯示弱的一面，奈特心想，這兩星期以來，就算在練劍上遇到瓶頸，他都不曾露出這樣的神情，看來這場架一定吵得很嚴重。想到他以前聽說過的，歌蘭和路易斯的關係，奈特頓時明白了一些事，也萌生出一個念頭。

「介意告訴我發生甚麼事嗎？」他問。

路易斯首先驚訝地抬頭看著他，隨即又把眼神收起，樣子轉為猶疑，良久，他嘆了一口氣，再輕輕點了點頭：「進來坐吧。」

奈特看著路易斯的眼神轉變，猜到他剛才經過了怎麼樣的思想轉變。奈特只是輕輕一笑，並坐到路易斯的側面，距離並不疏遠，但也不親近。

路易斯一直沉默不語，過了半晌才小聲呢喃：「這兩個星期，我的表現很差吧。」

「有很多地方仍需進步，但比起一開始已經進步很多，你已經願意主動練習，那麼會進步得很快的。」奈特一本正經地回答，每次一講到學習的表現，他都會顯得很認真，但話語中又有幾分溫柔。他是嚴厲，但不會批評得不留餘地。

「既然是你說的，那應該是真的了。」聽完，路易斯輕輕一笑，笑容中帶點苦澀。「會對我說真話的，大概只有父親和你，還有愛德華吧。」

「甚麼意思？」奈特問。

「身邊所有人總會誇獎我有多厲害，但我其實是知道的，自己到底有多沒用，只是很多時候都不想去面對，甘願沉浸在他們的話中，輕鬆地做人，」這一番話，路易斯未曾對任何人說過。「彼得森會對我提意見，但他從來不會指正我的錯誤，因為我是他的主人；父親會用最嚴厲的方式數落我的錯誤，不留餘地，因為我是他的兒子；只有你，每次都會直接說出我的問題，但我們之間並沒有甚麼特別的關係，甚至是敵人。」

「敵人就不會說謊了嗎？」奈特忍不住問。

「我的直覺挺準確的，你對我說的話——最少在劍術上的指導，都是真話。」路易斯回答。

「哈哈，」奈特喜歡路易斯的說法，這小子說話真有膽量。「那麼愛德華呢？你常跟他說話的嗎？」

「那傢伙不用口的，他的行為已經表達一切，我才這麼討厭他。」這時，路易斯露出不屑的表情。

聽畢，奈特不禁「噗」一聲笑了出來：「不知道他聽到這句說話時會有甚麼反應呢。」

「管他的，別讓我看到就是。」說時，路易斯抱起胸來，樣子氣呼呼的。

想起路易斯曾經對他說過，他討厭愛德華的原因，奈特決定不再說下去。這些事，就讓他自己去理解吧，他心裡一笑。

「對了奈特，你有兄弟嗎？」突然，路易斯問。

奈特一時間跟不上他的思維：「沒有，為什麼這樣問？」

「真羨慕你，那麼你就不用整天被父母拿來跟兄弟比較了。」路易斯感慨地說。

奈特一聽，就立刻猜到發生甚麼事了：「歌蘭對你說了甚麼嗎？」

「同樣的說話已經聽了很多年了，一直說我不及大哥，但大哥明明已經不在，為什麼父親還要拿我跟他比較？」

因為他的眼中沒有你，奈特心想。他想安慰路易斯，又覺得他其實隱約知道其父背後的意思，說些甜言蜜語的謊言根本毫無用處，所以還是打住。

「你會因為父親一直把你跟哥哥放在一起比較，而恨你的哥哥，或者父親嗎？」於是他改問另一個自己在意的問題。

「路德大哥？當然不會，這不是他的錯，而且他的確比我好很多，」說到大哥時，路易斯不禁嘴角上揚，露出溫柔的微笑，似是想起一些快樂的回憶，「父親的話……不會恨吧，畢竟他是我的父親。」

「是這樣嗎……」奈特心裡不禁佩服路易斯的樂天，但同時也理解他的想法。

奈特想起自己的父親。他的父親跟歌蘭不一樣，就算二人性格一樣，他也應該沒法狠下心腸去恨。愛與恨，不是簡單地便能清楚分開的——奈特曾經從一個人身上切身學到這點。

「那麼你的二哥呢？」奈特繼續話題。

「他嗎？」一聽到「二哥」，路易斯的語氣頓時變了，從溫柔變得氣呼呼，但卻沒有提及愛德華時那麼憤怒。「那傢伙才不管他啊。」

「聽說你跟兩位哥哥是不同母親的？」奈特問。

「對啊，你果然知道得很清楚，」路易斯直認不諱。「不過我沒見過她，聽說在我出生前兩年已經離開齊格飛家了。」

奈特知道歌蘭有過兩位妻子，第一位是路德維希和羅倫斯的母親——伊奇維娜，第二位就是路易斯的母親——伊凡琳。伊奇維娜仍然在世，但伊凡琳已在路易斯一歲時因病去世。在此之後，歌蘭就再沒有娶過妻。

「你會覺得，歌蘭對你和路德維希的看法不同，是因為母親的關係嗎？」奈特小心地問。

「如果是因為父親比較喜歡伊奇媽媽所生的兒子們，那麼他這麼多年來都不會那麼討厭二哥吧。」路易斯直接否認了奈特的猜測。「我常常在想，為什麼神要選我而不是二哥去參加『八劍之祭』，比起我這種人，他更適合坐在家主的位置上……」

「你不喜歡做家主嗎？」這時，奈特察覺到了一些事，問。

「嗯……」路易斯頓時低下頭。他剛才對父親說了，自己不想再做家主。

少年本來以為奈特會像剛才一樣溫柔安慰他，怎知奈特卻以嚴厲的語氣反問：「那你喜歡當甚麼，整天輕輕鬆鬆，有辛酸事就只懂叫人來幫忙的少爺？」

「當然不是！」路易斯斬釘截鐵地否認。「但我這種無能的人，根本沒有資格做家主，只會淪為笑柄——」

「你父親覺得你無能，你就同意了嗎？那麼你當初在彼得森的反對下堅持與我結盟，以及在明知歌蘭會極度反對的情況下向安凡琳女公爵求婚，又是甚麼原因？」

路易斯登時被問至無語，因為他知道問題的答案——這些都是他對父親的小小反抗。

他覺得自己長大了，是時候離開父親的束縛，有自己的能力去決定一些事，而不是繼續言聽計從的生活——但父親仍舊不認同他的能力，依舊把他當作一個小孩子看待，那又有甚麼辦法？

「但又怎樣，父親根本不同意！難道要跟父親鬧翻嗎？」

「誰說要你去鬧翻的，」奈特一臉沒好氣地回應，「世界不是只有同意和拒絕，還有妥協——你未必需要父親完全認同你，但同時又要堅持自己的想法。」

「那要怎樣做？」入世未深的路易斯完全想不出辦法。

果然這小子未曾跟人談判過，整輩子只懂得用身分去勝過人，不然就是被人完全壓制。熟悉路易斯性格的奈特沒有感到可惜，反而早就猜到他會如此發問：「你想一下，歌蘭想要的是甚麼？想看到的是甚麼？你要向他證明，你跟我結盟、跟安凡琳女公爵在一起的事是有利益可圖的。同時要讓他看到你不會退讓的態度，那麼他或許會改變一些想法。」

「會有這麼容易的嗎？」路易斯心裡懷疑著。如果這麼容易，我早就成功了！他心想。

「如果他截然反對你跟溫蒂娜小姐結婚，為什麼他在一開始會默許你去處理此事？」奈特一語中的。「劍術和人一樣，要先看清對方的背後意圖，再計算出對自己有利的一步——」

「那是我父親，不是需要算計的敵人！」路易斯激動地打住了他。在他心中，無論發生甚麼事，歌蘭都是他尊敬的父親，絕對不是需要用計去互相猜忌的敵人。

「對不起，我語氣過火了。」奈特立刻道歉，「但我的意思是，你要說服人，就先要從對方的角度出發。有時候可能需要退讓，但一定要堅持自己，要讓對方看到你的意志。」

奈特的一番語，頓時令路易斯想起兄長們。他想起二哥每次被父親責罵、被人取笑時都絕不屈服，誓死要證明自己是正確的模樣；他又想起路德維希大哥雖然看起來溫柔，但他總會堅持自己的底線，不會隨意退讓。

路易斯頓時恍然大悟，但隨即又垂下了頭：「就算我現在堅持又有甚麼用，我已經跟父親說了不做家主。話都說出口了，可以怎樣……」

「這就要看你了，難道你是那種絕不違背所說之話的人？」奈特抓準路易斯的性格，特意反問。

路易斯略為驚訝地望向奈特，看著他那雙認真的不笑模樣，忍不住笑了出來；看著路易斯笑，奈特的嘴角也不禁輕輕上揚。

「哈哈，果然奈特哥就是有趣啊。」路易斯笑完後，開懷地說。

「……哥？」奈特的語氣帶點驚訝。

「啊，對不起！」路易斯這才意識到自己的失禮，急忙道歉：「只是覺得你有點像個哥哥，所以……」

「不要緊，你能這樣叫我，我很高興啊，」奈特輕輕一笑，笑容裡帶點欣慰。說完，奈特立刻把話題轉回來：「話說回來，你現在想通了嗎？」

路易斯望向亭外，不知何時雨已停下。雖然風還大，但有幾絲溫柔的陽光穿透雲層，照到地上。他輕輕點頭：「一點吧。謝謝你，對我說了那麼多。」

「我只是說了你想聽的話而已。」奈特說完，別過頭去。

路易斯一笑，這人總是不坦率啊。

「話說我總覺得，你好像一個我認識的人。」他說。

「是嗎？」奈特對此好像不怎在意，「是誰？」

「忘了，只是有種感覺。」說完，路易斯不忘在臉上加個傻笑。

「哦，」奈特的雙眼完全沒看過路易斯，「雨停了，那就回去吧。」

未等路易斯反應過來，奈特已經離開石亭，完全不打算等他。

看著奈特高挺的背影，路易斯就覺得他這兩個星期以來的直覺是正確的，但就是說不出奈特到底像誰。

還是先解決父親那邊的事再想吧！他心想。

4

「感謝女王陛下有空接見我，你應該知道我今天前來的原因吧。」

在溫蒂娜宮會客廳的巨桌兩邊，一邊坐著布倫希爾德，另一邊坐著一位全身紅若火焰的客人。

那人留有一把橙紅色的長髮，她在耳周兩邊各編一圈垂髮，橙紅長髮在其身後被束成一條馬尾，髮尾彷彿是火舌；橙黃的華服下露出一條長滿金黃鱗皮，像是蜥蜴的鮮紅巨尾。雖然她外貌看起來只有二十多歲，但從身上散發出來的氣場絕非同齡少女所能比擬——她是已經活了過百歲的火精靈一族的族長，史卡蕾亞・莎羅曼達。

今天的布倫希爾德是以精靈女王身分接見史卡蕾亞，因此她的頭上戴著象徵女王身分的百花冠，身後也露出平時不會在人前展現，紋路複雜的三雙蝴蝶長翼。她把淡藍長髮束成一個麻花辮髮髻，加上裙擺闊大的水藍長裙，樣貌看起來十分成熟，氣勢完全不輸史卡蕾亞。

在安納黎，布倫希爾德是女公爵；但在精靈的世界裡，作為水精靈之首的她仍然是那位統治一切的精靈女王。

「歡迎你，史卡蕾亞，對上一次見面好像是幾個月前對吧。」布倫希爾德說。

「好像是吧，我還以為是昨天呢。」史卡蕾亞的一句話乍看起來是簡單的寒暄，但布倫希爾德十分清楚，她是在暗示水精靈和其他精靈的分別——壽命長短。她甚至覺得，史卡蕾亞是想趁機取笑溫蒂娜家在以前為了得到力量，而放棄精靈的長壽特權一事。「話說回來，明明我們是知曉世界知識之子，卻還要像人類一樣利用外表裝扮來展現自己的地位高低，這不諷刺嗎。」

「知識不代表智慧，史卡蕾亞。」布倫希爾德平靜地回應她，就像長老對學生說教一樣。「而且我們和人類的分別只在於外表和對世界的理解，根源都是一樣的。」

「火龍之子也一樣嗎？」史卡蕾亞抓住這句，立刻問。

察覺到火精靈之長似乎話中有話，布倫希爾德保持著平靜的語氣，回應：「有話就直說吧，史卡蕾亞。」

「女王陛下將在近日與火龍後裔訂婚，敢問二人在婚後的地位會如何處理？」史卡蕾亞單刀直入地問。

果然是為了這個而來，布倫希爾德心裡早有準備。

在精靈的世界裡，男女是平等的，如果該族的族長是女精靈，就算她嫁給任何種族的精靈，也依舊能夠保持原族領導者的身分，另一半不會獲得任何的領導權，反之亦然。但人類就不同了，安納黎的男性地位比女性高，就算一個家的家主是女性，但如果她嫁人了，就要委身男方，男方也就可以擁有領導女方家族的部分權利——就算表面上仍是女方作主，但其決定通常都不能獨立於男方。

齊格飛家恪守著「男主女次」的看法，但溫蒂娜家卻截然不同。比這一切更重要的，是與齊格飛家聯姻，就代表讓對方有機會踏進精靈的世界，那麼到時候仍是精靈作一家之主，還是由火龍之子作王？如果是精靈女王作主，那麼威芬娜海姆郡呢？也會歸入精靈的管理嗎？

就算今日二人表明不會干涉對方家族的事，何以保證他日雙方仍會遵守盟約？精靈們都沒有忘記，一千多年前來自多拉貢王國的威脅。

「訂婚只是權宜之計，祭典過後，自會取消。」布倫希爾德簡潔地說。

從答應路易斯的求婚，不，從開始思考該否令路易斯向她求婚開始，布倫希爾德就預料到精靈之間會有這些疑問。更正確地說，是夫人早就預視到這一切。現在她只要依照夫人的意思，回答便行。

「但對方會這麼容易接受嗎？」但顯然，這個說法沒能說服史卡蕾亞。

「首先要看對方那時候仍否有能力向我們提出反對，」面對史卡蕾亞的質疑，布倫希爾德處之泰然，彷彿一切都在掌握之中。

一前一後兩句話，史卡蕾亞頓時明白布倫希爾德所暗示的意思——只要在祭典完結前殺害路易斯，訂婚一事也就能無疾而終。質疑的臉容轉為若有所思的笑容，她問道：「這個算盤，打得響嗎？」

布倫希爾德沒有微笑，她只是以堅定的眼神望向史卡蕾亞，以不容反駁的語氣回應：「一切都在計算之中。」

「是嗎，」見布倫希爾德的語氣如此不容反駁，史卡蕾亞也沒有意思繼續問下去，畢竟她並不是在擔心布倫希爾德的計畫的成敗。「那麼請容我詢問，訂婚日子已經定了，對吧？」

「對，下個月，在火龍之子的領地裡舉行。」布倫希爾德回應。

「我還以為女王陛下會索性把訂婚日期拖到祭典之後呢。」史卡蕾亞的語氣透出一點失望。

「火龍之子對此事很是熱衷，拖得太長，恐怕連他也會懷疑。」布倫希爾德解釋原因。她，不，夫人本來也想把訂婚日期拖到祭典之後，但路易斯的熱衷和行動力逼使她改變計畫。

「愛上精靈女王的火龍之子呢，」史卡蕾亞一笑。「真是個奇怪的後裔。」

「只是個不懂歷史的小鬼。」布倫希爾德附和。

嘴上說得冷淡而帶刺，但她心裡其實想起路易斯那如陽光般真摯的笑容。

「不懂歷史的小鬼」是夫人的想法，也是她要自己說的，如果要她本人去形容路易斯，她會怎樣說？

她記得自己對莉諾蕾婭說過，他是個「未見過世面的大少爺」，但現在又覺得，這句話好像有點不對。

自己……動搖了？

不，這不可能，布倫希爾德在心裡賞了自己兩巴掌。

「那就只能祝福他好運了。」史卡蕾亞一句話把布倫希爾德從思緒拉回現實。「敢問女王，除了火龍小子，女王打算在這個祭典如何迎戰其他的人類？」

「只要斗膽踏進這片土地，都一概會用『精靈髓液』格殺勿論。」布倫希爾德簡潔地說出自己的方針：不會主動索敵，只會等對方前來。

「用劍呢……真不明白人類，為什麼要用一塊鐵去爭個你死我活。」在史卡蕾亞心中，劍只是一種道具，不明白為何他們要用這些一眨眼便會爛的道具互相奪取別人的性命。

「對他們來說，劍是追求或達成某些目標所需要的重要用具，但對於對世界相連，知悉可以用更好的方法行事的我們來說，它不過是對我們無所用的器具而已。」布倫希爾德的看法也一樣，但她也明白，就是因為併入了人類世界，決定參加他們的祭典，她才會依隨他們的規矩，拿起劍與人類戰鬥。

不想在這個話題久留，布倫希爾德立刻把話題轉到另一件重要的事上：「史卡蕾亞，『那件事』還是一樣？」

「哪一件事？」史卡蕾亞故意裝作不明白地問。

「別裝傻，當然是說風精靈的事。」不讓她裝作無知，布倫希爾德立刻點出，「還是只有諾凡蘭卡一人，對吧？」

諾凡蘭卡，全名諾凡蘭卡・西爾芙，是風精靈的族長，也是精靈世界裡唯一現存的風精靈。

見布倫希爾德問得如此直白，史卡蕾亞也沒有打算繼續故弄玄虛：「在我們知道的範圍，是。」

「真的沒有別人？」布倫希爾德懷疑地問。

「我族長久以來一直負責看守風精靈的領地，難道女王是在懷疑我們的能力？」史卡蕾亞隨即回以一句強勢的反問。

「史卡蕾亞誤會了，我只是想確認一下而已。」可是布倫希爾德絲毫沒有被史卡蕾亞的態度而動搖，依然從容地維持著統治者應有的鎮定：「繼續監視吧，有甚麼狀況都要第一時間報告。」

「事件已經過了近千年，為何女王陛下仍要忌諱著風精靈呢？」這時，史卡蕾亞問，她在試探布倫希爾德的口風。

「千年對我們來說，就像是幾天前的事，」布倫希爾德在回應的同時，也順道回敬史卡蕾亞在見面開始時的那句諷刺。「但我們先祖所受的苦，可不是幾天的事這麼簡單。」

布倫希爾德所說的「先祖的苦」，指的是水精靈和風精靈持續上千年的爭鬥，而當中又不得不提萊茵娜女王的作為。

曾經，精靈有過王族——結合四元素的力量，再加上光、暗，代表沒有和物質分離的虛空的第五精靈「以太精靈」，但當他們在甄珮莉娜曆前三千年左右滅絕後，四大精靈種族表面上互不侵犯，只管治自己的種族，但事實是當時實力最強的風精靈在背後控制住其餘三大種族，成為精靈的實際領導者。他們恃著自己的強大實力，經常欺壓四精靈中最弱，沒有靈魂的水精靈，例如會強行侵占水精靈的領土，強逼他們當風精靈的奴役，甚至曾經殺害過水精靈的王。

萊茵娜當年因為目睹身為水精靈之王的父親被風精靈女王抓走並以不合理的理由殺死，而下定決心要報復，並反抗風精靈。她利用禁忌之術取得靈魂，獲得勝過眾精靈的力量後，便帶領一族反抗風精靈的影子統治，過程中除了取得一直被西爾芙一族保管，能令所有精靈而不得反抗的神石「精靈之冠」，同時也手刃了西爾芙的女王。得到絕對號令權，站在所有精靈頂端的她，首先做的事是整頓一直欺壓同族的風精靈。她把西爾芙一族人幾乎全部殺害，只留下一個遺孤，把他放在風精靈的領地裡緊密監視。當遺孤到達適合生育的年齡，創造精靈們的大地之母會因為風精靈的血脈沒法延續，而誕生一位風精靈供二人結合並傳宗接代。等新的風精靈誕生，女王便會把本來的風精靈殺害，再繼續監視風精靈，直到他長大後，又再重複同樣的做法。

這個做法從萊茵娜那一代開始就一直保持到現在，目的是為了永遠不讓風精靈有反擊的機會；而不把血脈完全斷絕的原因，是因為萊茵娜懼怕滅絕一個元素，會令精靈世界的力量平衡崩潰，從而對世界帶來負面的影響。

風精靈的看守任務以前是由水精靈直接負責的，但四百年前則因某些原因，而開始改由火精靈擔當。火精靈需要定時上報風精靈的狀況，但下命令，或者當劊子手的，都一定是水精靈的王，或者女王。

「如果放任風精靈，今日的精靈界將會回到以往的混亂狀態，不同於以前，現在人類已經崛起，任何改變都只會令他們有機可乘。」布倫希爾德補上一句解釋。當然，這是夫人的話，但她自己也認同這個想法。

「女王所言甚是，我們絕不能讓人類入侵，」她本來以為史卡蕾亞會繼續質疑，怎知後者這麼快就同意了。布倫希爾德的直覺告訴她，這一定有內情。「火龍之子也一樣，我等期待陛下取下他頭顱的一日。」

果然話題又會回到這裡，布倫希爾德並不意外。而這次史卡蕾亞也把想法說得很清楚——她要路易斯死。

「必定不會讓你失望，」布倫希爾德予以肯定的回覆。

聽到她的回覆，史卡蕾亞似乎安心了，「今天就先到這裡吧，改日定會再來拜訪。」

當她站起來，正要轉身離去時，突然打住了腳步，回頭說：「對了，沒有雙親的協助，在這個年紀獨自擔當起女王的位置，相信一定很辛苦吧。」

「雙親從小就已不斷教導我當女王所需要的知識，就算沒有他們，我也能一人應付。」面對史卡蕾亞略為憂傷的表情，布倫希爾德不改臉容，以十分正式的回答敬之。她知道，眼前這人那有這麼簡單，會像個長輩一樣安慰失去雙親的自己。

「那就好，」史卡蕾亞緩緩收起剛才的愁容，心裡卻在滿意地輕笑：「居然這麼年輕便離去了，到底是血統的問題，還是——」

「只是生有時，死有時而已，不宜猜想太多。」未等她說完，布倫希爾德便打住了她，並回以精靈一貫的生死觀。「一切都是大地之母的旨意，我們不都是這樣相信著的嗎。」

「希望如此吧，」見眼前人的防禦穩固如山，史卡蕾亞一笑，「我不希望一眨眼過後，便發現溫蒂娜家已無後人。」

「這一點請史卡蕾亞放心。就算我有甚麼不測，也已經準備好繼承人。」

「是嗎，」史卡蕾亞望向其身後，站在門邊的莉諾蕾婭，再轉向布倫希爾德「希望是個有靈魂的繼承人。」

「願大地之母的眷顧與祝福與您同在。」布倫希爾德對此不給回應，只是送客。

「你也是。」

待史卡蕾亞離去後，布倫希爾德立即跌坐在椅上，大汗淋漓，樣子十分疲憊。

裝著毫不動搖的樣子真的很難——每次接見史卡蕾亞，布倫希爾德都會用表面柔和，暗藏刀劍的話來試探火精靈族長。布倫希爾德總覺得她知道很多事，但在自己面前就都裝作不知道。

這次居然談到繼承人的事，她看得清，史卡蕾亞沒有想奪位的意思。

火精靈自水精靈統一精靈界後便一直擔當輔助的角色，曾經在四百年前反抗過，但最終以族長被殺，一切失敗告終。自此以後，他們就再沒有反抗的意思——應該是害怕落得跟風精靈一樣的下場吧。

如果史卡蕾亞真的想奪位，那麼就應該會趁幾年前，時任水精靈女王的突然離世時的權力真空期間動手了吧。

是諾凡蘭卡嗎？布倫希爾德在和她對話時就已經想到。

看來風精靈的領地裡應該不只有諾凡蘭卡一人吧，而假若自己在「八劍之祭」中不幸落敗，史卡蕾亞就會推舉諾凡蘭卡當新一代的女王吧。

但她不打算把這事上呈夫人。

史卡蕾亞一直以來都對所有事呈模稜兩可的態度，不會強硬表態，但這次她卻明確地說出了自己的想法——殺死路易斯。

夫人的想法也是一樣，她也沒有打算讓這位年輕舞者活過這數個月。

那麼她自己呢？她想怎樣做？

她低頭望向自己的雙手，想起兩星期前在湖上做出的小冰刺，又想起最近在夢裡不時會見到的那道柔和金光。她猶疑，但很快便握緊拳頭。

一樣呢，她心裡頓感自己殘酷，不住感慨，但同時又忍著內疚感狠下決心。

沒辦法。我要活下去，就唯有這樣做。

5

下午，坐在自己的書房裡，面對眼前如山一般高的公文，路易斯完全提不起勁。

平時這個時候，都是他處理領主公務，以及學習領主需要知道的知識的時間。他本來以為，不都是簽名批准而已，有多難做呢？但直到開始學習時，才發現一切比他想像中的難。生產、經濟、稅務等，都是領主要管理的事。威芬娜海姆郡是全國最大的郡，單是各地方上交，關於過往一年的農業報告，就已經夠他看上一星期。而且郡內又包含安納黎的東邊國境，管理此郡的齊格飛家要擔當起守護邊境的責任，要管的事自然又多一堆了。

歌蘭一直沒有把這些事告訴他，路易斯是坐上公爵之位後才經彼得森慢慢知道，並學習這一切的知識。在學院他有學過類似的管理知識，但那些都是理論，跟實際操作起來截然不同。起初，他總是不停出錯，曾經差點漏掉沒批示一份十分緊急和重要的公文，又總是抱怨為何自己要做這種沉悶的工作，但漸漸地，他開始找到竅門，懂得如何又快又準地批改公文，而且身體也慢慢習慣早上練劍，下午批改公文的日程，也就沒有再埋怨了。

但今天，他完全沒有動力。

早上被歌蘭狠狠地訓斥了一頓，之後雖然奈特開解了他，但心裡仍然有些事在猶疑。低頭望向桌上那封幾天前送到，來自布倫希爾德的信，他不禁長長嘆了一口氣。

信上寫著，溫蒂娜一家對訂婚典禮的時間和地點安排都沒有問題，可以如期在下個月，也就是梅月十三日在威芬娜海姆城堡舉辦訂婚典禮。他就是收到這封信後，喜孜孜地向全國貴族發出邀請帖，然後便因為這樣才令父親回來，罵得自己一個狗血淋頭。

他的訂婚決定真的錯了嗎？父親總說，精靈都不是甚麼好東西，所謂的世交，都不過是利益上的互相制衡。就連彼得森也常說，精靈答應聯姻，背後一定是在計畫甚麼。路易斯不明白，為什麼他們對精靈的看法都那麼負面？為什麼就沒人能夠明白他，心中那份對那位精靈女王的愛。

從來都沒有人過問過，他為何對布倫希爾德一往情深。也許她本人也忘記了此事，但這一段回憶，卻是多年支撐著路易斯，唯數不多的美好回憶。

那是十二年前的事。

當時路易斯只有七歲，兩位哥哥依然健在，某天父親突然要在城堡舉辦一個私人的家族舞會，並表示會有一位神祕嘉賓出席——事後他才知道，原來那位「神祕嘉賓」就是當時的安凡琳女公爵，荷拉德古娜・瑪格麗特・H.・溫蒂娜。她出現，是為了證明和齊格飛家的友好關係，而她出席舞會這件事並沒有太多人知情。

身為家族的三子，上有兩位哥哥，當時的路易斯完全不被認為有繼位的希望，因此他沒有被邀請去參加舞會，只被父親命令在沒有賓客見到的地方玩耍，別在客人面前丟架。納悶的他不忿被差別對待，妒忌兩個哥哥可以去玩，只有自己一人要獨自悶著，因此想潛入舞會會場探個究竟，然後在舞廳附近的樓梯上偶然看到一個瑟縮的藍色身影。

「你在這麼做甚麼？」當時他悄悄走到身影的背後，並小聲問。身影聽畢，立刻嚇到整個人彈起來，並差點掉下樓梯，要路易斯拉著她才沒有後腦撞地。

「你是誰？」七歲的路易斯的腦海裡只有一個想法：她那把如水一般蔚藍的頭髮猶如天空的顏色，又像一躍而下的瀑布，令人目不轉睛，十分神奇。

「我、我不能說……」女孩戰戰兢兢地說。她看了看後方，再看了看路易斯，就像是被發現了做壞事，正等待被處罰的小孩一樣。

路易斯看了看，樓梯的下方就是舞廳的入口，那麼這位女孩應該是其中一位賓客的女兒吧？難道是溜出來玩，不想被父母發現？

「你也是溜出來玩的？那正好，我也一樣！」路易斯對她露出如陽光般燦爛的微笑，「不如我們一起玩吧？」

「為什麼？」相對於路易斯的熱情，女孩只感到困惑。

「因為你的頭髮很美，我想跟你玩！而且我熟悉這裡，你的父母一定不會找到你的！」說完，未等女孩反應過來，路易斯就一把拉起她，跑到樓梯另一端的走廊。

「慢、慢著！」跑到一半，女孩拉著他停了下來，低著頭問：「真的、真的不會被發現嗎？」

「當然！我可以打保證！」

路易斯早就忘了為什麼會一股腦兒想邀請這位女孩一起玩，大概是被她的髮色吸引，希望與她親近吧。二人之後便把威芬娜海姆城堡當成迷宮一樣玩耍，起初女孩仍是戰戰兢兢，生怕會被發現，但受到路易斯的主動和笑容感染，她慢慢放下心防，愉快地跟他追逐。最後路易斯還順應女孩的希望，跑到城堡花園的大水池裡玩水。

「你竟然懂得操縱水！很厲害啊！」望著女孩手掌心上浮著的小水球，當時的路易斯完全沒想過她是水精靈，懂得操縱水是很正常的事，只是誠懇地說出自己內心的想法。

「可不只這麼簡單啊，」女孩一揮把水球擲到路易斯的臉上去，弄得他整塊臉都濕透了。看到他濕掉的滑稽樣子，她忍不住笑起來：「哈哈，你的頭髮！」

「你竟然這樣對我！」路易斯不服氣，立刻俯身潑水到女孩身上，卻被她閃到噴泉後避開。「躲著也沒用，讓你瞧瞧我的厲害！」

「才不會這麼容易！」再次避開路易斯的潑水攻擊後，女孩對他做了一個鬼臉，並再做出一個水球，俐落地擲向他的臉。

「哈哈哈哈，你看你的臉！」她笑得開懷，跟初遇時那個害羞怕事的女孩彷彿就像兩個人。路易斯每次回想起她當時的笑容，都覺得那是比天上繁星都要閃耀的寶物。

「你給我等著！」

二人童叟無欺的玩耍一直持續，直到遠方的鐘聲響起——舞會完結了。

「啊！」鐘聲一響，女孩的臉上的笑容瞬間被恐怖掩蓋。「我得回去了，不然會被發覺。」

路易斯低頭一看，二人都全身濕透，看來他也要快點回房梳洗，不然被父親見到又是一頓臭罵的了。

「但你全身濕透了，要不要先換件衣服再走？」路易斯問。

「不用了，我是躲在媽媽的影子出來的，只要她見不到我，就沒事的。」女孩立刻推卻。

「……甚麼？」影子？當時的路易斯以為自己聽錯了甚麼。正當他想追問時，鐘聲又再響起，已經不能再耽誤了。

「看來我也得走了，你懂得回去嗎？」路易斯問。

「……嗯，大概，沒問題的。」正當路易斯轉身要跑回房間時，女孩突然叫住他：「我叫布倫希爾德，你呢？」

「我叫路易斯，路易斯・齊格飛！」

但當路易斯轉身後，便已經不再見到女孩的蹤影。

路易斯一直不知道女孩的身分，直到某天聽見二哥談到溫蒂娜家的女兒時，才依照名字和樣貌描述，得知她是水精靈家的女兒。

對別人來說，這可能只是一段普通的兒時相遇；但對他來說，這是他少有的跟別人家孩子暢玩的經驗，尤其是跟女孩子的。她的笑容、那開朗的性格，在他心中猶如未曾見過的明星。他在之前，在之後也未曾遇上如此吸引的女孩，想跟她再次見面的思念經過時間的沉澱，慢慢轉化成愛，再藉著起始儀式的舞會一下子升到最高點，更不用提之後在安凡琳的見面和單獨約會了。

他一直不明白，為什麼布倫希爾德會忘記了此事？那時候二人明明玩得那麼高興，連他自己也記得那麼清楚，而且她當時是瞞著母親走出來的，照道理不會把事完全忘了吧？

對了，她不是有一本日記本嗎？路易斯記起在湖邊約會那天，從布倫希爾德手中掉下的那本日記本。她難道不會把這件事寫進日記本嗎？還是說……對她來說，那段邂逅的回憶只是一件微不足道，不值得記下的事？

無論如何，他已經向對方提出求婚，兩家也已經進入了訂婚的階段，一切都不能回頭。他希望父親能夠接受這場婚事，希望他明白自己的想法，明白布倫希爾德不是妖孽，但他總是頑固，不會把被他視為弱者的自己的話聽進去。可以的話，他希望不用談判的方式讓父親明白。無論如何，歌蘭依然是他的父親，他依舊希望父親能夠真心理解他，而不是用假情假意的「說服」去騙他。

但如果真的沒辦法呢？

他怕，要是自己不再行動，父親可能會公開宣告訂婚無效，或者強行插手，不讓訂婚儀式舉行。他不想此事發生，不是因為怕自己丟了架子，而是怕傷害到布倫希爾德。

——想保護她，唯一的方法就是堅持自己的想法，不要放棄。

頓時，一個想法在他心中萌芽。

要是真的愛她，那就用盡一切方法，捍衛與她的關係。

路易斯頓時有種醍醐灌頂的感覺。也許他能夠在別的事情上退讓，但布倫希爾德的事是他的最後堅持。正如他的兄長們，以及奈特所說，只要自己相信是對的，那就無論用甚麼手段，都一定要堅持下去。

他立刻再次翻開布倫希爾德的信件，仔細翻閱一字一句，並在另一張紙上記下多個要點。

他想到可以怎樣做了。

6

「我不是說了別妨礙我工作，下午就要出發……是路易斯啊？有甚麼事？」

歌蘭本來正忙碌地在其書房的書櫃前找些書籍，突然感覺到房外有來客，一臉不耐煩地轉過頭去，活像是要把人趕出去的樣子。當發現是自己的小兒子後，才收斂下來。

「我有些事，想在父親大人回去首都前對你說。」路易斯低著頭，站在門外，雙腳沒有踏進歌蘭的房間，看起來有點戰戰兢兢。

「是嗎……」聽見兒子有話要說，歌蘭只是點頭讓他進房，自己則繼續找書，不打算停下工作聽他說話。「你說吧。」

路易斯只是站在歌蘭的書桌旁，吞了一口口水，說：「首先，我是想來道歉，上次用這樣的語氣對父親說話，是我的錯。」

「嗯……你知道就好。」歌蘭的反應，與其說是不介意，更應該是不上心。路易斯早就猜到歌蘭會如此反應，但看到事實正如自己猜測的一樣，還是有點失落。

——但就算父親不在意我，我也要把該說的給說出來。

路易斯握緊拳頭，在心裡重複一遍在腦海練習了兩天兩夜的對話內容，再深呼吸：「還有，我覺得父親似乎對我和奈特伯爵的同盟，以及我和安凡琳女公爵的婚約有一些誤會。」

「甚麼？誤會？哪會有誤會？」歌蘭一聽完，立刻停下手上的工作，並投來略帶怒意的眼神。

路易斯身子一震，他早就知道父親一旦被質疑，就會發怒，但這次自己絕對不能退縮。他強忍心中的恐懼，鎮定地解釋：「父親認為我和奈特伯爵結盟，是招外人來幫自己打敗敵人的軟弱之舉，我明白父親的想法，但事情卻不是這麼簡單。」

「有甚麼不簡單的？」歌蘭雄厚的聲線，使他的反問散出一副震懾人的氣場。

「愛德華的劍並不是普通的劍，父親大人在起始儀式時應該也看到，那是擁有人型劍鞘的特殊劍。我跟他對決的時候，他曾經把『神龍王焰』的龍火給變走了，經奈特伯爵告知後才知道，那是名為『中和』的能力。」這番總結，路易斯想了半個晚上。

「所以？」歌蘭的言下之意，就是「你沒有辦法解決嗎？」

路易斯早有準備：「我查遍家裡的古籍，但都沒有記載能與之抵抗的方法，但奈特伯爵一來，便把正確的對付方法告訴了我。」

查遍古籍甚麼的其實是謊言，他一本書都沒看過，都是命令彼得森去查找的。但為了說服父親，一切都得裝，而且要裝得好。

但歌蘭似乎對路易斯所說的並不賣賬：「他也有人型劍鞘，搞不好是那個男爵兒子的同伴？天下間哪會有敵人自己走上門，主動向敵人提供情報的？搞不好是為了擾亂你，你就沒有想過嗎？」

路易斯一驚，他本來以為父親會在自己說出奈特能夠告訴自己愛德華長劍能力之特別後便會同意，沒想過他會就著奈特的所持劍去懷疑。當初奈特主動提出結盟時，他只想到有他，就有機會打敗愛德華，打算賭一次，並沒有深入考慮過其他問題。

「我當然想過，並多番試探，最後證實他提供的情報確實不假，理論上十分合理。而且他多番表示自己的目標也是愛德華，看得出，他不是在說謊。」他靈機一觸，突然想到這兩個多星期，他對奈特的觀察，並將之匯聚成言。

「你看得出呢……」歌蘭看著路易斯的神情充滿懷疑，看來並不相信他的直覺，但見他言之鑿鑿地去解釋，而奈特的存在又不太會影響到他心中的某個計畫，所以就決定暫時把此事置之高閣。

「好，這個就算，那麼婚約那邊呢？」

「我明白父親為何如此排斥精靈，而我之前在一些事情的處理上確實有不足之處，但我認為婚約是必要的，因為這才可以接近安凡琳女公爵，有堂而皇之的理由踏進安凡琳郡，收集精靈的情報。」路易斯清楚感覺到，自己是壓下良心說出這番話的。但他知道，父親著重的往往都是利益，如果要說服他，就唯有從此入手。

「呵，」一直緊緊眉頭的歌蘭這時輕笑了一聲。「想通了呢。」

「龍族的夙願必須先於兒女私情，父親不是一直這麼教導我嗎。」路易斯見父親似乎滿意自己的回答，便順勢而上。

「當然，完成神龍所託付的事，是我等一族的夙願，為父希望在我這一代，能夠看到其願達成的一日。」歌蘭第一次在路易斯面前說出自己對他的期許——他要路易斯勝出，在神面前許願，藉此完成齊格飛一族的夙願。而齊格飛家的夙願除了有復活龍族，也包括重振當年的「多拉貢尼曼王國」。

「嗯，兒子定當不負父望，達成夙願。」路易斯點頭：「到時候如果還保持著和安凡琳女公爵的婚約，有機會達成先人所做不到的，從精靈手上奪回屬於我們的土地。」

「呵呵，才不過幾天便有此長進，是誰教你說的嗎？」皮笑肉不笑兩聲後，歌蘭立刻狠狠地瞪著路易斯。後者吞了一口口水，忍住心中的驚慌，裝著鎮定地說：「經過多番思考，我明白了父親的苦心，也認清了自己的愚昧。」

他全程看著歌蘭的眼睛說話，努力裝著自己沒在說謊。

「這就好，這才是齊格飛家的人，」歌蘭收起了那審視的眼神，似乎是相信兒子的話了。「既然你都說了要接近那精靈女王，那麼就繼續接近，然後殺了牠。」

「……甚、甚麼？」路易斯聽後一驚。

「有甚麼好驚訝的，你都說了訂婚是為了接近牠，既然你們是舞者，下一步當然是要殺害對方。精靈的血不能流進我家，也不能繼續流傳下去。」歌蘭第一次在路易斯面前把話說得直白——他要布倫希爾德死。

「但，父親……」路易斯沒想到自己用作勸說父親的話語，居然成為了令他說出心中話的契機。

他本來以為父親只是討厭精靈，沒想過他的根本目的是要殺死布倫希爾德，而且要讓自己下手。

難道是自己一心情願的求婚，給了父親思考這行動的機會？他不禁懷疑。

他想反對，但剛才就是自己說出「接近是為了計謀」，現在反對的話，不就會令父親懷疑自己所說之話的真確？

路易斯陷於兩難之中。

「既然你是齊格飛家的家主，明白作為齊格飛家的舞者職責，那就依著父親的說話去做吧。」無視兒子的卻步，歌蘭咄咄逼人，又再用身分地位和職責去壓制他，不給他有反駁的機會。「訂婚典禮可以照原定的計畫舉辦，但絕對不能辦結婚，同時趁一同相處的機會，除去她。」

路易斯深深覺得，明明他是為了有自決的機會而跟布倫希爾德訂婚，但怎知原來父親早在背後策劃好一切。他還是逃不出父親的掌控，只能聽從他的話去做選擇。

「你們短期內應該會再見面的吧，那麼到時候便看準時機，取牠性命，知道了麼？」見路易斯不回應，歌蘭再問一次。

「明……明白。」

路易斯在此刻再次認知道自己的渺小與無力。

⚔

「奈特，你說的話果然有用……你在做甚麼？」

離開父親房間後，路易斯正要去答謝奈特的提點，怎知一入房門，便看到他和莫諾黑瓏正在收拾行李。

「我覺得也是時候離開了。」奈特淡淡地回應。

「我、我剛剛跟父親解釋了我們結盟的原因，他也同意了，所以你不用走啊！」路易斯急忙挽留。他這麼辛苦去說服父親，就是為了讓奈特可以留下，如今他成功了，但為什麼奈特要走啊？

「你誤會了，我是因為有些私人事宜，才決定離開的。剛才正想找你告知此事，只是剛巧你去找父親去了。」面對路易斯的挽留，奈特只是婉拒。

「真的……不能再多留一會嗎？」聽畢，路易斯的眼神閃過一絲失落。他低下頭，突然想到一個理由，立刻抬起頭，雙眼發亮地說：「你看！我的劍法仍未純熟，龍火的控制也未完善，還需要你的指導啊！」

但奈特只是淡淡回應：「但你已經掌握到基本的技巧，只要多加練習，定必會突飛猛進，我能教的也到這裡了。」

「但……！」路易斯著急了。他不想奈特走，但再想不出理由。

奈特輕輕一笑，他明白路易斯為何如此努力要挽留他，當初他快要離開自己的師傅時，也有類似的感受。但人必須往前看，而且他們的身分不容許他們這樣做。

「別忘記，我們都是舞者，我不能永遠都是你的劍術指導。」說完，他拍拍路易斯的肩膀，「不過就算我離開了，我們的同盟依然有效，我不會傷害你，我向你保證。」

路易斯一笑，「如果你想有害於我，早就下手了吧。」

「你果然還是這麼樂天呢，這點我真的及不上。」奈特的語氣裡流過一絲感慨，路易斯有點好奇，但沒打算仔細問。

「對了，這封信想交給你。」這時，奈特從桌上拿過一封信，要遞給路易斯。

「信？」路易斯一臉疑惑地接過信，並前後翻查，只見上面寫了自己的名字，背後封了蠟以外，就甚麼都沒有。「它寫了甚麼？」

「這封信只能在愛德華在生的消息傳出後才可以拆開來看，」說完，奈特看了看手上的銀白懷錶。「應該是六天內的事吧。」

「你到底是甚麼人？」一陣懷疑頓時萌生，路易斯問。

「一名路過的劍士而已。」而奈特也只是用簡短的回答帶過。身高相若的二人看著對方，都不作聲，一動也不動，似乎都在等誰先放鬆警戒。

「奈特，都收拾好了。」異樣的沉默最後被莫諾黑瓏的一句呼喚打破。奈特立刻轉身取過行李箱，再走到路易斯面前，「那麼，我們是時候離開了。」

「……嗯。」見奈特去意已決，路易斯也明白不能再挽留他。「起碼讓我幫你準備馬車吧。」

「嗯，」奈特自從踏進威芬娜海姆開始，便下了決定不接受路易斯的任何饋贈，但明白現在路易斯也許是為了答謝他這些日子來的教導，而希望送他一程。他意外地決定破例，接受一次。「麻煩你了。」

「你之後要去哪裡？」路易斯問。

「先回阿娜理郡一趟吧。」奈特回答，但沒有答出確實目的地。「然後再想下一步。」

「回家嗎？」路易斯追問。

奈特沒有回答，只是露出一個不為所以的微笑。

他緩緩走到房門前，卻又突然打住了腳步，回頭看著路易斯，認真地說：「路易斯。」

「是？」路易斯嚇了一跳。

「記緊，以後無論發生甚麼事，都一定要堅持走自己的路，不要讓他人影響到你的決定。」

路易斯愣住，不懂反應。這好像是兩個星期以來，奈特第一次直呼他的名字。更重要的是，他說的話聽起來只是簡單的勸告，但又好像是看穿了甚麼事而講的深長勸說。

「我會的。」他良久才想到可以如何回應。

「還有，要小心布倫希爾德，你也許愛她，但她對你的愛，未必如你所想像的一樣。」這時，奈特加上一句。

「……嗯。」這時，路易斯遲疑了。他以為奈特是支持他和布倫希爾德的婚事，他就是因為奈特的建議，而決定和父親談判，怎知連他也要自己提防她。

真的是自己錯了？

目送奈特上馬車後，路易斯注視著他的側面，忽然感到有一絲熟悉。

「我果然認識你的吧？」他突然問。不論是背影、側面，路易斯都覺得奈特十分眼熟，而他好像知道自己的一切，路易斯的直覺告訴他，他一定認識這個人，只是想不出是誰而已。

奈特只是一笑：「是嗎？我不過是你的同盟者而已。」

未等路易斯回應過來，馬車已經緩緩開走，只留下他一人目送車影遠去。

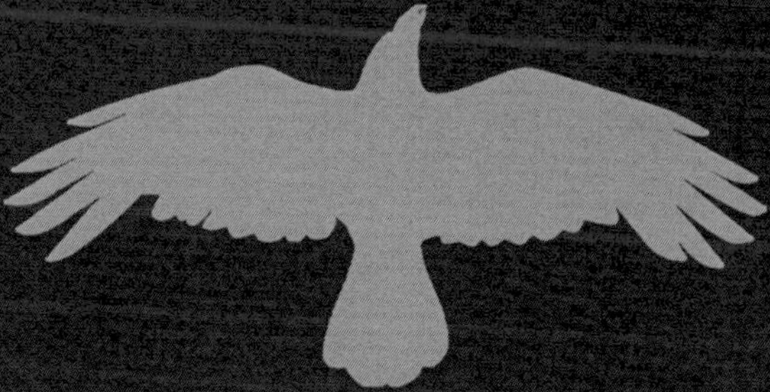

第九迴－Neun－

狂歡－CARNIVAL－

1

走在森林裡已有三十分鐘，愛德華心裡一直有種奇怪的感覺，不，其實這種感覺自今早早餐過後，便一直在他心中流轉。

今天早餐過後，最近都不跟他說話的夏絲妲突然搭話，要他換衣服準備出外。正當愛德華以為是去練劍，想要和諾娃取劍時，夏絲妲打住了他，並把一套衣服交到他手上。愛德華一看，那是一件夾克和外套，兩者都是卡其色，以普通的綿和麻製成，摸起來手感十分粗糙。那些都是安納黎勞工階級男生的日常衣物，跟愛德華平時會穿的外衣物料截然不同。

他一看，便猜到這是夏絲妲為他買的外衣，只是不明白她的用意。正當他要問時，她甚麼都沒說，只是叫他更衣後並到屋外等候。

愛德華一直懷著疑惑又不知發生甚麼事的心情站在屋外好一陣子，之後木門終於被打開，他要出口再次問夏絲妲其用意時，眼前所見的令他驚訝非常。

幾乎每天都會看到的暗紅吊帶長裙，以及長裙下穿著的那條白裙，這一切對少年來說都是那麼的熟悉。雖然夏絲妲今天在長裙外穿了一件卡其色外套，並在肩上披上絲巾，手上也正提著一個籃子，但所有的不同，都不及其頭上的烏黑令人感覺陌生。

——她那一把柔長紅髮，被換成了爽朗的烏黑短髮。

愛德華當時驚訝得控制不到表情的流露，一句話都說不出。他終於明白，為何每次夏絲妲外出購物時，都不會讓他知道；為何她長年被通緝，都一直沒有被抓到。因為她聰明地把自己身上最注目的地方給掩飾掉。

未等他反應過來，夏絲妲便讓他跟著她離開木屋，但奇怪的是，二人所走的是和平日練劍的路程方向相反的道路。

他們二人在路途中，一直一言不發，半句話也沒有說。

路程中，愛德華一直有很多問題想問，例如為何二人不是往山上，而是往山下走，以及他們的目的地，又或者夏絲妲的偽裝，帶他出來的目的等等。他一直偷瞄她，想找到合適的時機去打開話匣子，但每次看到她望向別處，一副不願對話的神情，便把話吞了下去。他生怕自己又說錯話，令她不高興，因此不敢輕舉妄動。

可是他沒有留意到，其實夏絲妲也一直在想類似的事。

她總是想打破這個持續了將近一星期的僵局，健談的她在心裡已經想好近十個話題，但每次快要開口時，看到愛德華偷瞄又轉過頭去的小動作，又怕開口後會令氣氛變得更尷尬，再想起這一切都是自己的失言做成的，便把話收回去，並望向另一邊。

同樣的來回重複了三次，二人心中的內疚在這股沉默中慢慢積聚。

最後，是夏絲妲首先忍不住。

「啊！」她的一聲呼喊，令愛德華略為驚訝地轉望。

我可是眾人懼怕的「薔薇姫」，竟然因為一些小事而怕尷尬？真丟人！她心想。尷尬便尷尬，把話說出口之後再算吧！

「愛德華啊，你有甚麼想問的就說吧。」待心情平復一點後，她笑著望向愛德華，就像平時的她一樣，彷彿二人之間甚麼事都沒有發生過。

「呃……」愛德華一時間跟不上夏絲妲的轉變，但他沒打算過問。他想了想，隨意挑了個話題：「嗯……你的頭髮是甚麼一回事？還有雙眼。」

除了頭髮變成了烏黑短髮，夏絲妲那雙明亮的雙瞳也從罕見的紫變成了常見的深褐，愛德華心裡感慨，此刻的夏絲妲失去了平日那道獨特的光芒，一時間感到可惜。

「施了術式，」夏絲妲簡潔地回答。「對呢，諾娃早已看過我這個模樣，只有你未看過。」

那是因為你每次和諾娃外出購物時，都不會讓我看到吧？愛德華心裡閃過一刻無奈。

「會有負擔嗎？」愛德華不懂術式，想知道長期維持偽裝會否對身體做成負擔。

「還好吧，這個程度的『改寫』，就算連續維持一星期，身體也不會特別覺得辛苦。」

變換髮色和瞳色屬於術式裡的「變換」，如果是永久的變換，只需要施一次術式便可，但這個偽裝因為是暫時性的，所以需要術者持續提供力量予術式，以維持其運作。夏絲妲補上解釋。愛德華聽完，似懂非懂地點了點頭。

「我們正在去哪裡？」一條問題問完，愛德華再問另一條他十分在意的問題。

「去買日用品，屋裡的食物都快要吃完了。」夏絲妲不加思索便回答了，沒有要故弄玄虛的意思。

「平時你都不是跟諾娃去的嗎？為什麼這一次是我？」愛德華追問。

「只是想轉個同行對象而已，你不想出外嗎？」夏絲妲不明白他為何這樣問一

「也不是……只是有點突然而已。」說完，愛德華別過頭去，有點不好意思：「但為什麼今天不帶上諾娃？」

「三個人同行的話，會很容易引人注目，所以兩個人去就好了。」夏絲妲簡單解釋。

的確，兩個人比三個人更易不引起別人注意，而且兩個人的話也容易被誤會為情——

我到底在想甚麼！

愛德華頓時在心裡賞了自己幾巴掌，讓自己清醒過來。

最多就是姊弟，我想到哪裡去了！

「那麼，我們的目的地是？」為了分散自己的注意力，也為了不讓夏絲妲發現自己的異樣，愛德華急忙提出第三條問題。

夏絲妲沒有作聲，只是指向遠方。愛德華循著夏絲妲所指的方向望去，只見一個小鎮，位處二人身處的山下。愛德華的臉上滿是詫異的神色，他這才明白，夏絲妲帶他出來的背後含義。

她終於願意告訴他，這幾星期以來自己身處的確實位置。

⚔

看見小鎮入口的路牌寫著「蘭弗利」，愛德華終於能夠確認幾星期前的猜測是對的——他仍然身處在阿娜理郡內。

蘭弗利，位處阿娜理郡西北面，距離阿娜理中心約十五公里，是個以伐木為生的普通小鎮。知道了小鎮的位置，熟習阿娜理一帶地理的愛德華也終於知道夏絲妲的木屋位處甚麼地方——一座名為「修奈斐」山的山腰上。

愛德華沒法想像原來自己一直身處離首都這麼近的地方，他本來以為是再遠一點的。

二人走在蘭弗利的市集大街上，大街兩旁都是阿娜理郡常見的灰白石屋，而街上到處都是販賣的小販和買日用品的人們，雖然愛德華身上的平庸裝扮讓他融入了這個群體，但因為從未去過平民的市集，加上人生路不熟，他一直戰戰兢兢，只敢跟著夏絲妲的背影前進。

「夏……」

「噓，」一聽到愛德華叫她，未等他說完，夏絲妲便立刻轉身打住他。「現在的我是『雪妮（Schnee）』。」

「『雪莉（Shirley）』嗎？」愛德華壓下聲音，小心翼翼地確認。

「是『雪妮』，不過這裡的大家都聽錯，都叫了我做『雪莉』，所以沒有關係。」夏絲妲說完後露出一副無奈的樣子。她明白，南方的語言裡沒有「妮（nee）」這個音節，因此聽錯為「莉（ley）」是合情合理的，但到底要怎樣才能把「雪（Sch）」聽成「雪（Shir）」啊？

不過這也難怪，「雪妮」不是這一帶常見的人名，當下聽錯為讀音相近，且較為常見的「雪莉」，也是人之常情。

她呼了一口氣，自己真是的，偽名而已，為何要這麼在意呢。

「『雪妮』……是北雪話裡的『雪』呢。」但愛德華卻似乎把重點放到另一處。

夏絲妲不禁輕笑了一聲：「你果然見識廣博。」

「只是剛巧聽過而已。」但愛德華的求知欲卻未就此停止：「為什麼要是『雪』？有甚麼特別含義嗎？」

如果只是普通的偽名，為何要使用一個此地不常見的名字，更要如此執著發音正確？愛德華總覺得當中有甚麼故事。

「沒有，只是靈機一觸，隨便選的。」夏絲妲冷淡地回答了他的問題，只是這一舉動令愛德華更為確信，當中一定有甚麼不能說的特別原因。不過他決定暫時不繼續追問，心裡覺得時機到了，答案自然會浮現。

「說起來，平日的市集都是這麼多人的嗎？」望向人山人海的市集，愛德華決定說些別的。

「不，」夏絲妲搖頭。「因為今天有慶祝活動，所以才有那麼多人。」

「慶祝？慶祝甚麼？」愛德華疑惑著。

新年已經過去一段時間了，「八劍之祭」又在舉行當中，皇帝的生日是在兩個月後的水仙月，現在理應沒有甚麼可以慶祝的啊？難道是地方的節日？

「前陣子軍隊在妮惇妮亞郡邊境成功擊退亞美尼美斯軍，因此有些城鎮便舉辦了些慶祝活動。」夏絲妲解釋。

「啊，是嘛。」愛德華看來並不感興趣。

「作為一位貴族，你對亞美尼美斯有甚麼看法？」夏絲妲此時想起，她未曾聽過愛德華對國家軍事現況的看法。

「沒有甚麼貴族不貴族的，作為一個住在安納黎的人，很難不對身為敵國的亞美尼美斯有戒心吧。」愛德華低頭思索一會後，認真回答：「她現在的確強勢，但其實國家是在十多年前才開始大幅崛起，聽說近幾年大幅增加了軍備，但亞美尼美斯本身並非一個擁有豐富資源的國家，人口亦不算多，如此巨大的軍費開支，他們到底能夠支撐多久？」

這些觀點，都是他幾個月前寫的某份分析論文功課的內容，一說完，懷念的感覺突然湧上心頭。

「的確呢，亞美尼美斯的崛起實在太快，但如果安納黎內部的核心問題得不到解決，還是有被別國可乘之機。」夏絲妲提出了另一個觀點。「長年累月的分權管治，加上歷史留下來的精靈、龍等種族問題，要是不解決，就算我們人多，資源豐富，還是會被攻下。」

「的確是，我也有一樣的想法。那麼你呢？你是怎樣想亞美尼美斯的？」愛德華好奇地問。二人從未如此直白地談及關於國家政治的話題，愛德華也不曾知道這位通緝犯到底怎樣去看待這個國家。

「我可沒有那些甚麼愛國之心，」夏絲妲開宗明義釐清自己的立場。「不過無論如何，只要在『八劍之祭』完結前甚麼事都沒有發生，安納黎便能繼續撐下去。」

「難道你相信那個神與國家之間的契約嗎？」愛德華略微驚訝，那個約定不只是童話故事的內容嗎？

「啊，那可是真的啊。」夏絲妲說得坦然，但愛德華卻不敢相信。

走了一會，夏絲妲在一間賣菜的店前停步。

「雪莉姐！今天又來買菜了嗎？咦？這次把弟弟也帶來了？」看起來四十出頭的大叔以其雄厚的聲線向二人招呼道。

「對啊，最近他身體好了點，便帶他出來散散步。」說完，夏絲妲向愛德華打了個眼色，「還不快跟人打個招呼？」

「……你好。」一時跟不上發展的愛德華就像一隻溫順的小羊，靦腆地點頭，但在心裡卻是激動連連。

姊弟？她到底在別人面前編了甚麼故事啊？

依照剛才的對話猜測，我現在似乎被認為是一個因病弱而足不出戶的人？到底是誰想出這樣的謊話的！

此時，夏絲妲投來的眼神閃過一絲奸笑，愛德華敢發誓自己沒有看錯。

「哈哈，小弟你真高大，看不出是個病弱小子呢。」湯姆絲毫沒有懷疑二人的身分，看來是二人髮色和瞳色的相同，令他相信這謊言的，愛德華認為。「我都未問過你的名字呢，我是湯姆，你呢？」

「呃……」這時，愛德華語塞了。他不能在這裡暴露身分，但一時間又想不出偽名。他的眼神游移，突然靈機一觸：「愛……艾溫。」

他本來想用「愛德華」的簡稱「艾德」的，但生性謹慎的他恐怕仍會有機會被人從之追溯到自己的名字，便想到可以用簡稱同為「艾德」的「艾溫」。

他留意到夏絲妲聽到名字後，雙眼一時間睜大，略微驚訝的一瞬間。

「跟『天鵝騎士』一樣的名字呢，」湯姆絲毫沒有懷疑這個有點貴族氣的名字，也許他單純覺得是個巧合吧。「那麼你們之後也是會去威斯利那邊買甜點？應該是買給那位妹妹的吧。」

妹妹……是諾娃吧。愛德華不敢再想像夏絲妲所編的故事詳細內容。

「被你看穿了。」夏絲妲一笑。

湯姆把菜都放在夏絲妲的藤籃裡，正要把它交給夏絲妲時，他把身子仰前，帶著微笑認真地說：

「話說今晚市場會有慶祝舞會，雪莉小姐也一起參加吧！我正愁著沒舞伴呢，不如一起去吧？」

面對如此露骨的邀請，夏絲妲只是提過藤籃，一笑並轉身：「謝謝你的好意，我先考慮一下吧。」

說完，便向愛德華打個眼色，示意是時候離開。

「我等你啊！」湯姆大聲向遠去的二人喊著，看來他是認真的。

「怎麼一臉呆板？看到奇怪的事嗎？」跟湯姆的店拉開一段距離後，夏絲妲正奇怪為什麼愛德華一言不發，轉過頭看，才發現他呆愣的樣子。

「啊，沒有，」愛德華這才從沉思中醒過來。「只是有點驚訝，我還以為你會盡力隱藏行蹤，會儘量減少與無關的人接觸，必要時才會露面的。」

「哈哈，的確呢。」的確，這是殺手，也是不想被抓住的通緝犯該做的事，夏絲妲心裡明白愛德華的思路。「不過我覺得，人不能把自己孤立開去看世界。我隱藏身分和行蹤，是為了活命，也是為了不被『薔薇姬』的身分阻止我去理解世界。」

與不同的人交流，總是會得到從旁觀察所得不到的獨特資訊。夏絲妲心想，她有很多有趣情報都是透過這樣得來的。

「剛才的無聊寒暄也算？」愛德華問。

「看起來沒有意義的事，只要換個角度去看，都能找出屬於它的獨特意義。」她回應。

2

二人買完甜點，正要前往買茶的店時，一句從附近後巷傳出的話吸引了他們的注意。

「你這個惡魔之女！」

愛德華放眼望去，只見有幾個二三十歲的男人臉色兇惡，正圍著一個看起來只有十歲的女孩。女孩衣衫襤褸，身上無一地方沒有污泥或傷痕，她的樣貌並不特別，唯獨擁有一把醒目的紅髮。

「快點滾出蘭弗利，你這個被詛咒的人！」

這時，另一個三十出頭，身穿圍裙的大叔大聲吼道。看他手上握著的菜刀，以及圍裙上的血跡，愛德華猜到應該是某肉檔的屠夫。

起初愛德華還不明白為何這班人要無緣無故指責一個小女孩為「惡魔之女」，但當看到少女的髮色後，他頓時明白了。

在安納黎，擁有紅髮的人是有原罪的。傳說他們都是惡魔之子，而紅髮就是流有惡魔之血，或者是跟惡魔交易過的證明。這些人的存在是骯髒的，是不潔的，會為周圍帶來不幸，而今日留他們一命，他日他們將會為私利而毀滅城鎮，因此沒有一個地方會歡迎紅髮者，而他們總是被唾棄的存在。

有趣的是，唯一一位不會被唾棄的紅髮者，是眾人都懼怕的存在。

愛德華並不相信這些毫無根據的傳言，但這不等於其他人也不會相信。

「你這個惡魔，剛才還敢來買麵包，看樣子是想對我的店下詛咒吧，你覺得會那麼容易嗎？」又一位大叔開口了。這樣看來，似乎事情的起因是女孩去麵包店買麵包，然後被店主叫住，還把附近的人叫來，要給她一個好看吧，愛德華猜想。

那些人把女孩圍得更緊，就像一道高牆，不讓她逃走；而她則低著頭，不敢與眾人對視。

見女孩不反駁，眾人也就默認了自己觀點的正確，任由憤怒引導他們去判斷。其中一個人插嘴道：「對啊！你來了蘭弗利之後，本來健康的霍斯家長子便突然因為急病去世了，那一定是你做的好事吧？」

「不，我不……」

「別打算狡辯了！」女孩欲澄清，但她微弱的聲音很快被那位屠夫掩過。「今年鎮上的生意減少，也是因為你吧，你這個魔女！」

「對啊！」「你到底有何居心！」「是想把蘭弗利獻給惡魔嗎？」「別以為我們不作聲，你就可以為所欲為！」

屠夫說話一出，眾人立刻響應，把這一年以來積聚的怨恨都發洩到女孩身上。他們不會細想是鎮上人口減少和海路不穩定導致伐木生意變差，也不會記起霍斯家長子的死因是長期隱疾。人人喊打的魔女就在眼前，一切都是她的錯，這就可以了。

為小鎮謀一條新財路太困難，罕有隱疾的情況太難理解，但惡魔的詛咒卻非常容易理解——總之如意的事都是自己的努力，不如意的事都是詛咒害的。遠遠看著這一切的愛德華留意到女孩那放棄反抗的眼神，想必她已經洞悉這一切吧，他嘆氣。

「夠了！今天一定要給你一點顏色瞧瞧！」一輪發洩過後，麵包店大叔忍不住，便舉起拳頭，準備向女孩揮下……

最後還是要訴諸暴力嗎？愛德華嘆了一口氣。
該出手嗎？他心裡閃過一刻想幫女孩出頭的想法。
還是不了，走吧，跟這班人過不去只會惹上不必要的麻煩，而且搞不好會暴露身分。還是低調的好，相信夏絲妲也是這樣想吧——
「你們想做甚麼？」
當愛德華正想離開，他竟然在後巷的方向聽見那把熟悉的聲音。他急忙轉過頭去，只見理應在他旁邊的夏絲妲，此時已站在女孩和大叔們的中間，隔開了他們；她的右手緊握著麵包店大叔的手腕，不讓他的拳頭傷害到女孩。
「放手！為什麼要阻止我！」麵包店大叔欲掙脫，但不成功。
「為什麼？當街當眾想打一個無辜的女孩，你知不知道自己在做甚麼？」夏絲妲狠狠地反問，愛德華能從語氣中感受到她從未見過的怒火。
她是會為他人抱不平的人嗎？那個說過只會為自己而活的她？
他完全驚呆了。
「雪莉姐！那可是惡魔之女啊！」人群之中似是有認識夏絲妲的人。「你要包庇她嗎？」
夏絲妲堅定地反問：「你們到底有甚麼證據能夠證明她是惡魔之女？」
「她的紅髮就是最佳證據！」「對啊，紅髮的都是惡魔之女！」「這些下賤的墮落之人！」問題一出，眾人紛紛說出自己的想法，話語之多，彷彿快要把夏絲妲和女孩給淹沒。
但面對眾人聽起來確實的理據，她絲毫不退縮：「是嗎？那麼你們看過真正惡魔的模樣嗎？又怎

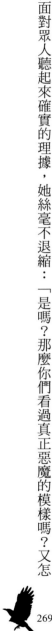

會知道惡魔的兒女都一定是紅髮的？」

「呃，這個……」開始有人因為夏絲妲的反問而動搖。

「用不著看過的，大家都是這樣說！」但有些人依然堅持自己的立場。

「別人說的，你都相信嗎？」夏絲妲向眾人投向一個不屑的眼神。「那麼如果我說，黑髮黑眼的人其實才是惡魔化身，你又會相信吧？」

人群登時靜默了。

「傳說中惡魔是黑色的，那麼與他交易過的人理應有黑髮才對吧，不是嗎？」但夏絲妲依然繼續據理力爭，不讓這些人有喘息的機會。

「呃，這個……」這一點正中很多人的死穴——他們大多數都是褐髮的，甚至有黑髮之人在其中。如果夏絲妲所說的是正確，那麼錯的真的是他們？

這會有甚麼可能呢？他們都知道自己沒有跟惡魔交易過。

但要怎樣證明呢？

如果不小心說錯話，反而給予機會女孩證明她不是惡魔之女，那麼錯的不就是他們？

這不可能！但又沒有辦法可以跟她爭辯，該怎麼辦？

「圍堵一個無辜小孩，給她莫須有的罪名，甚至要動用私刑，我看你們才是被惡魔附身了吧？」

見群眾都沒法作聲，夏絲妲立刻趁機會指責眾人。

「……唉，算了！小傢伙，算你今天好運！」「改天一定能找到你是惡魔之女的證據！」「乖乖等著被抓到吧！」

自卑、羞恥充滿著眾人的心。現在無論他們做甚麼，都只是自取其辱。沒有人能敵過夏絲妲的魄力，以及她的理論邏輯，反正氣已經撒了，再留在這裡也沒有意思，因此他們拋下一些聽起來像是恐嚇的話後，便紛紛散去。

見人們都走了後，夏絲妲立刻跪下，看著女孩，眼神裡滿是關心：「你沒事嗎？沒有受傷吧？」

女孩登時大力搖頭：「我剛剛只是去買個麵包，他們便跟著我……這些事其實我早已習慣，每次都是讓他們說幾句便行——」

夏絲妲登時打住了她的話。她看著女孩的雙眼，眼神非常認真：「不行，你今天不反抗，他日他們便會變本加厲。」

「但他們會報……」女孩想起自己曾經反駁那些人之後的下場——比起被打至沒法工作，一兩拳的發洩也許更划算。

但夏絲妲卻不這樣認為：「那種人最喜歡欺善怕惡，只要你態度強硬起來，他們自然會怕。」

「但我真的不是惡魔嗎……」但女孩仍然不敢相信。打從她一出生，周圍的人便說她是被詛咒的，這些閒言閒語也影響到她，令她一直在懷疑自己的身分。「連我的父親也是這樣說……」

夏絲妲好像看穿了女孩的思緒，她笑著看著女孩，說：「真的不是，大姐姐見過真正的惡魔之子，可以跟你打保證。」

看見她真誠的笑容，女孩總算釋懷了：「……嗯。謝謝你，大姐姐。」

「這些麵包剛買的，你拿去吃吧。」說完，夏絲妲把手上剛買的麵包都交給女孩，就算她搖頭拒絕，也堅持要塞給她。「記得，紅髮不是你的錯，只是你跟大部分人都有點不同而已。」

女孩點過頭後，便匆匆離去了，巷裡只剩下已收起關懷笑容，但依舊微笑著的夏絲妲，和一臉詫異的愛德華。

「怎樣？很驚訝嗎？」夏絲妲站起來後，故意沒有望向愛德華。

「是跟你的過去有關吧？」愛德華一針見血地說出自己的猜測。

夏絲妲回頭一笑，「有點吧。」

「你會恨嗎？」愛德華認真地問。

「我曾經恨過，但現在回望，一切都變成回憶了，恨意早已隨時間逝去。」夏絲妲說得瀟灑，但愛德華卻不太同意。

如果真的已成過去，為何她剛才在那班人面前要那麼激動？他心想。

夏絲妲在他面前總是那麼自信、強大，那抹紅在他心中代表著令人恐懼的強大，令他完全沒有想到紅與「惡魔之子」的關係。如果她跟那位女孩一樣，都有過因為擁有紅髮而被欺負的過去，那麼當時的她，又有否被人拯救過？

夏絲妲說她是北雪人，北雪人……艾溫？

愛德華突然想起，這個夏絲妲曾經叫錯的名字。

平日總是隱藏真心，處事大膽而小心的她，居然會叫錯名字，甚至因而動搖，想必這名字對她來說有十足的意義吧。

愛德華突然記起，那天夏絲妲要他放棄自己的目標時，有提及過艾溫・約書亞・司提芬・威爾斯的事蹟，而她敘述那些事的口吻，並不像是一個與艾溫毫無關係的普通人談及「天鵝之王」時會有的方式。

……難道那天她口中叫錯的「艾溫」，是指北雪之地的舊主，「天鵝之王」，「天鵝騎士」艾溫・約書亞・司提芬・威爾斯？

這時，他突然得出一個猜想。

「艾溫曾經救過你嗎？」愛德華問。「在街邊的時候。」

夏絲妲一笑，再度佩服於愛德華的心思敏銳：「果然瞞不過你。」

「是艾溫・約書亞・司提芬・威爾斯吧，你果然認識他。」愛德華再度確認。

「……對，是他。」夏絲妲輕輕點頭。

今天終於被猜到了嗎。夏絲妲早就猜到這一天會來臨，畢竟當初是她把關於艾溫的提示給洩露的，只是沒想到愛德華會從自己的過去——那段不堪過去的關連提示中推測到這件事，真是諷刺。

「不過已經是很多年前的事了。」這時，夏絲妲想到一個可能：「說起來，你是故意的吧，用艾溫這個名字。」

「不，我只是剛巧想到而已，」愛德華立刻否認，並不讓夏絲妲偏離話題：「是他教你劍術的嗎？」

夏絲妲甚麼都沒說，只是微笑點頭。

「那麼你應該認識安德烈・約翰・威爾斯侯爵吧？」愛德華想起，在起始儀式時，夏絲妲和安德烈的對話，以及幾星期前在山丘上提及安德烈時，夏絲妲那不屑的反應。

安德烈沒記錯應該是二十九歲，夏絲妲看起來也是二十多歲，如果她認識艾溫，那麼二人在以前一定見過面吧？愛德華猜想。

「……那傢伙嗎，算是認識吧。」還是那副不屑的表情，這令愛德華更為確信了。

「那麼……你是不是知道艾溫去世的原因？」愛德華突然間想起一件事。

這一問，再次出乎夏絲妲的意料。

她心裡登時升起一份憤怒，差點便想說出「你可不可以別如此多事？」——但她忍住了，因為她知道這句不能說。

她已經錯過一次，不能再錯第二次。這不是愛德華的錯，只是她自己的問題。

「不知道。」她冷淡地回答，但心裡卻在想別的事。

——「莉璐……夏絲妲，放棄它吧，你不值得為它而努力。」

艾溫的聲音再次從夏絲妲的腦海中響起，但浮現的不再是二人在山丘上對峙的回憶。此刻的艾溫躺在地上，臉色蒼白，但依然以同樣的說話奉勸著夏絲妲。

——「你贏了我，但得到甚麼嗎？」

——「甚麼都沒有吧，對嗎？」

他的聲音虛弱，但依舊溫柔，對夏絲妲而言，同時又多加了一份無情。

輸贏只是一瞬間，如此虛無縹緲，贏了，輸了，都沒有甚麼意義——這是艾溫經常掛在嘴上的話；但那時候的她，卻不是這樣想。

勝利就是一切，勝過最強，便能成為最強——

成為最強，站在一切之上，便無需恐懼。

「我得到甚麼，這是我的事；我要怎樣走，也是我的事。」

她記得，這是她對艾溫說的最後一句話。

——「是嗎，也是呢。那麼希望你不會後悔。」

這句話以後，艾溫就再沒有在她的生命裡出現了。直到現在，我都未曾後悔，夏絲妲對自己說，也是對回憶中的亡靈訴說。

「真的……不知道嗎？」見夏絲妲答完後欲言又止，雙眼裡流露著複雜的思緒，愛德華便嘗試再問。

「別再說這些沉重的話題了，天快黑，我們要快點去買茶了，走吧！」收起冷淡的語氣，夏絲妲一轉過頭，便是以一貫的微笑面向愛德華，並催促他快點起行，彷彿剛才的回憶都只是幻影。

又或者，是她刻意去忘記這一切。

3

安納黎冬天的日間時間特別短，未過下午五時，夜幕已低垂。買完茶葉，提著大小二袋的愛德華和夏絲妲四處遊逛，走到蘭弗利中央廣場時，才發現氣氛已經變得截然不同。

廣場跟早上一樣，依然人山人海，只是多了不少販賣小吃的檔口。在火燈的照耀下，用松木搭建成的檔口散發出溫暖的氣色，讓看者都快忘記冬風的寒冷，而在廣場的中央，則搭有一個巨型舞台。

舞台設計簡陋，其實就只是一個木造的大台，加上四角的火把作裝飾而已。二人走到舞台附近，只見舞台旁邊有一班樂手正奏出蘭弗利一帶的民族音樂，而很多人則跟著音樂，在台上快活地跳舞。舞台的四周都是駐足旁觀的人，當中有些人更提著酒杯一邊享受著酒精帶來的舒暢，一邊與朋友知己談笑風生。

是湯姆說的慶祝晚會吧，夏絲妲心想。

整個廣場的氣氛歡樂熱鬧，比早上在大街看到的眾人更為興奮，完全看得出民眾對國家這次打勝仗的喜樂程度有多高。

愛德華應該不感興趣吧——咦？

夏絲妲望向愛德華，起初她以為他會冷眼看待這一切，或者會以一副旁觀者的態度去評論這些勞民傷財的慶祝活動的必要性，怎知她看到的，是一個目不轉睛地注視著眼前事物的愛德華。他的雙眼流露著好奇之色，眼前五光十色的一切彷彿對他來說都是新鮮的事物，溫和的火光在他眼中像是化為閃耀的亮光，人們的歡呼聲和舞姿對他來說似是萬花筒般絢爛的光景，一切都是新奇、奇妙的。

「你是第一次見識這些嗎？在家鄉裡，或是阿娜理裡沒有嗎？」夏絲妲問。
「有，但都跟這一次的不同。」愛德華坦白地回答。
「有甚麼不同？」夏絲妲問。
「在家鄉，我是以領主之子的身分去看；在阿娜理，我是以一介貴族之子的身分去看。就算我想接近，身分和衣裝都會令我和身邊的人拉開距離；但現在這裡沒有人知道我的身分，我甚麼都不是，可以無憂無慮地親身感受這一切，這些感覺，都很奇妙。」說完，總是板著臉的愛德華不禁輕輕微笑。
「是嗎，」夏絲妲沒想過愛德華會說出這樣的話，難道是這幾個星期的生活影響了他的想法嗎？她朝著愛德華的視線望向他看著的事物——出乎她的意料之外，愛德華居然正專心看著舞台上跳舞的人們。
總是不按牌理出牌的夏絲妲，登時萌生出一個念頭。
「你想上去跳舞嗎？」她輕聲地問。
「想啊。」正全神貫注在未曾聽過的音樂和舞蹈上的愛德華，他的心神完全不在夏絲妲身上，因此便下意識地說出自己心裡所想。
「那麼便去吧！」說完，笑著的夏絲妲要拉愛德華去台上，他這才驚醒過來。
「慢著……我不想跳！」愛德華立刻往後踏一步，並試圖掙脫她的雙手。
但夏絲妲依然不願放手，繼續用力把他拉往台上：「但你剛才不是說想跳嗎？那就趁現在啊！」
「那只是……」愛德華這才記起自己剛才都說了些甚麼。他沒法否認自己一時鬆懈所說的話，但又想拒絕，情急之下才想出一個理由：「諾娃還在家等我們做晚餐，再不回去便要遲了！」

「我在早上的時候把蛋糕留給她了！而且只是跳一會而已，不會很久的！」但這個理由顯然對夏絲妲沒有效用，她似乎早就計畫好今天會晚歸。

「夏絲妲！」愛德華情急之下，喊出了夏絲妲的名字，並掙脫了她的手，試圖讓她冷靜下來。

「不，」正如愛德華所希望的，夏絲妲停下了腳步，但相反，她走近愛德華，在耳邊小聲地對他說：「你忘記了嗎？現在的你是艾溫，我是雪妮，我們誰都不是。」

「甚……」

抓住愛德華呆愣的一瞬間，夏絲妲再次抓住他的手，立刻把他拉到台上：「來吧！」

等到愛德華回過神來，他已經站在舞台上，本來雙手捧著的紙袋早已被她放到台下一角。而這位把他拉上台的元兇，正拉著他的手，跟著音樂的節奏，純熟地踏出一步又一步。

「慢著……我不懂跳……」總是追求完美的愛德華遲疑了，他未曾看過蘭弗利一帶的民族舞蹈，而他也從未試過在未精通一件事之前便在人面前展露其成果，更不要說是自己不擅長的事。

但夏絲妲只是輕鬆地自轉了一個圈，並以一個微笑無視他的疑惑：「多跳幾次便會懂的了！跟著我的舞步……對，這裡轉一個圈！你不是能做到嗎？」

轉了一個圈後，愛德華立刻提起右腳，在一個跳音奏出的同時往前踢，時機堪稱完美。縱使愛德華的身體完美地跟著音樂舞動，但他依舊憂慮：「但這個，不是有甚麼舞步要跟從的嗎？我真的不——」

夏絲妲登時嘆了一口氣，以一副無奈的樣子打住了他，「你這個憂慮過頭的小子，這些平民的舞蹈可沒有嚴格的規矩！遵從自己的感覺，跳想跳的舞步便可！」

愛德華望向四周，這才發現台上眾人的舞步不盡相同，有些人就算沒抓準拍子，或者只懂得不停原地轉圈，也依然跳得快樂，旁人也不會對其有所白眼；大家都著重於慶祝、娛樂，看來又是自己想過頭了。

遵從自己的感覺嗎……他記得夏絲妲曾經也對自己說過相同的話，不禁慨嘆自己的未成長。愛德華呼了一口氣，嘗試把身體調整至跟練劍時相似，無視心中的無謂憂慮，把一切交給身體的狀態。

——「我們誰都不是。」

夏絲妲剛才如此說。

那就沒有後顧之憂吧。

這個念頭一出，他頓時感到自己放鬆了不少。愛德華再沒有在意自己的舞步，只是在火燈的照耀，人們的目光下，作為一個十九歲的普通少年，享受著來自心中的不完美。以風笛、鼓、提琴為首的民族音樂帶領他旋轉又擺盪，而他的眼中就只有擦過身邊的風，搖曳的燈光，以及眼前的夏絲妲。

起初他覺得，想跳舞的，應該是她才對吧，但慢慢的，他開始感謝她把他拉了上台。以前，無論走在哪裡，他都會十分在意別人的目光，以及別人對他一舉一動的看法，慢慢地在潛意識中把自己和他人分隔開去；但現在他終於切身感受到那種無視他人想法，只依自己想法而行動所帶來的輕鬆。

這裡沒有人認識我，知道我的過去。愛德華的心裡一直重複著這句話。

因此我可以沒有負擔，自由地做自己。

隨著二人跳得越來越起勁，夏絲妲在二人的一次轉身後，把手放在他的腰上。愛德華身子一震，但沒有反抗，隨即帶領她踏出幾步碎步，並旋轉一圈，再互相擊掌。這一切如行雲流水般順暢，默契之好，連愛德華自己也感到驚訝。

這就是跟仰慕之人共舞的感覺嗎，愛德華的心裡頓時有道熱流竄過。

就算在木屋住下來，開始跟夏絲妲變得熟絡，他也從來沒想過有一天能夠跟這位自己仰慕的女劍士單獨出行，並知道關於她的過去的小祕密，更不要說共舞了，而這一切，在今天都被實現。

其實今天已經不是愛德華第一次跳舞，以前在學校安排的應酬舞會就硬著頭皮跳過好幾次，但他不擅長也不喜歡跳舞，在起始儀式時也因此而拒絕了諾娃；可是現在他卻感受到以前跳舞時都沒有的緊張和舒暢。愛德華偷偷望向夏絲妲，發現她竟然開懷地笑著——那是他從未見過的笑容，燦爛裡帶著幾分純樸，看起來就像另一個人。

這就是雪妮，或者說是夏絲妲本來的模樣嗎？

是連諾娃都未有看過，只有我知道的模樣嗎？

「嗯？有甚麼事？」見愛德華一直看著她，夏絲妲問。

「呃……這種事，你平常都會做的嗎？」愛德華戰戰兢兢地問，等待答案的每一秒都似是有一小時那麼長。

「很久沒有了！」沒想到夏絲妲答得爽朗。「很久沒有做過類似的事了！」

「那麼……你以前也會跟認識的人一起跳舞嗎？」也許是自由的氣氛令愛德華變得更為大膽，他心中頓時萌生出一種欲望——想確認自己在仰慕之人，其心中地位的欲望。

「不會啊。」夏絲妲輕鬆地旋轉一圈，藉此再次拉近和愛德華的距離。「當然只會跟熟絡的人一起跳。」

愛德華留意到她的眼神有一瞬間望向遠方，但他緊張興奮的心神很快便把這段記憶給抹掉。

二人跟隨著越來越輕快的旋律，右手交叉，順時針以跳步旋轉一圈後，再換成左手交叉，以逆時針方向再旋轉一次。他們之間不需要語言，正如練劍時的交手一樣，千言萬語已從身體的每一次接觸、每一次擺盪傳達給對方，不需作聲，便能達至完美合拍。

在舞蹈期間，愛德華與夏絲妲四目交投，但不會再跟以前一樣別過頭去；而夏絲妲也在他的臉上看到像是玫瑰逐漸綻放一樣，慢慢變得燦爛的溫和笑容。

樂曲的旋律不斷重複並加速，同時音階不斷上升，最後風笛的長音一響、搖鼓一敲，音樂也就完結。舞台上的男士們紛紛向夏絲妲和愛德華鞠躬，以表達對二人剛才跳出優美舞蹈的讚美。把頭抬起後，愛德華大汗淋漓、氣喘連連地看著夏絲妲，久久不發一言。

「怎樣，好玩嗎？」夏絲妲問。

「嗯。」縱使喘著氣，但愛德華臉上仍然掛著笑容。

二人都沒有離開舞台，似乎都在等待對方的一句話，直到下一首樂曲的音符開始奏起，他們再次四目交投，不禁笑了出來。

「再跳一曲吧？艾溫。」夏絲妲問。

「好，」愛德華伸出手，大膽主動地邀請：「雪妮小姐，請容許我有此榮幸。」

「呵，故作正經的小鬼。」嘴上是這樣說，但夏絲妲爽快地把手放在他手上，二人隨即俐落地一同踏出碎步，繼續跳屬於他們的舞蹈。

正如夏絲妲所說的，今晚我們誰都不是。愛德華心裡微笑。

對，我們現在誰都不是，只是一對在廣場舞台上起舞的男女而已。

⚔

說好的一曲，最後變成了五曲，而二人跳到累之後，並沒有選擇回家，而是到廣場附近的酒館，不停暢飲——

事實是，跳了幾次舞後，夏絲妲非得堅持要喝幾杯地道的啤酒，並把愛德華拉到廣場附近的酒館裡去，無論他怎樣勸說她也不聽。不到一小時，她已經十杯下肚，而愛德華則一臉無奈地坐在旁邊看著她。在旁人眼中，他彷彿是她的護花使者。

才剛興奮地跳舞，之後又喝酒喝到半醉，愛德華完全跟不上夏絲妲的心理轉變。年輕的愛德華不明白，這是屬於大人的一種發洩，但他隱約明白，也許是因為她的心情不好。

他不完全明瞭，但仍選擇了陪伴。

在這一個小時裡，夏絲妲曾不停勸說愛德華一起暢飲，只是他一直拒絕，最後在她的軟硬兼施下，才勉強喝了兩杯。愛德華死守著不喝的原因很簡單——如果連他也醉倒了，那要怎樣回家？

不經不覺，他已經潛意識地把那間木屋當作家了。

愛德華又喝了一口酒，並看著酒館的天花板發呆。現在已經比原定的回家時間遲太多，但就算如此，他亦理應要催促夏絲妲回家的。可是現在他只希望夏絲妲能不要想起回家的事，他還想多待一會。

他不想這段只屬於二人的美好時光那麼快完結。

一想到夏絲妲，他低頭望去，只見她把頭放在交叉的手臂上，雙眼閉著，不知道是睡著了還是只是閉上眼睛，面頰微紅，看起來像是胭脂多於酒醉。見夏絲妲未睜開眼睛，他就湊近一點，安靜地注視著她的容顏。

愛德華從未對別人說過，自己其實挺喜歡夏絲妲的一把紅髮。在日光之下，那把紅髮總是散發著充滿自信的光輝；在夜間，它是警示的象徵，也是柔和的火。他望向隨意散落在她前額和頸項上的黑髮，如同黑夜般漆黑的顏色為她多添一筆深邃，也減了幾分銳氣，展現紅髮所看不到的另一面。她睡著的樣子看起來毫無妨備，比平時多了幾分溫柔，少了幾分距離感，看起來成熟，又有幾分屬於少女的純淨氣息。

可能是因為酒精的影響，他的思考變得簡單直接，愛德華覺得，這樣的她也很美。

此時，一小撮頭髮在夏絲妲的前額滑落，他下意識幫她撥正，在手碰到頭髮的一刻才醒覺自己的行為到底有甚麼問題。

我……都在做甚麼啊？

他急忙縮手並別過頭去，只是已經太遲了——剛才的小動作叫醒了夏絲妲。

「嗯？」她微微張開略帶倦意的雙眼，語氣裡帶著一絲懶洋洋。

「呃，沒有……」愛德華不敢把頭轉過去，吞吞吐吐的。「吵……醒了你嗎？」

「沒有，反正我也差不多是時候醒來了，」夏絲妲似乎沒注意到剛才愛德華所做的事，她撐起搖晃的身體，並舉起了手，把侍應叫來：「再來一杯！」

「你還要喝嗎？已經十杯了。」愛德華欲制止她。

「怎樣？要開始管我了嗎？」這一句反問，帶著酒氣，竟多了幾分魅惑。

「作為劍士，喝那麼多，不好吧？」愛德華問，他總算說出自己這一個小時以來的最大疑惑。

怎知夏絲妲卻一臉嫌棄，不加思索便說：「是嗎，那我乾脆不當了。」

「甚麼？」愛德華十分驚訝。

但夏絲妲隨即露出捉弄的笑容：「說笑而已，你總是那麼認真的，從以前便是。」

此時，侍應把啤酒拿來了。她立刻一口氣喝了半杯，吐出嗝氣後，再一口氣把剩下的半杯喝完。

「你平時經常是這樣的嗎？」愛德華終於忍不住，問。

「怎樣？」夏絲妲一臉迷糊地問。

「就是喝那麼多的酒啊！」愛德華一臉無奈。「雖然年末夜的時候我們也喝過酒，但這次也太誇張了吧？」

在年末之夜，為了慶祝新年，愛德華曾經跟夏絲妲和諾娃一起喝過作為新年傳統飲品的香料紅酒，當時二人合共只喝了一瓶紅酒，以及各自吃了一個內含酒精的新年布甸，而最後他們都沒有醉倒。愛德華這才想起，當晚夏絲妲曾經提議改天出去喝一杯，比試一下酒量，怎知卻在今天真的實現了。

「當然不會，這些都是看對象的。」一句話，令愛德華的內心再起波瀾。

縱使心裡有一把聲音叫他不要胡思亂想，但他越來越禁不住去猜測，到底自己是不是成為了她某個重要之人——至少是在她心中有一定地位的人。

他不敢去想，但同時又希望此想法為真。

愛德華回過神來，這才發現夏絲妲正托著腮，一臉呆滯地看著自己。那些不安份的妄想還在他腦海中浮游，為其覺得害羞的他嚇得雙臉通紅，還差點往後跌倒。但夏絲妲似乎對這一切無動於衷，她只是帶著呆滯的眼神問：「艾溫，你覺得我這個人怎樣？」

「為什麼……這麼突然？」愛德華不明白為何她要突然問這個問題。

「你還會討厭我嗎？」她問。

愛德華頓時害羞地別過頭去，想了一會才回答：「討厭？不會啊。」

討厭？的確，最初遇見的時候的確是有點討厭她的——畢竟是敵人，但在一段時間的相處之下，想法便開始慢慢改變了。愛德華一笑，要說真的有甚麼事覺得討厭的話，應該是她那無人能敵，自己完全追不上的實力吧。

「那你是喜歡我了？」見愛德華否定，夏絲妲立刻追問。

「你、你別胡說！」愛德華頓時激動地否定，並別過頭去。

「不是嗎，我挺喜歡你的。」說完，夏絲妲輕輕一笑。

愛德華一聽到，立刻詫異地回頭，他不禁相信自己所聽到的話，但嘴上卻是裝冷靜否定：「你醉了吧，都開始亂說話了。」

「不，我沒有醉，」但夏絲妲的眼神卻沒有絲毫改變，愛德華認得，這是她說真話時的眼神，從她的微笑也看得出，她是真心的。「我是說真的。」

愛德華沒再轉過頭去，而是一口氣把剩下的半杯啤酒都喝完，並盯著空酒杯看。他感覺頭越來越重，心亂如麻，已經不知道自己在做甚麼，也不懂該給出甚麼回應。

人人都知道酒鬼的「沒有醉」是謊言，但真的是嗎？
他不能再讓自己有妄想的空間，再繼續下去，他就會沒法控制自己。
「夏……雪妮，我想我們是時候——」
「艾溫，不如你留下吧？」正當愛德華打算帶夏絲妲離開時，她湊近他，與他四目交投，眼神流露的是請求。「不如你留下，我們一起合作，好嗎？」
「我也想，但……」愛德華沒想到竟然是夏絲妲先提出這個建議。他當然想留下，跟夏絲妲多住一陣子，但二人是舞者，終有一日要站在敵對兩方，那麼早日完結這關係，不是更好嗎？
越早完結，也許痛得越少。
「有甚麼需要考慮的？」但夏絲妲似乎不是這樣想，她把手輕輕疊在愛德華的手上，後者身子頓時一震。「留下吧，艾溫。」
說完，未等愛德華反應過來，她閉上雙眼，往他的嘴唇親了上去。
——唔？
直到感覺到從嘴唇傳來的溫潤，愛德華才理解到發生了甚麼事。那股溫潤似是化成一股熱力，通往全身。他感覺到自己全身發燙，好像快要融化了般；他已經沒法思考，只能任由思緒在腦海中自由衝撞。
明明已經接吻過那麼多次，但愛德華確切感覺到，這次跟以前的都不一樣。他一樣會感到緊張，但唯獨這次他不會抗拒，心裡還有點高興；這股高興，彷彿是被認同一樣。
他一直視她為目標，總是希望她能認同他的作為，甚至渴望能在她的心中有一重要席位——

他突然想起，夏絲姐第一次吻他時，心裡閃過的緊張和激動——

原來，我喜歡她啊，愛德華頓時恍然大悟。

為什麼我一直故意否定這個事實？

因為覺得自己配不起？覺得這份感情不被允許？還是因為被舞者的敵對身分，以及將會面臨的結局而束縛？

今天的我們都拋下了所有身分，正如她所說的，誰也不是。

那麼就偶然地任性一下，遵從心意行動吧。

這時，夏絲妲已經緩緩結束這個吻。他們四目交投，不說一話，似是等待對方的答覆。

「嗯，我會留下的，雪妮。」給予肯定答覆的同時，愛德華身子傾前，閉上雙眼，溫柔地回了她一個吻。

今天的我是艾溫，她是雪妮，我們誰都不是，這一夜也只是個幻影，愛德華在心裡對自己說。

那麼就讓這段短暫的幻影結束之前，以最美麗的方式持續下去。

4

——這一夜也只是個幻影，陽光一到，一切都將歸於原狀……

清晨，一覺醒來的愛德華注視著房內的天花板，不禁為自己的愚蠢而長長嘆了一口氣。

我真的有夠笨，怎能說忘記便忘記啊！

他在床上翻來覆去，心裡久久不能平靜。他的嘴唇仍留有屬於夏絲妲的柔軟質感，閉上眼，好像仍能聞到她頭髮的香氣。酒館的聲音仍在耳邊飄遊，他感覺自己仍身處在昨晚的「幻影」之中，只是從窗外打進來的陽光和床被的質感狠狠地喚醒他的理智，提醒他早已從夢中醒來。

昨晚我實在太魯鈍，幾杯下肚，意識一時鬆懈，居然犯了如此重大的錯誤。這樣叫我以後要如何面對她？

但愛德華十分清楚，也不打算否認，就算昨天的身分是假的，但昨晚他有過的感情、心思，甚至是行動，全部都出自真心。就是這份真心，令他更加煩惱。

他是舞者，也是寄居在這間木屋的人，必須為自己的行動和真心負起責任。

昨晚的他也許是艾溫，但那不過是個謊言，「愛德華」這個身分還沒有變。那些「愛德華」的附帶身分還在，一想到這裡，他頓時感到一陣空虛。

他還是沒法離開這個身分所設的枷鎖。

愛德華早已整理好儀容，但就一直在門邊徘徊，不敢出去。他怕，如果一出去便見到夏絲妲，該說些甚麼才好。

裝沒事說早安嗎？不，這樣很奇怪。那麼問她記得昨晚發生甚麼事嗎？不！一大清早，太快了，我還未準備好心情！

愛德華一直猶疑著，直到門外傳出聲響，他的肚也開始咕嚕發響，這才把他的理智和平日的冷靜態度呼喚回來。

難堪的面對也不是第一次的了，我在怕甚麼！就像之前一樣，先觀察她的取態，再順勢應對吧！

雖然心裡氣勢足夠，但愛德華仍是戰戰兢兢地打開門，從門縫看到坐在廚房的是諾娃後，不禁鬆了一口氣。

「啊，是你啊。」他安心地打開門，並走出客廳，剛才的緊張彷彿從未發生過。「早安。」

他裝著沒事地走到廚房沖茶喝，但諾娃卻對剛才愛德華的異常反應感到疑惑：「是我啊……有甚麼奇怪的？」

「呃，沒有，」愛德華頓時語塞，一時停下手上的動作，但一眨眼過後又繼續泡茶。「沒事。」

「嗯……」諾娃似乎不甚相信，但又沒有繼續深究，愛德華只希望她不要再細問下去，不然他不知道該如何解釋。「話說昨晚你們那麼晚回來的？你們去哪裡了？」

又是另一個危險的問題，愛德華心裡早就知道自己逃不掉，最少要跟諾娃解釋一下昨日的行蹤，他深了一口呼吸，裝著若無其事地說：「我昨天不是跟雪……夏絲妲出外購物嗎？剛巧碰上慶典，夏絲妲不知怎裡的，竟然拉了我去跳舞，然後又拉了我去酒館喝酒……呃，就這樣。」

每次說到夏絲妲的名字，他的心都會緊張地跳。

他故意省略了二人在酒館所發生的事，但其實在接吻後，故事還有下文的。當時快被感情衝昏頭腦的愛德華居然還記得要回家，但因為夏絲妲已經醉到沒法行走，所以最後是他把她背回木屋的。他還記得，途中夏絲妲最少吐了兩次，但全程整個人昏昏沉沉的，似乎不會記得發生了甚麼事。好不容易找到路回到木屋後，一打開門，愛德華發現諾娃剛剛醒來，看來是等二人等得太久，不知不覺趴伏在飯桌上睡著了。心感內疚的他本來想好好跟諾娃道歉的，只是腦袋已經累得不受控制，因此把夏絲妲背到上閣樓的床安頓好後，甚麼都沒說，便回房休息。

「對不起，昨晚這麼晚回來。」愛德華誠懇地還她一句道歉——遲遲未歸，她一定很擔心吧，希望她在等待的時候沒有作到那些惡夢，愛德華心想。

「沒關係，」諾娃只是笑著搖頭。「見到你們平安，我就放心了。」

這一句倒是增加了愛德華的內疚感，他們不但平安，還闖出禍來了。他緊張地喝完杯裡的茶，想不出該說甚麼把話題接下去。

「不過夏絲妲倒是不太舒服的樣子，那叫甚麼……宿醉嗎？」正當愛德華仍在煩惱之際，諾娃居然一臉自然地提起了那個他現在不想面對的名字。

「她還有吐嗎？」愛德華裝著冷靜，像平日一樣自然地問，但不敢轉過頭去看著諾娃說出這句話。他的關心不是假的，聽到夏絲妲不舒服，他心裡頓時擔心起來，只是情緒的波動又牽起了昨晚的回憶，令他不禁又緊張起來。

諾娃倒是沒有留意到愛德華舉動的奇怪：「沒有，只是剛才說頭很疼，看來要整天躺著休息了。」

「誰叫她喝那麼多……」聽畢，愛德華心裡閃過一陣無奈，「我待會準備些麵包和茶，你拿上去給她吧。」

「你不親自給她嗎？」諾娃問。

「呃……」愛德華頓時語塞。他努力搪塞出一個理由：「這不太好吧，男士進女士的房間，而且她還在睡覺。」

「是嗎……」諾娃心裡覺得奇怪，平日夏絲妲不準時下來吃早餐的時候，愛德華不都會直接走上閣樓，把她叫下來的嗎？為什麼今天卻不敢上去？但她沒作細想：「沒關係，那我待會拿給她吧。」

她想起昨晚二人晚歸的事，以及剛才為止愛德華的支支吾吾。也許是有些事發生了吧，諾娃心想。但她決定不作深究。

「對了，諾娃，我有些事想問你。」這時，愛德華突然說。

「甚麼事？」諾娃問。她有點好奇，愛德華很少有事會主動問她的。

「如果我說……在這裡多待一會，你會怎樣想？」愛德華支支吾吾地問。

「你在哪裡，我就會待在哪裡，但之前你不是說過，考慮回去了？」諾娃心裡感到奇怪。不是決定了要回去了嗎？為何改變了想法？

「嗯……我只是想，多待一會是否較好。」愛德華回答。

這是昨晚他答應夏絲妲的，愛德華心想。他會留下，最少多待一會。

「昨晚發生甚麼事了嗎？」這次，諾娃終於忍不住要問了。

「沒有！沒有甚麼事！」愛德華連忙否認。「你也知道我一直在思考這問題吧。」

「但你上次說過，你和夏絲妲都是舞者，終有一日要分開。」諾娃感到疑惑，幾天前愛德華才說就算多麼想待在這裡生活，但始終要面對舞者的身分，總有一日要別離，怎麼過幾天便改變想法了？

「對……」經諾娃的一句話提醒，愛德華醒覺自己曾經說過那樣的話。

他之所以改變想法，顯然是因為和夏絲妲的約定，也有個人的考量。

他希望這一段在木屋居住的時光能夠一直延續，每天和自己仰慕的人互相打鬧，剩下的時間就是專心練劍，不必為自己的身分所帶來的無謂責任而煩惱、浪費心神。

但夏絲妲又是怎樣想？

她昨晚說希望我留下，到底是真話嗎？

以我對她的認識，那語氣，以及那眼神，她肯定是在說真話——

為什麼我會開始覺得，自己看得懂她的一切了？

她總是陰晴不定，每一秒都不知道在打甚麼算盤，但最近與她的相處時間多了，開始掌握到如何猜測她的行動……

但我不是還有很多地方都看不懂嗎？例如昨天，直到現在我還不知道為何她會性情大變，只猜到她應該是心情不好，但就連背後的原因也完全不知道。

這樣的質問，令夏絲妲的形象頓時在他的腦海裡變得陌生。

她到底是個怎樣的人？

——「有時候我覺得她明明就在身邊，但感覺距離遙遠，彷彿身處兩個世界一樣；有時候她明明是看著我，但好像在看別的事一樣。」

這時，他突然想起幾天前諾娃說過，她對夏絲妲的看法。

他的思緒頓時回溯到昨晚，跳舞的時候，喝酒的時候，夏絲妲看著她的眼神。他這時才發覺，自己一直沉浸在快樂的氣氛和緊張的心情之中，沒有太多留意過夏絲妲望向她的眼神。想起諾娃的話後，他才發覺，夏絲妲很多時候都不似是看著他。

他望向桌上，看見那隻夏絲妲平時在用的茶杯，腦海突然浮現她雙手抱著茶杯，笑著捉弄自己的模樣——此時他突然醒覺，她看著自己的眼神，總是似是看著別的東西。

憑著這對眼神，他終於想起自己從昨天下午，不，自從住在這個木屋開始後就不時隱約有一種想法，總覺得夏絲妲似乎是想自己成為甚麼似的。不是希望他向著某個目標進發，而是有一個確切的形象，希望他成為之。只是每次他都覺得自己多疑，加上證據不足，才沒有繼續思考。

如果她看著的不是自己，而是「那個形象」，那麼那個形象又是甚麼？或者是誰？

——艾溫。

他想起，昨天夏絲妲問過他，為什麼要用艾溫這個別名；而她也曾經叫錯自己作「艾溫」，而那個名字，是屬於艾溫・威爾斯的。

他還記得，當初夏絲妲勸說他放棄自己的目標，就是用了艾溫來當例子。她說，艾溫就是那個相信「要成為最強」這種虛無縹緲目標的人，最後為此而丟了性命。

這不跟我很相似嗎？他突然發覺。

而且，她似乎對艾溫十分熟悉，而昨天談起艾溫的時候，雙眼流露的複雜眼神，不像是一個只是普通聽聞過他事跡的人，更像是一個曾經和他長期相處過，對他有相當感情的人。

——「留下吧，艾溫。」

夏絲妲在吻他前的那句話再次在他的腦海環繞。

難道她一直以來……

愛德華頓時想到一個不可置信的猜測。他頓時站起來，神色凝重。

「愛德華？你要去哪裡？」諾娃見他突然變得認真，穿上夾克要出外，卻又沒有跟自己拿劍，感到不解。

「我有些事要獨自思考一下。」

拋下這句話後，他便頭也不回地離開了。

坐在山丘的一塊大石上想得入神，愛德華絲毫留意不到時間的流逝，就連有人從他身後出現，他都感應不到。

「怎麼在這裡的？」

一把熟悉的聲音，以及搭在肩膀上的手，才令他回過神來。愛德華一轉過頭，看到那股熟悉的臉孔，忍不住「啊」的一聲叫了出來，並失衡跌到草地上。

「甚麼？我臉上有甚麼嗎？」來者不是別人，正是理應還因為宿醉而躺在床上休息的夏絲妲。看著叫了一聲後跌倒的愛德華，她似乎不太滿意他的反應。

「呃……沒有，想事情想得太入神，一時間反應不過來而已。」愛德華在站起來的同時，連忙編了個理由解釋。他自己清楚，跌倒的真正原因當然是因為一時間未準備好跟夏絲妲面對面談話，但他絕不會說出來。

「是嗎，」出乎愛德華意料之外，夏絲妲居然沒有打算深究。她看了看愛德華身旁，發覺「虛空」不在，再說：「我還以為你會練劍呢。」

「在考慮一些事，所以今天休息。」愛德華的語氣看似冷靜，但其實他的心正在狂跳。觀察取態，順勢應對──他不停在內心提醒自己，必須保持冷靜。

「你不是要整天躺著的嗎？」他問。

「不過就是宿醉，這些小事，躺半天便好了。」愛德華想了半天才說出的一句話，卻被夏絲妲輕而易舉地用一句完結了。

「哼，昨天不知是誰喝到吐的呢。」但他趁勢接住話題，並取笑一下她，「還要我把人背回家。」

聞言，夏絲妲不服氣地「哼」了一聲，看見此反應，愛德華不禁輕笑一聲。

二人似是回到了一直以來的關係──表面而已。

「天快黑了，不如我們回去吧。」此時，夏絲妲說。

經夏絲妲一說，愛德華這才發現原來身後的太陽早已降到離地平線不高的位置。原來自己坐了那麼久嗎？

他點頭同意，並隨著夏絲妲的步伐回去木屋，不過這時，他想到另一個問題。

「你……為甚麼出來？」愛德華問的時候，語氣戰戰兢兢。「又不是練劍。」

他留意到夏絲妲的腰旁沒有掛著「荒野薔薇」，手上也沒有拿著其他銀劍，那一定不是練劍後順路過來找他的。

「還用問的，」夏絲妲答得爽快，「見你不在屋裡，所以出來找你。」

愛德華頓了一會，才問：「有事找我？」

「對啊。」夏絲妲點頭。

愛德華的心頓時一震：「是甚麼事？」

「昨天外出去蘭弗利，覺得怎樣？」夏絲妲問。她說得若無其事，彷彿昨天二人所做的只是普通的外出購物，晚上的事被她完全忘記，或者只是一場夢。

既然她決定從容處理，愛德華心想，那我也放鬆一點吧。他答：「還挺有趣的，原來我們離阿娜理並不遠，有點意外。」

「你本來以為是更遠的地方？」夏絲妲好奇地問。

愛德華一點頭，夏絲妲立刻輕快地笑了出來。「騙到你了呢。」

「畢竟是你，我還以為會是阿娜理郡的邊界。」愛德華說完，忍不住給她一個嘲笑。

「你這是甚麼意思啊……」相處久了，這小子居然懂得若無其事地挖苦自己了呢，夏絲妲心裡覺得有趣。「不過每次你從山上俯瞰山下的村莊時，都不會猜想自己身處的地方嗎？」

經夏絲妲一說，愛德華這才發現此事。「也許這段時候我只在意當下要做的事，沒有在意自己身處何地。」

聽畢，夏絲妲滿意一笑，這少年果然改變了不少。

「話說，年末我們說過的事，還是達成了呢。」這時，夏絲妲突然改變話題。

「結果是我的酒量好呢。」愛德華沒想到夏絲妲會突然把話題轉到昨晚的事上，他強裝鎮定，用挖苦掩飾緊張。

「你昨天幾乎都沒有喝，那算數嗎？」夏絲妲似乎不在意，反而著重在愛德華的結論上。

但愛德華卻想到別的事，關心地問：「你昨晚有心事嗎？一下子喝那麼多。」

夏絲妲一頓，似是心裡有話，但不願意說出來。「有點吧，不過都沒有事了。」

她繼續一貫的微笑。見此，心懷某些想法的愛德華也轉過頭去，沒有延續話題。

「對了，你有跟諾娃提及過昨晚的事嗎？」沉默了一會後，夏絲妲突然問。

「甚麼？」愛德華先是一驚，轉過頭後又沉默了一會，才小聲說：「沒有。」

連他自己也未理清心情，要怎樣跟她說二人接吻了啊？

「你害怕嗎？害怕會被視為背叛她？」夏絲妲追問。

「別誤會！我跟她才不是……！」愛德華連忙解釋，但被夏絲妲打住：「不過就是跳舞和喝酒而已，你怕甚麼？」

「甚……才沒有那麼簡單吧！」愛德華這才發現，原來從剛才開始，他和夏絲妲所想的「昨晚的事」截然不同。難道她醉得忘記了發生甚麼事嗎？

他激動地轉身想要澄清，怎知腳下一滑，整個人往後傾倒，夏絲妲立刻出手拉住他，無奈二人身處的是極為陡峭的山坡，一時間重心拿不穩，結果二人雙雙跌倒在草地上。

愛德華比較幸運，是背朝地的跌倒，但夏絲妲卻是狼狽地以頭朝地的方式跌倒——當然，她在跌倒前的最後一刻伸出手，才沒讓自己的臉撞到草裡去。

二人躺在草地上，任由黃昏的涼風輕拂臉頰，沒有要起來的意思。愛德華身子僵硬如木，完全不敢動。夏絲妲就躺在旁邊，他緊張得不得了，腦海裡全都是昨晚半醉的夏絲妲對他說過的話，以及這幾星期以來所看到的，那些令人深深著迷的紅。

似乎剛才的意外，拉倒了二人之間那些不自然的扭捏。夏絲妲緩緩爬到愛德華身旁，俯視著他，輕聲地問：「你還記得我們第一次練劍時，我問你，你對諾娃是否有感覺嗎。」

「記得，」愛德華隱約猜到夏絲妲想說甚麼，但他不敢去想。他說時聲音氣多而無力，似是很辛苦才能從口中擠出字來。「然後我否定了。」

「還記得之後我怎樣測試你嗎？」夏絲妲問。

「……嗯。」愛德華把眼神別過去，不想把答案說出來。

「你可能覺得我當時在作惡作劇，但上次，以至昨晚，我都是認真的。」

愛德華感覺自己的心被重重地轟了一下。直到剛才他一直以為夏絲妲是醉得忘記了昨晚二人接吻的事，怎知原來她一直記得，只是避而不談，或者正在找個機會開口說。他開始壓抑不住自己的心跳和呼吸，只是努力抓住心裡最後一絲理性和冷靜，淡淡地說：「原來你記得的啊。」

「嗯。」夏絲妲沒有拐彎抹角，輕描淡寫地肯定了。「一字一句，我都記得。」

愛德華已經不懂反應，他別過頭，不敢直視夏絲妲：「但，誰要相信一個酒鬼的話啊……」

就在這時，夏絲妲把手疊在愛德華的手上，傳來的體溫讓他更為緊張，也逼使他回頭面對夏絲妲的視線。現在他清楚看到紫瞳裡的光輝，幾乎沒有距離的一張臉令他吐不出任何字。

「那些都是真話，我是真的喜歡你。」夏絲妲的語氣柔和而又堅定。

愛德華的嘴微微張大，沒法作聲。

「你會留下的吧，正如昨晚所承諾的，」說的同時，她溫柔地輕輕撥開愛德華的瀏海，直視他的黑瞳。

愛德華甚麼都沒有說，只是雙眼睜大，注視著她。

「讓我們在一起——」

說完，夏絲妲閉上雙眼，俯下身子，正如昨晚一樣，要給愛德華一個吻——

下一個瞬間，一陣冰冷的觸感令她驚訝地張開雙眼。

她一看，只見自己和愛德華之間相隔著一根手指——他以一根手指抵住了她的嘴唇。她再往下看，只見剛才還緊張得臉紅心跳的愛德華，此刻眼神冰冷，神色冷靜，彷彿變了另一個人。

「別再繼續好吧。」愛德華冷冷地說。

「甚麼……」

「你不過是通過我，注視著那個夢而已。」

番外篇－Nebengeschichte－

年末夜－NEW YEAR'S EVE－

年末夜，安納黎上下都沉醉在喜慶的氣氛裡，慶祝一年的完結，以及期待新一年的到來。家家戶戶都聚首一堂，一同享用燒鵝、燒雞、焗薯和新年布丁等傳統食物。晚餐過後便圍著火爐，一邊享受傳統飲品香料紅酒，一邊等待新年降臨。

夜幕低垂，全國上下都各自準備慶祝。而在阿娜理郡的某處森林裡，一所不起眼的小木屋也正傳出香噴噴的美食香氣，屋內的黑髮少女和紅髮女士正目瞪口呆地注視著少年端出的焗薯和燒雞。

「看起來很好吃啊！」在微弱燭光的照射下，夏絲妲以驚嘆的神情注視著愛德華手上的焗薯，而鄰座的諾娃則一直注視著桌上烤得金黃的燒雞，雙手緊握著刀叉，似是在在強忍偷吃的衝動。

「我是第一次弄的，希望不是徒具外表吧。」

愛德華解開身上的白色圍裙，把它隨便掛在椅背上後，便累倒似的軟坐到木椅上。這一頓飯他花了數小時準備，一直沒有休息。一坐下，倦意瞬間襲來，令他萌生直接去睡覺，留下二人享用晚餐的衝動。

但他知道夏絲妲一定不會讓他走，在喝了一口香料紅酒後，他便提起精神，開始和兩位女士一起享用年末晚餐。

「你的廚藝真好呢，」吃過一口焗薯後，夏絲妲忍不住讚嘆——在她的記憶裡，這大概是自己這輩子吃過最美味的焗薯：「真的是第一次弄的嗎？」

「我只有從學院的廚師聽說過做法，但未曾嘗試，畢竟太花時間了。」因著夏絲妲的話，愛德華帶著疑惑試了一口——咦，真的不錯。

他只是把燻肉和馬鈴薯蓉混合在一起而已，沒有加上牛肉滷汁，沒想過效果比想像中的好。

「裡面有甚麼材料？」

「材料不是你買的嗎，那應該知道吧？」夏絲妲的一句換來愛德華無情的反問。

「真沒趣，我不過是想打開一個話題而已。」

夏絲妲沒有介懷，她知道愛德華的反應源於自己經常試探他，而且這也代表他仍未放下心防。二人已經同住數天，理應已經建立一段關係，獲得如此冷淡的反應的確令人傷心，不過她覺得這樣才算正常，輕易把敵人當作朋友並敞開心扉的，才不是她想找的人。

「諾娃，你覺得呢？」

夏絲妲語畢，二人的視線頓時轉向一直一言不發的諾娃，這時才發現平日只吃甜點的她竟然吃掉了一小部分的火雞。

「甜甜的，有不少香料，美味。」平淡地說完後，她再把兩口雞肉放進口裡，並露出滿足的表情。愛德華認得這個表情，正是她每次吃完喜歡的甜點後露出的笑容。

……你果然是喜歡吃甜的東西啊，二人同時感到無奈。

「諾娃小妹，記得不要吃太多啊，不然之後會吃不下新年布丁的。」夏絲妲像個姐姐一樣叮囑。

「放心吧，我從來沒見過她吃飽的樣子……新年布丁？我們有嗎？」

說到一半，愛德華突然感到疑惑：他今早才跟夏絲妲說來不及弄新年布丁，跟諾娃提及此事時她還以一雙淚汪汪的眼睛看著他，令他心中萌生出一道罪惡感，並暗中決定要努力焗好從未弄過的薑餅以作補償，為什麼現在突然會有新年布丁跑出來？

「新年布丁！有嗎？」一聽到「新年布丁」四字，諾娃的雙眼頓時變得閃亮，並以感激的眼神看著夏絲妲。後者猜到她會露出如此反應，所以放聲笑了起來。

「我剛才出門買材料時，剛巧看到有店家在賣新年布丁。我見價錢相宜，老闆也希望快點賣完打烊，便買了三個回來。看，就放在桌上的一角。」夏絲妲說時，視線轉向木桌的盡頭。

循著夏絲妲的視線望去，愛德華發現在木桌的一角，放著薑餅的同一碟子上的確放有三件細小的褐色布丁。半球形的布丁上放有兩顆櫻桃，傳出陣陣舒適的酒精氣味，看起來很好吃的樣子。

諾娃一直瞪著新年布丁們，好像害怕會被人搶走。

「就當是我送給你的新年禮物……不用急的，先吃完燒雞再吃布丁吧，我們不會搶的。」夏絲妲連忙叫諾娃放鬆，還把布丁放到她面前，她才安心地繼續吃燒雞。

你想吃的話我可以把自己的布丁給你，愛德華已做好不吃新年布丁的打算了，但他有一件事想不通。

自己未醒來時為諾娃所買的泡芙也是，今天的新年布丁也是，為什麼那個孤高的「薔薇姬」會如此順從諾娃的意思？就好像把她當作妹妹一樣看待……

她到底在想些甚麼？

而夏絲妲只是面帶微笑地托腮，安靜地注視諾娃快樂地吃燒雞的模樣。這時，她想起一件事。

「愛德華，諾娃的酒量好嗎？」

「果然是這樣嗎。」

看著把新年布丁吃到一半便倒在桌上睡著的諾娃，愛德華和夏絲妲皆哭笑不得。

新年布丁是含有酒精的甜點，其濃度跟一大杯紅酒差不多。二人都沒有想到，這位黑髮少女居然不敵相等於紅酒的酒量。

「你記得以後別隨便讓她在公眾場合喝酒啊。」夏絲妲一邊忍笑，一邊小心叮囑。

「我有甚麼時候會帶她到公眾場合啊！」愛德華喝完一口香料紅酒後忍不住反駁。他身前的木碟十分乾淨，連一點布丁的屑也沒有留下。留意到的夏絲妲不禁一笑，果然是個愛潔淨的少年。

「我怎會知道，你們貴族不是有很多交際場合的嗎……不過你似是不會去的類型吧，」夏絲妲以一副看清一切的眼神與愛德華對視。她身前的木碟就只有刀叉，旁邊用來盛著紅酒的木杯也是空的。「但你的酒量看來不差呢，現在不會感到頭痛嗎？」

「只是新年布丁和香料紅酒而已，算得上甚麼。」愛德華冷靜地回答，並一口喝完杯中的紅酒——這已經是今天的第三杯了。

製作香料紅酒的過程中需要把紅酒煮沸，期間大半部分的酒精成份會揮發到大氣裡，因此它的酒精含量只有新年布丁的一半。

「呵呵，」聽畢，夏絲妲露出似有所思的微笑：「看來你的酒量不錯呢，有興趣找天去喝一杯嗎？」

「不要，」我才不想被你灌醉然後逼出祕密呢，愛德華回了她一對白眼。

「反正你沒有收藏甚麼特別有用的情報，又有甚麼好害怕的？」但夏絲妲立刻反嗆。「還是你害怕醉後會說出甚麼丟人的祕密？」

「……才不是！我只是不想跟你喝酒而已。」面對夏絲妲一雙捉弄的眼神，愛德華努力不讓視線移開，維持冰冷的眼神，不讓她看透內心：「而且你不讓我出外，那麼我怎能跟你去喝酒？」

「我可以買回來啊，看，今天買了三瓶紅酒，我們才剛喝完一瓶，不如把剩下的兩瓶都喝掉吧？」

夏絲妲沒有停止她的喝酒邀請——或者應該說是誘惑。愛德華覺得此刻的她好像變了一個酒鬼似的，話題離不開酒，跟那個給予人絕望的最強劍士形象相差甚遠。

「不要，今天已經喝了不少，多喝酒不健康。」他實在想不到甚麼好理由，唯有用一個十分爛的理由來推辭。

「那麼改天再算吧。」見愛德華不受誘惑，夏絲妲決定作罷，但暗中決定之後一定要把成功眼前的少年拉去喝酒，一睹他雙頰如蘋果般紅潤的樣子，感覺會很有趣。

「改天也不行……咦，開始下雪了？」

愛德華說時轉身望出窗外，才發現白雪悄然在外面的世界徐徐飄落。他立刻走到窗前，細心注視，半晌，再到房間取過外套，走出屋外，伸出雙手接著從天而降的雪花。

藏在灰雲後的月光照亮如羽毛般輕盈的雪花，它們彷彿就像從天上飄落的銀光，月光的碎片，照亮這片偏僻之地。

「年末夜下雪，真好。」他的臉上露出少見的笑容。

「你喜歡雪嗎？」隨後走出的夏絲妲問。她穿上自己唯一一件外衣，把單薄的白色長裙藏在鮮紅的絨毛下。外面的空氣寒冷刺骨，但她不為所動，只是抬頭凝視像是塵埃的雪花，若有所思。

「還好吧，」愛德華一口吹走手上的雪，白雪逗留過的部分略顯灼紅，但沒有傳出痛楚。「只是覺得它們純潔美麗而已。誰不會喜歡雪呢？」

「是呢……」夏絲妲從口中呼出一口白煙。白煙在雪花之間逆流而上，緩緩消失在灰暗的夜空中。良久，她小聲呢喃：「但不一定誰都會喜歡的。白雪是美，但對某些人來說，是死亡的號角。」

注視著已融入夜空的白煙，夏絲妲回想起多年前熟悉的光景——

同樣從口中吹出一口又一口的白煙，但雙手以至身體都從不暖和。只穿著單薄的衣服躺在冰冷的地面上，雙眼無神地注視在冷冽冬夜裡從天飄落的雪花。感覺到它們在自己身旁慢慢堆積起來，就覺得它們也許是從天而降，用來埋葬自己的雪白泥土。

每一次在極夜的世界裡，凝視名為極光的翠綠絲帶在夜空飛舞時，她都會詢問自己，這些柔和又冰冷的綠光會否是自己離開世界前看到的最後一絲光芒。

就算現今的生活跟以前截然不同，但每次看見雪，那種死亡恐懼依然在夏絲妲的心中揮之不去。那些回憶並非作為夢魘纏繞著她，反而像是作為一個提醒，不讓自己忘卻過去的痛苦。

「也是呢。」愛德華隔了一陣子才點頭認同，但夏絲妲不清楚到底這位貴族少爺到底明白多少。

今天是年末夜，不要想太多傷心事吧！夏絲妲呼了一口氣後，輕鬆打了一個後空翻，坐到木屋頂上，並問：「對了，愛德華你的生日是哪天？」

就前幾天的事。愛德華沒有打算如實相告，轉個頭才發現夏絲妲不知何時已經坐到屋頂上了。他問得不耐煩：「你應該都調查了吧？」

「哈哈，被猜透了呢，」夏絲姐一笑，沒有打算隱瞞：「遲了點說，生日快樂。」

「……謝謝。」愛德華一時間不知道該怎樣回應，畢竟眼前人差點令他沒能慶祝今年的生日。

「坐上來吧？」夏絲姐掃走身旁的白雪，示意愛德華可以上來。

「你到底是怎麼樣上去的啊……不用了，我自己來。」

愛德華謝絕夏絲姐的伸手幫忙，先向後踏數步，再往前跑，並一躍到木門，再借力一躍，在空中轉了半個圈後安坐在夏絲姐的身旁，與她共享同一景色。

「身手不錯呢，」夏絲姐本來以為愛德華會需要自己協助，或者花點時間才能爬上來，怎知眨眼便坐在自己身邊了，心裡覺得自己實在沒有看錯人，他果然是個有為少年，欠缺的只是機遇和他人的一些指點。

「話說，在嚴冬出生並長大成人的嬰孩總會成事呢。」她望向夜空，隨意吐出一句話。

「甚麼？」愛德華才剛坐下便聽到夏絲姐的話，未能及時反應過來。

「這是北方的諺語，意思是比起在夏天出生的嬰孩，冬天出生並能長大成人的嬰孩都一定能夠堅強地活下去，因為他們在剛出生時就捱過危險的嚴冬，所以長大後就算不成才，也一定能夠成為堅強的人。南方好像沒有這句話吧？」

「嗯，好像有類似的。」愛德華想了想，才一副疑惑地回應。

「所以你也可以的啊，」夏絲姐說時對愛德華投以一微笑。

「……嗯。」夏絲姐的話頓時勾起愛德華近日心中的迷惘，令他有所遲疑。

他最近深深認知道，自己並不強大，夏絲姐用實力清楚告訴他這個鐵一般的事實。雖然自己口上說不會改變「要成為最強」的目標，但這位女劍士令他開始質疑自己對強大的定義。
「強大」到底是甚麼？我到底想做些甚麼？
剛剛在做飯時他就一直在思考，但未有得到答案。
「那麼你呢？也是在嚴冬出生的嗎？」不想再在這個話題上繼續糾纏，愛德華決定轉移話題。
「這個呢……」夏絲妲一副故弄玄虛的神情，像是在思考，又像是裝出來的，他看不透。「我也不太清楚呢，況且你看，北方的冬天可以是南方的春天，這樣很難定義呢。」
就算我提出以南方定義的冬天來計算，她一定又會曖昧地回答吧，愛德華因此沒有再問下去。
「你一定可以做到的，」夏絲妲讀出他的意圖，便再重複一次自己剛說過的話。「一年將要開始，就當是重新出發，慢慢去尋找屬於自己的路吧。」
她是在鼓勵我嗎？愛德華疑惑。
不知不覺間，降雪已經停止了。在雪白的屋頂上，夏絲妲輕輕一拍愛德華的肩膀，輕聲地說：
「新年快樂。」
「……新年快樂。」
距離祭典完結還有四個半月，也許就如身邊的紅髮女士所說，自己做得到的。
慢慢去尋找吧，愛德華對自己說。尋找那個未知的答案。

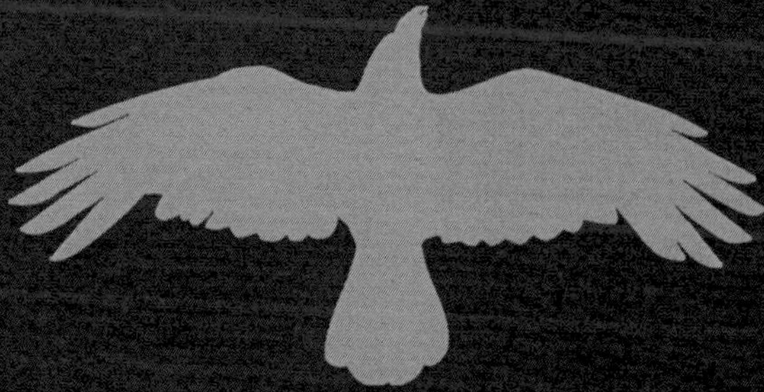

番外篇 – Nebengeschichte –

野餐 – PICNIC –

「野餐？」

才剛吃完早餐，當愛德華打算出門時，夏絲妲的一個提議打住了他的腳步。

「在這麼寒冷的天氣裡？」

今天難得看得到太陽，陽光戰勝嚴寒，給大地一絲溫暖。天上幾乎沒有雲，而且風勢柔和，看來晴朗的天氣可以維持最少數小時。

「難得今天陽光普照，在外面喝個茶，吃些甜點也不錯啊，之後就沒有機會了。」夏絲妲說時用手指向窗框，示意愛德華可以看一下灑進來的柔白光芒。

夏絲妲的最後一句話觸動了愛德華的心。他當初留下的主要原因是要養傷，但既然他現在已經完全康復，也就失去繼續留宿的理由。他不會否認自己在一開始並不想留下，但住久了，每天被森林的自然氣息環繞，和這個總是隨心行動的紅髮女劍士以及每天總要吃最少三件蛋糕的諾娃打打鬧鬧，就開始覺得這樣的生活其實挺寫意的。一想到離開之後，每天一起床就要立刻面對各種爾虞我詐、潛藏的陰謀，不能再聽到夏絲妲沒有惡意的捉弄，以及和她在森林一同練劍，就有一點失落。

但再美好的夢都終有完結的一日。他是舞者，要贏，就要接受自己的命運，回到人群裡做該做的事。如果他選擇留下，夏絲妲應該會覺得他太懦弱，而趕他走的，愛德華認為。

既然如此，那就好好珍惜最後的時光吧。

「不如就中午吧？」愛德華心裡已有決定。

愛德華一說出提議，諾娃便立刻高興地高呼：「蛋糕！泡芙！馬卡龍！」

「之前不就說了，這裡沒法弄馬卡龍嗎？泡芙的材料也用完了，而且不便宜，所以蛋糕和三明治就好。」愛德華這刻像個兄長一樣，精打細算，直接拒絕了諾娃的要求。

諾娃聞言，略帶不滿地嘟嘴。

「就、就算你這樣看著我也不會改變主意啊？……或者我做點鬆餅好了。」愛德華本來還想堅持不退讓，但面對諾娃楚楚可憐的眼神，他很快招架不住，決定改為做點鬆餅當作安慰。

他知道諾娃不喜歡麵包，就連三明治也不愛吃，對兩者的討厭程度都是吃了便立刻想吐。他想給她更好的，但受制於環境和時間，實在沒有選擇。看到諾娃勉強接受的眼神，少年頓時鬆了一口氣。

「我呢？」這時，夏絲妲在一旁問。愛德華轉頭望向她，還未開口，對方就用一對「你該不會不知道我想要甚麼吧」的眼神看著他。

「蒜蓉麵包，對吧？」愛德華無奈地嘆了一口氣。自從吃過他做的蒜蓉麵包後，夏絲妲就一直讚不絕口，每隔兩三天便提出想再品嘗一次的請求。愛德華每次都用各種理由推卻，但這次他卻決定接受。

珍惜最後的時光，不是嗎。少年心裡的這句話驅使他罕有地全然接受夏絲妲的要求。

「沒錯，記性真好。」夏絲妲還他一個滿意的微笑。「那準備的工夫就交給你，我和諾娃先出去了。」

才剛說完，她就一溜煙似的拉走諾娃，當愛德華回過神來，整座房子便已剩下他一個人。

她們到底要去哪裡？兩天前，夏絲妲突然表示因為跟諾娃有事要忙，短時間內都沒法跟愛德華練劍，並在早餐之後就和少女結伴離開，直到黃昏才回到屋來。當時，夏絲妲仍是精神抖擻，但諾娃卻已經累得差不多要睡著，只吃了兩件蛋糕便回房睡覺，跟平日的她截然不同。愛德華曾數次向諾娃詢問行蹤，每一次她都支吾以對，隨便找個理由搪塞過去。但每當他走去問夏絲妲，她都只會留下一句「女生的祕密，你不要管」，以及露出一個如果他要管的話就會做甚麼奇怪事的恐怖寒笑，令他不敢再隨便追問。

剛才二人走後，愛德華有考慮過從後跟蹤二人，但後來覺得準備好野餐的食物比較重要，才沒有跟出去。

整個野餐只有愛德華一人負責準備，換著是以前，他定會因為夏絲妲自顧自地提議又不幫忙而感到不滿，但現在那股怒氣已再看不見。正如代表著她的那道紅色一樣，他曾經覺得是恐怖、絕望的代名詞，但現在卻覺得它很美麗，在黃昏底下看更會添上一份柔和。

他輕輕一笑後，便輕快地走去把需要處理的食材取出。

⚔

時值十二時，溫煦的陽光穿過枯枝組成的層層木網，緩緩灑進森林中一塊被樹林圍繞的小草原，以及在這裡坐著的三人。

他們以雪白桌布當作野餐墊，在上面放上一套茶具套裝，以及兩個木藤野餐籃。因為天氣寒冷，所以三人都穿上了自己僅有的大衣，令這個簡便的野餐添上一份奇異的隆重。

「要穿著一件穿洞的大衣外出，很不習慣……」愛德華不停地舉高雙手，又低頭審視大衣上的大小劍痕，坐立不安。他身上所穿的是三星期前和夏絲妲決鬥時穿過的海藍大衣。被劍劃破的痕跡仍在，鮮紅的血跡已經變成暗紅的裝飾。穿著一件滿是刀痕的大衣當然不會暖和到哪裡去，但這是少年現在僅有的一件保暖衣物，他別無選擇。

「有甚麼辦法，你的大衣太過貴重，要是我拿去附近的城鎮請裁縫幫忙處理，一定會被問三問四，惹起不必要的事端。」夏絲妲正穿著那件總是在穿的緋紅大衣，大衣看起來十分整齊乾淨，但隱約能夠看到有縫補的痕跡。她的說法聽上去不像是說謊，似是曾經認真地想過要幫愛德華把衣服拿去修補的。

「或者先用我的斗篷蓋著？我又不怕冷。」三人之中，最幸運的應該是諾娃了。作為不直接參加戰鬥的人型劍鞘，她的絨毛斗篷沒有任何破損。她絲毫沒有想到其他事，只想到愛德華會冷病，但自己不會，更作勢要把斗篷脫下來給他穿。

「不，不！不用了！」怎麼可以讓女生借斗篷給自己蓋著呢？愛德華連忙推卻。身為紳士，這是自尊問題。「你蓋著就好，我沒問題的。對了，趁茶還暖和，快點開始吃吧！」

眼前所有餐具，除了茶具，都是臨時在木屋的小倉庫裡找出來的。據夏絲妲所說，那間屋本來好像是某位有錢人家狩獵或者避暑時所用的小屋，已經丟空好一陣子，她在這一帶尋找住處時剛巧見到它，便順勢住下。這也解釋了為何木屋明明為處深山野嶺，卻五臟俱全，而且結構堅固。

野餐籃裡盛滿煙肉生菜三明治、以附近採摘的野莓製成的果派、鬆餅和焗蒜蓉包，當然也有吃鬆餅時必定會有的草莓果醬和凝脂奶油。果派和鬆餅明顯是給諾娃的，而蒜蓉包有一大半早已預留給夏絲妲。雖然是個臨時決定的野餐，食物卻很豐富，兩位女士心裡都感謝愛德華付出的汗水辛勞。

「很好吃！」諾娃一口把一個果派吃掉，她的臉上流露著幸福之色。雖然她只說了三隻字，但對愛德華來說，已經是比一切都更美好的稱讚。微笑的同時，他也吃下一個鬆餅。

嗯，果然不錯，他在心裡不禁佩服起自己的廚藝。

「果然你的蒜蓉包是最棒的！」夏絲妲咬了一口蒜蓉包後，笑著稱讚。

跟夏絲妲相處有一段時間，愛德華開始學懂如何分辨她哪一句說話是真心，哪一句是假意。雖然她平時說話總是故弄玄虛，但從來都只會說自己想說的話，不會為了滿足某人而強行擠出美好的話語。

「你喜歡就好。」得到夏絲妲的稱讚，愛德華有點不好意思地別過頭去。

「咦，你吃鬆餅都是先塗凝脂奶油，再塗果醬呢！」聽到夏絲妲的驚嘆，愛德華低頭一看，這才發現夏絲妲突然湊近，先是近距離地凝視著他手上吃到一半的鬆餅，之後再對他亮出她手上的鬆餅：「跟我一樣。」

「先塗比較硬的奶油，再塗果醬的話，結構不會更穩固嗎？而且這樣就可以在奶油上不停添加草莓果醬，不用理會果醬會被奶油擠出鬆餅外的問題。」愛德華答得一本正經，不讓她留意到自己的心正跳得厲害。

「那即是說，你喜歡草莓果醬？」夏絲妲沒有留意到愛德華的故作冷淡，一秒在他的話裡抓到重點。

「為什麼你會這樣覺得？」察覺到她又要試探自己的動機，愛德華的內心立刻啟動防護機制。

「之前在祭典上你不是買了三罐草莓果醬回家？」但這個機制卻被坐在對面，曾經作為室友一起生活過的諾娃以一句說話完全瓦解。「好像已經吃掉六分之一，對吧？」

「只是剛巧見到有優惠，才買回去的而已！」愛德華連忙解釋。

但夏絲妲卻充耳不聞，若有所思地笑了起來：「看來之後如果有機會來拜訪你，我知道該買甚麼來當見面禮了。」

這句一出，三人卻頓時靜了下來。他們都發覺，對方知道即將要離別的事實。此刻靜寂，也許是源於三人都不想對這段美麗的時光說再見。現在大家都坐在這個草原上，都是為了記念最後的美好時光。

但不告別，就不能往前邁進。為了快樂而永遠停留在一個地方，是不思上進者的做法。

「對了，諾娃，你最近有沒有記起甚麼？」這種沉寂再持續下去不是甚麼辦法，夏絲妲也不是喜歡懷緬過去的人。比起花時間憂傷，她更喜歡快樂地享受現在，所以決定轉換話題。

諾娃聞言搖頭：「都只是很零碎的記憶，跟之前沒有大分別。」

正當愛德華一邊吃著三明治，一邊沉思打破記憶之牢的可行解決方法時，夏絲妲突然作出一個驚人的提議：「不如我們列出一系列甜點，根據諾娃知道與否，推測她是哪個年代的人吧？」

「甚麼？」愛德華差點沒把口中的三明治噴出。這是甚麼理據啊？他心裡無奈。「這樣也可以的嗎？」

「甚麼都要試試看，」但夏絲妲似乎沒有覺得甚麼不妥。「諾娃，你覺得呢？」

「嗯。」咬著鬆餅，諾娃口齒不清，只能勉強聽得出她的回答。

「好，那就開始了。」見沒有人反對，夏絲妲便逕自開始這個「測試」。愛德華深深覺得，這個所謂的記憶測試根本是夏絲妲想玩遊戲的藉口。「先由近代的開始吧。馬卡龍。」

馬卡龍是近二三十年才開始在安納黎南方一帶流行的新式甜點。

「她有甚麼可能不知道啊……」愛德華登時感到無奈。要是諾娃不知道馬卡龍，不就等於她一直不知道自己在吃些甚麼嗎？

「也對，」經愛德華提醒，夏絲姐發現了遊戲規則的漏洞——認識一件甜點並不能反映是在何時認識的。她想了想，便提議：「不如我們改變一下玩法，我會列出一系列的甜點，諾娃你就告訴我們哪些甜點是最近才認識的、哪些是你剛醒來就記得的甜點吧？」

你那麼快便承認自己是在玩了，愛德華聽後感到無奈。

「好啊。」諾娃卻完全不介意。她臉上的笑容流露著幸福和一絲稚嫩，似乎完全陶醉在甜點和遊戲的世界裡，絲毫不覺得這是個測試自己記憶的好機會。「馬卡龍是最近才知道的。」

「下一個，紅蘿蔔蛋糕。」夏絲姐立刻說出下一件甜點。

紅蘿蔔蛋糕跟馬卡龍一樣，也是近三十年左右才開始在阿娜理出現並流行起來的甜點。

「也是近期才知道。」諾娃思索了一會後，才回答。

「為什麼要開始這個遊戲啊……」愛德華小聲呢喃，但他被夏絲姐抓到了。她拍了拍他的肩膀，帶點強逼的語氣邀請道：「愛德華，你也要來舉例子啊。」

「為什麼？我又沒說過要玩。」愛德華盡力把自己拉離這個無意義的遊戲。

「野餐時間，當然要一起玩啊。」但夏絲姐當然沒有放過他。她是想做就一定會做到的人，就算別人拒絕，也一定會繼續遊說，直到那人放棄抵抗，乖乖聽話為止。

唉，愛德華在心中嘆氣，他很快便接受了自己沒法逃的事實。那就隨便敷衍一下算了，他心想。

「呃……肉餡批？」他隨便舉出一個例子。肉餡批是安納黎南部的傳統甜點之一，在四百多年前就已經出現。

「以前好像吃過。」諾娃沉思一會後，小聲回答。

似乎無意中釣出有趣的情報啊？夏絲妲當然不會讓這個大好機會走失，立刻拋出另一個傳統甜點的名字：「蘋果批！」

蘋果批相傳源自阿娜理郡、妮惇妮亞郡一帶，在四五百年前就開始有相關的記載。它的構造跟肉餡批差不多，只是餡料從肉換成甜美的蘋果而已。

「以前吃過。」諾娃不假思索便回答，似乎她記得很清楚。

「那麼櫻桃酒蛋糕呢？」見這個遊戲似乎真的有點用處，愛德華打起了精神，加入到這個遊戲裡。

櫻桃酒蛋糕是阿娜理以北，下蒂莉絲莎河以北一帶的產物。它的外表跟一般奶油蛋糕無異，只是奶油裡混合了那一帶出產的櫻桃酒、櫻桃和果仁。

「這個……我不清楚，那是甚麼？」諾娃側頭，好奇地問。

「這個回答引申出一個有趣的問題呢。」無視少女的問題，夏絲妲托頭思考，並提出疑問：「櫻桃酒蛋糕在幾百年前就已經在下蒂莉絲莎河一帶出現，但直到五十年前才開始被傳至安納黎南部的其他地方。諾娃小妹不知道櫻桃酒蛋糕，是因為以前的她未曾聽說過櫻桃酒蛋糕，還是它對她來說是近期的產物，而剛巧在醒過來之後未曾見過？」

「那就當這個答案無效吧，」愛德華簡潔地為它劃上句號。「看來舉一些年代相對久遠的甜點會比較好。那麼……鬆餅？」

諾娃面帶笑容地咬下一口她手上拿著的鬆餅後，再答：「以前認識。」

「泡芙呢？」夏絲妲立刻接著問。

泡芙在大約二百年前才開始在阿娜理一帶出現。有傳聞說它本來是異國的甜點，也有人說它是一家餅店無意中發明的新食譜。

「最近才知道。」諾娃想了一會再回答。

原來她最喜歡吃的兩種甜點都是最近才知道的啊！愛德華在這一刻才發現此事，心裡既是驚訝又是無奈，心想：為什麼她醒來後偏偏認識並愛上了兩款昂貴的甜點？如果愛上的是鬆餅，他之前就不用一直為伙食費而煩惱了。

「海綿蛋糕？」這次輪到夏絲妲發問。海綿蛋糕是約一、二百年前出現的甜點。

「這個……沒有聽過，好吃嗎？」諾娃歪著頭問，一臉疑惑。

「這個我不懂呢，愛德華，她問你呢。」夏絲妲用手肘撞一撞愛德華，把問題拋給他。愛德華想了想，憑著學院廚師教過他的知識，一臉認真地解答：「呃，其實就是牛油、糖、麵粉製成的產物，挺鬆軟的，喜歡的話更可以把一些生果放進蛋糕裡。」

「呵呵，似乎很熟悉的樣子呢。」夏絲妲投以一個得意的笑容。

「畢竟是傳統甜點，總會吃過一兩次吧。」愛德華知道要是自己再解答下去，夏絲妲大概會開始問自己懂不懂得弄海綿蛋糕，然後就會要求一個試吃的機會，所以要趁早打住話題。他立刻再舉出一個甜點的名字：「千層捲？」

千層捲源自安納黎傳統甜點之一的千層蛋糕。十年前一位廚師忽發其想，把蛋糕捲起成圓筒狀，再切開一片片上桌，這就是千層捲。

「沒有。」諾娃答得很快。

「那麼巧克力呢？」

「最近才知道。」

「奶油塔呢？」

「嗯……」

喝畢最後一杯茶，夏絲妲凝視杯底的數片茶葉，語氣略帶失落：「完結了呢。」

冬天的日間時間很短，中午後才不過三個小時，藍天已被一片橙紅蓋過，斜陽的光輝彷彿是入夜前的鐘聲，提醒人們黑暗將要來臨，是時候踏上歸家的路。

三人早已吃掉所有食物，並收拾好垃圾，只是仍未把茶杯收好，像是強行要製造理由繼續坐著，好讓野餐能夠維持更久。

「結果還是甚麼都沒有查出呢。」夏絲妲輕嘆。

「我早就說了，這個方法並不奏效的！在理論上有太多破綻了，而且怎能用甜點這種曖昧的方法去……」

「用不著這麼認真吧！」正當愛德華要一本正經地反駁時，夏絲妲打斷了她的話。「這只是野餐的餘興節目，一般人野餐的時候不都會玩些遊戲嗎？」

她說得輕鬆，但愛德華卻從話中聽到另一些信息：「說得好像你沒有野餐過的樣子。」

「這樣的野餐是第一次，」夏絲妲一如以往，輕描淡寫地回答。

「是嗎。」愛德華沒有要繼續話題的意思。他躺到草地上，注視天上如鳥展翅的雲彩，這才想起自己以前只有和家人野餐過，這樣子和朋友一起的，還是第一次。

朋友呢。望向身旁夏絲妲隨風飄逸的長髮，以及後方早已因為吃飽玩得累而享受著午睡的諾娃，少年的嘴角不禁輕微上揚。

這一天，我到底等了多久呢。他的心裡頓時有種感慨。

「下次再一起野餐吧。」愛德華輕聲說。明明只是簡單的一句話，此刻卻藏著無比沉重的重量。他不敢望向那雙紫瞳，雙眼瞪著紅霞不放，戰戰兢兢地等待對方的回答。

「嗯，說好了的。」

少年看不到夏絲妲說這句話時的表情——那是發自內心，略帶感激之意的真摯微笑。

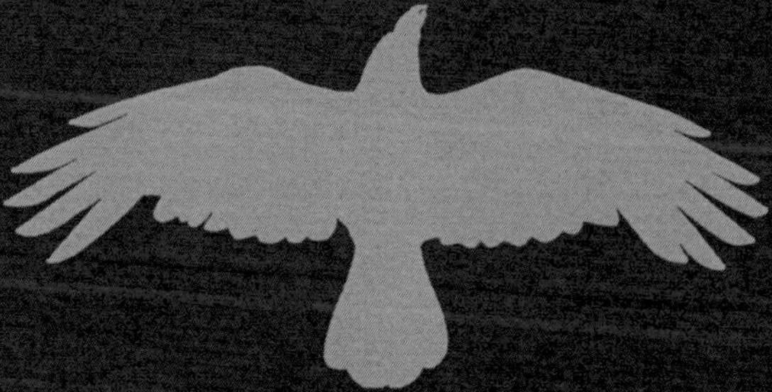

番外篇－Nebengeschichte－

休息－REPOSE－

在安納黎南方的某個角落，愛德華每天都在勤力練劍；而在安納黎西方的威芬娜海姆城堡，路易斯每天的任務，就是作為領主，處理各式各樣的公務。

他每天的日程都是固定的：早上跟奈特練劍，午後處理郡內公務，而晚上則預留作為休息。制定這個計畫時，路易斯深信它是完美且可行的，而事實上的確是，只是他忽略了一個致命的問題——公文的數量遠遠超出預期。

身為一郡之主，生產、經濟、稅務等，都是路易斯需要負責管理的事。威芬娜海姆郡是全國最大的郡，郡內有上十個大城市，小鄉鎮、莊園更是多不勝數，每一個地方上交一份報告，總數已經足夠他看個三天三夜。加上威芬娜海姆郡內包含安納黎的東邊國境，管理此郡的齊格飛家當然要擔當起守護邊境的責任，要管的事自然又多一堆。更甚的是，最近適逢年初，各大小地方都要把過往一年的農業和經濟總結報告，以及未來一年的生產預計報告上交給領主審批，意味著路易斯需要審批一大堆的公文。但這一切都不是最致命的。致命的是，路易斯未曾學習過處理這些公文的相關知識。

路易斯的父親歌蘭未曾教導過他處理不同種類的公文的方法，只有在少年坐上公爵之位之後，拋下一句「從此之後這些事便歸你管」，完全沒有跟他解說過做法，就連簡單幾句的總結也沒有。雖然路易斯在學院裡有學過類似的管理知識，但那些都是理論，跟實際操作起來截然不同，更不要提他有否認真聽過書了。因此他只得從零開始逐步摸索，翻閱以前的公文存檔，從中學習如何審批不同類型的報告，並立刻將這些技巧和知識運用到審核新的報告上。而在審核的途中，他又因為不熟習而多次出錯，要多花時間改正自己犯下的錯誤。結果花了兩個星期，他仍未能完成所有報告的審核。

報告們理論上是沒有審批截止期限的，但如果路易斯一直不批出報告，地方貴族們便沒法得知領主是否同意自己的預算和計畫，而不敢隨便實行計畫，從而有機會影響到郡在未來一年的收益。而且要是路易斯遲遲不完成批改，地方貴族們定會有微言，覺得為何那個勤勞又效率快的歌蘭之子居然是個慵懶之人，這樣做不但會影響歌蘭的名聲，也會令他沒法得到眾人的認同。因此，為了守護家族的名聲，也為了維護自己的形象，路易斯下了大決心，一定要在兩個星期內把公文都批改完。

為了達成目標，他每天除了練劍，剩餘的時間都放在公務處理上。從下午一直馬不停蹄地處理到晚上已經是平常事，有些日子更會為了盡快看完資料，而拖到午夜才睡。他很想休息，但卻不敢停下來，生怕一停，難得燃燒起來的動力便會消失，自己也就前功盡廢。漸漸的，少年的生活只剩下練劍和公文，就連進餐時也是讀著公文資料，完全沒有放鬆的時間。

這樣的生活持續了一個星期多。路易斯已經慢慢掌握到有效率的審核技巧，大致上不會再出大錯，只是沉悶又緊張的生活，以及仍然未有變矮的文件堆開始令他感到煩躁。

他開始懷疑，自己每天這麼辛酸，到底是為了甚麼？

在學習和批改的過程中，他多次犯錯，結果導致一些公文要重新批改兩至三次。每一次他都不禁質問，自己真的這麼不濟嗎？

說起來，為什麼是自己，而不是父親，或者其他人，當上領主這個位置？

一早起來，看見書桌上的公文堆，路易斯心裡的煩躁油然而生。今天他本來打算比平時早一點起床，在練劍時間前擠出多一點的時間用來批改公文，但這一刻，他卻厭倦了。

「不想改了……」當彼得森把早茶端進來時，路易斯把頭埋在手上的一疊公文裡，低聲抱怨。

「為什麼還要改這些？貴族們想做甚麼就由他們啊？為什麼得要我審批？」

「要是任由他們，甚麼都會亂作一團，不加管理的話，有些人就可以隨意胡作非為了。」彼得森正經地回答。

「敢的話就做啊？反正都會被抓包！」路易斯說時大力把手上的公文擲到桌上，語氣裡滿是煩躁。

「路易斯大人，話不是這樣說的……」彼得森心裡無奈，他已經不是第一天聽見路易斯如此抱怨，而每次他都是這樣回答主子。他不是不明白主子心裡的疲勞，只是不理解路易斯其實是明瞭道理的，後者此舉只是想藉言語發洩一下心裡的苦悶而已。

見彼得森不太搭理自己，路易斯只得沮喪地閉上嘴，繼續看公文。嘗試逼自己再讀了一些公文後，路易斯突然想起一件事，並問：「說起來，今天好像是週末？」

「是的。」彼得森肯定地回答。

路易斯立刻雙眼一亮，問：「威芬娜海姆是不是有市集？」

「是的，有甚麼事嗎？」彼得森有點不為所以，他不明白為何路易斯突然問這個問題。

「唉……」怎知，剛才還一臉精神的路易斯突然嘆氣，整個人頓時沒了神氣。他小聲呢喃：「想外出玩啊……只是一陣子也好……」

原來又是想出外玩啊？彼得森心裡納悶，接下公爵之位已接近一個月，為什麼主子好像仍未意識到身分的轉變和相應的責任？他換上一副認真的模樣，語重心長地提醒：「主子現在已經是領主，外出時的一舉一動都會被他人看在眼內，務必要注重身分。」

簡單點說，彼得森要路易斯放棄出外玩的念頭。要是民眾看到自己的領主像個小孩一樣到處玩，那麼公爵的地位尊嚴何存？他心裡納悶。

「我只是想跟以前一樣出外放鬆而已，你根本不明白！」但彼得森的話只是令路易斯心情更為煩躁，還開始有點憤怒了。領主的責任，他當然知道，但現在壓力如山倒，他只是想出外散心一下，不然就會被壓力壓垮的了，沒想到一同相處了那麼久的彼得森居然不明白自己心裡的苦，只是把他的話當作不成熟的偷懶藉口。

眼見路易斯似乎憤怒得快要拍桌離去，彼得森想了想，忽然靈機一觸，想起一個也許能令主子老實坐下來繼續工作的方法：「要是路易斯大人能夠早日完成批改，也許歌蘭大人會讚許的。」

「是嗎？父親會嗎？」路易斯一聽見歌蘭二字，頓時愣住，怒氣也立刻消去。

對啊，如果我做得好，父親也許會嘉獎我。要是能夠不負眾望，成功當一個獨當一面的領主的話，我在他心中的形象也許會變好一點吧。路易斯腦海裡全是父親稱讚他努力工作的想像畫面，或是輕輕摸頭讚他，或者好好誇獎一番，這些想像都為他再次注入動力。

「那沒辦法了，繼續努力吧。」只要能夠博取父親喜歡，做甚麼都是值得的，就再多捱一會吧！正如彼得森預計的一樣，路易斯再了看桌上的公文，很快便拾筆繼續批改。

見主子願意專心致志工作，彼得森也就安心離開，去處理別的事宜。但就在他離開後不久，路易斯又停下了手。他凝望著手上的報告，裡面的文字突然變得像看不懂的異國語言一樣陌生，同時有一道空虛感湧上心頭。

我在這裡的意義到底是甚麼？只是一個為了批改公文，而不停旋轉到死的機器嗎？

他感到迷失，彷彿感覺不到自己的存在。

眾人都說這是我的義務，我覺得自己做的一切好像都是在滿足別人的期望，但自己想做的呢？完全沒有頭緒。

正當路易斯在心裡質問自己時，桌上的座檯鐘響了——那是提醒他要到小宴會廳上劍術課的鐘聲。他望向座檯鐘的方向，不知怎的，一種噁心感頃刻湧上喉嚨。

練劍，在祭典中勝出，不過是為了家族和父親。

又是他人，其他人……

算了！我乾脆不幹，怎麼樣！

從沒法感知自我的空虛感而生的憤怒一下子全湧上心頭，路易斯再也不想忍受了。他把手上的公文重重擲到桌上，再怒氣衝衝地回到睡房，隨便翻出一件褐色的斗篷後，便離開房間，不見了蹤影。

⚔

站在威芬娜海姆主要大道——洛芬大道上，刺骨寒風迎面吹來，理應感覺刺痛，路易斯卻從中感受到舒適，那是新鮮空氣的味道。

整整一個多星期沒有離開家門，每天只是在宴會廳、書房、飯廳、睡房四個地方活動，戶外的空氣和景色對他來說好像是很久沒見過的東西一樣，理應熟悉，卻又感到陌生。

不久前因為一時氣憤，路易斯故意不去奈特的劍術課，偷偷地從城堡裡逃出來。為了不暴露身分，他故意披上一件款色簡單，毫不起眼的褐色斗篷。斗篷上的帽子足夠遮掩他那一把顯眼的閃亮金髮，而簡陋又有些破損的布料能夠令他人無法輕易猜出斗篷下的是管理此地的富有少爺。

這件斗篷是路易斯的二哥羅倫斯留給他的，他還很記得二哥硬是要把斗篷塞進他的衣櫃裡時說過，未來他一定用得上這件破舊衣服。當時路易斯很不客氣地回嗆道，這塊破爛布誰要用啊，但現在他醒覺，原來二哥把斗篷給他，是給他在溜出城堡時用的。

他的二哥以前很喜歡偷偷離開城堡，每次都沒有人發現。原來是靠這件斗篷啊，路易斯終於明白。離開城堡後，他立刻前往位於洛芬大道的市集，安靜地遊逛。他之所以偷走出來，就是想到市集散心。

遊走在不同攤檔之間，熟悉的景色令少年不禁想起往事。小時候，他會和羅倫斯二哥，偶然也會和路德維希大哥一起，三人趁父親不在家或者沒有人留意時，偷偷走到市集遊玩。每一次，羅倫斯二哥都會陪他在遊戲攤位玩上半天，而路德大哥總會給他買喜歡的東西。現在三人之中只剩下自己一個人，他不時會懷念起這些自由自在，能夠暢快地做自己的過去。當上公爵一事，對他來說像是從天掉下來的枷鎖一樣，突然而又痛苦——縱使在五年前路德維希過世時，他已經意識到枷鎖的存在。

路易斯現在甚麼都不想思考，他只想拋開一切，忘記公文，扔開公爵義務，像小時候的自己一樣當一個小男生，任性地做自己想做的事。

走著走著，慢慢地，路易斯心裡的憤怒開始消散了。他從熟悉的景象中尋回內心的平靜，但對回家一事仍心存抗拒。就在這時，某個售賣銅製品的攤檔吸引了他的注意，他上前一看，發現攤檔售賣的一個銅製長劍扣針跟小時候路德大哥送給他的一個長劍扣針十分相像。

他立刻拿起這個扣針仔細觀看。無論在造型、手工，這個扣針都跟回憶中的那個長劍扣針十分相似。路德維希送給他的那個扣針在很久之前已不小心弄丟，他對此一直耿耿於懷，現在有幸遇上一個外型類似的扣針，他當然想立刻把它帶回家去。

「小哥，想要它嗎？很有眼光呢，它的製作工序比較繁複，而且只有一件，所以要貴一點，五枚銅幣。」銅製品攤檔店主，一個留著鬍鬚的健碩大叔，見路易斯一直拿著他的商品不放手，便主動向他說明了價錢。

五枚銅幣而已，才不是甚麼問題！路易斯打算立刻把銅幣交給店主，但當他一翻找自己的褲袋時，才發現大事不妙——他忘了帶錢外出。

剛才只想著要跑出來，完全忘記了要帶錢！

見路易斯一直翻找，卻找不出個銅幣來，剛才還態度不錯的店主開始不滿了：「原來是個沒錢的流浪漢啊……沒錢就不要來碰我的商品！」

店主看不見路易斯的外貌，只憑破舊的斗篷和翻不出錢的行為，判斷他是一個只看不買，妨礙他做生意的流浪漢。

「不，我只是暫時沒錢……」路易斯連忙解釋，但不知該如何回應。他很想把這個扣針帶回家，不想看著這個與回憶中相似的物件被他人買去，但身上真的甚麼錢也沒有。他想了想，得出一個折衷的辦法，懇求道：「你先把它留著，我明天再來買可以嗎？」

「甚麼？當然不行！這個扣針很是搶手，剛才已經有幾個客人表示想買。你又不是誰，為什麼要特意留給你！」類似的理由，店主已經聽過太多了——很多流浪漢都是這樣，口上說改天來買，結果總是了無蹤影，害他事先把貨物預留卻賺不到錢，所以他不會再信的了。

「拜託你了……」路易斯懇切地請求。他現在實在拿不出錢來，跑回家的話又一定會被發現而沒法再溜出來。難道為了一個扣針，要在這裡表明公爵的身分，以家族之名說明自己其實有錢付嗎？

「窮鬼就跟我到一邊去，把扣針還來，快滾！」見路易斯沒有反應，店主暴怒了，他要伸手抽起路易斯的頸項，把扣針搶來。

「我……」

「那個扣針，我替他買下了。」正當路易斯打算脫下帽子表明身份時，一把冷酷的聲音從他身後響起，同時一隻瘦長的手牢牢抓住店主的手腕，不讓他對路易斯動粗。

「奈特？」路易斯轉頭一看，發現來者居然是奈特，驚訝得快要說不出話來。今天的奈特沒有披上斗篷，而是在黑色的襯衣外穿了一件灰黑大衣，令其獨特的銀白長髮在眾人面前表露無遺。看見突然出現了一個長相獨特的人介入事件，圍觀的所有人都嚇了一跳。

「你是誰，管閒事的嗎？」店主的手臂明明比奈特的粗上一圈，但無論他如何用力，都沒法掙脫奈特的手。憤怒得臉紅的他唯有怒罵，試圖讓眼前這個看起來不過二十的少年膽怯退縮。

「不用你管，」奈特沒有正中店主的下懷，他依然掛著一副冷酷的臉，沒有放開抓住店主的手，只是從口袋裡拿出十枚銅幣，放到店主手上。鬆開店主的手後，他再從路易斯手上拿走扣針，向店主展示，並說道：「這裡是十枚銅幣，多出來的就當作是道歉，沒問題了吧？」

「你……！」

未等店主反應過來，奈特已經轉身離去，走時不忘把目瞪口呆的路易斯拉走。

「奈特？你怎會在這裡？」被拉著的路易斯一邊走一邊問。

「你忘了現在是劍術課時間嗎？」奈特只是輕輕回頭，冷淡地反問。

一聽見「劍術課」三字，路易斯立刻大力掙脫奈特的手，站在原地不動，激動地說：「不，我不想回去！讓我靜一下……我只是想休息！別管我！」

他認為奈特之所以出現，是為了把他抓回去上課。換著是別的日子，他會乖乖地跟著回去；但今天他下定了決心，死都不會回去練劍，最少在外面待到晚上才會回家。

「那好，」正當路易斯要轉身逃離時，奈特簡單的一句叫住了他。銀髮劍士抱著胸，話語裡帶著命令：「現在仍是劍術課時間，跟我來，我們去別的地方上課。」

「就說了……」

此時，奈特亮出他手上的長劍扣針。當路易斯要伸手去搶的時候，奈特卻立刻把它收起，不讓路易斯拿到，並轉身走去。

「跟著我，你沒有拒絕的權利。」

⚔

就這樣，為了取回長劍扣針，路易斯只得不情願地跟著奈特走。他一心以為奈特要把他帶回家，怎知後者前進的方向卻和城堡的位置完全相反。

奈特先是帶路易斯到一處沒人的小巷，命令他把帽子脫下，再用術式把他的髮色變為棕色。他說，路易斯的金髮太明顯了，就算戴著斗篷都仍然有機會被其他人認出，因此如果要完全無顧慮地逛市集，就一定要從改變髮色這一點出發。

起初奈特打算把路易斯的金髮暫時變為黑色，但在路易斯的強烈抗議之下，才改為棕色。雖然路易斯同意奈特所說，黑色比棕色更能讓人認不出他的身分，但他就是不要。黑髮會令他聯想起愛德華，他才不要跟這個可惡的人共享同一種髮色，就算只有一秒也不可以。

「這個改變髮色的術式，在精靈的元素術式裡也有嗎？」在地上水坑上的倒影看到自己髮色改變後真的好像變了一個人，路易斯一邊好奇地擺弄自己的頭髮，一邊發問。他想起的是，布倫希爾德在舞會上把髮色變成黑色以隱藏身分一事。

「元素術式我不懂，這條術式也不過是以前某個認識的人教我的。但既然術式和元素術式都只是對世間物質的不同解讀，那麼有類似的元素術式也不會出奇吧。」奈特想了想，再回答。路易斯心裡仍是疑惑，但沒有再追問下去。

「那麼你的髮色呢？也是變的嗎？」這時，路易斯突然想到這個問題。他一直覺得奈特的銀白髮色過於獨特，現在一時想到，難道奈特也是用這條術式把自己本來的髮色隱藏起來嗎？

「你很想知道嗎？」奈特頓時架起心理上的防禦，並反問。

「呃，沒有，只是好奇……」被奈特突然冷漠的語氣嚇一跳，路易斯的氣勢頓時少了一截。少年看著奈特，心裡既期待他的答案，也害怕他會嚴肅地指責自己。

「從我有意識之時已經是這樣，」沉默了良久，奈特似是想通了甚麼，嘆了一口氣後，以輕鬆一點的語氣回答。說完，他打量了一下路易斯，確認少年的樣貌不會被他人認出後，便揮了揮手，著他跟上自己：「沒甚麼特別的。時間不多了，我們走吧。」

路易斯半懂不懂地點頭後，便乖乖地跟著奈特在市集到處逛。脫下了帽子，拋開有機會被認出的恐懼後，他感到整個人都放鬆了。沒有身分的掣肘，他總算可以像一個平民一樣，無憂無慮地遊逛。

奈特全程一言不發，偶然會把感興趣的商品拿起來看看，但大致上都是像個過客一樣，安靜地掃視每一個攤檔所賣的東西。路易斯起初不敢貿然離開奈特半步，總覺得這位銀髮劍士一定不會准許他這樣做，但後來卻發覺奈特好像完全沒有在意他在哪裡，因此便嘗試拉遠一點距離，怎知奈特真的一點表示都沒有。嘗試了幾次都得出一樣結果後，路易斯也就安心地在奈特的一百米範圍內自由走動了。

奈特早就已經把長劍扣針還給路易斯，理論上他就無須再跟隨奈特走動，但少年總是覺得，性格神祕又冷酷的奈特居然會拉著自己逛市集，這樣做一定有他的原因，他想知道為什麼，所以才一直跟隨，沒有離開。

路易斯本來在一個木製品攤檔前欣賞著木匠的手藝，一轉身，忽然發現不見了奈特的蹤影。他急忙四處尋找，走遍大小攤檔，最後在一個售賣甜點的攤檔前面找到抱著一個紙袋的他。

「泡芙……？」找到奈特的時候，他正在把一件泡芙吃掉。路易斯詫異地走到他面前，看著奈特吃得津津有味的樣子，目瞪口呆。

「你想吃嗎？這裡還有。」見路易斯愣住不動，奈特從紙袋中取出另一個泡芙，交到少年手中請他吃。路易斯有禮地接下泡芙，但腦袋還是反應不過來。

「你……喜歡甜食的嗎？」過了一會，路易斯好不容易從腦袋中擠出這條問題。那個寡言又嚴肅的奈特居然會咬著甜美的泡芙，而且吃得開心，這個畫面對他來說太衝擊了。

「也不算是，只是很久沒吃，有點懷念而已。」奈特沒有收起劍上的微笑，承認得爽快。說完，他回頭望向甜點攤檔，眼神似是思索，又像是想起甚麼往事。沉默了一會後，他突然自言自語：「還是多買兩件馬卡龍好了。」

「是買給莫諾黑瓏小姐的嗎？」路易斯一時想到，並問。

「呃，不，不是給她的，」怎知奈特居然立刻搖頭否認。「她不喜歡甜點，要吃也只會是鹹點，所以我買了點鬆餅。」

「既然你那麼熟悉莫諾黑瓏小姐的喜好，相信你們的關係一定很好吧。」路易斯羨慕地說。有時在旁看著莫諾黑瓏和奈特撒嬌時，他心裡也希望自己和布倫希爾德的關係可以親密到這個程度。

「沒有，主要都是她黏上來的。不算太好，普通吧。」但奈特只是淡淡回應。不想路易斯再問下去，他打開了紙袋，問：「這攤檔的馬卡龍很不錯，剛才買了幾件，你也要吃嗎？」

路易斯望向紙袋裡，這才發現裡面除了有幾件泡芙和鬆餅，剩下的全都是馬卡龍。馬卡龍的口味五花八門，但當中最多的是巧克力味。見奈特首肯，少年也就拿了一個來吃。

嘩！超級甜的！路易斯心裡驚訝。他沒有吃甜點的習慣，馬卡龍的甜度是他所能承受的極限。

「好吃嗎？」奈特不只請路易斯吃，還想聽他的感想。

「還好，只是不太習慣這麼甜的甜點。」路易斯心想，我吃一個已經覺得受不了，他還要買那麼多，是打算一天吃幾件嗎？

奈特居然是個甜點控，這一點是路易斯今天的最大發現。

「說起來，市集也逛得差不多了。既然距離日落還有點時間，不如我們到附近的茶室坐坐，再回去城堡吧。」奈特看了看天色，見大約還有一兩個小時才到黃昏，便提議到茶室休息一下。他說完後便立刻起行，但被路易斯的一句叫停腳步。

「為什麼要這樣做？」路易斯終於忍不住問。

「甚麼？」奈特見狀停了下來，疑惑地問。

「我是想問，為什麼你今天要做這些？不把我拉回家，而是要我在這裡陪你到處逛，現在還要去茶室……」

自從奈特出現後，路易斯心裡就一直一頭霧水。雖然跟著他逛市集，心裡積聚的壓力終於得以釋放，但不搞清楚奈特的目的，他就總是覺得不舒服。

「休息啊。」奈特答得理所當然，還反問：「不然是甚麼？」

「休息？」路易斯愣住，一時反應不來。

「對，」奈特點頭。「就是想給你一個休息的機會。」

「但我怎……」路易斯心裡驚訝。他怎會知道我想休息的？在劍術課時我明明那麼專心努力，是哪裡做錯了嗎？

「看著你最近的狀態就猜到了。早上練劍，其餘所有時間都拿了去改公文，完全不留時間給自己休息，這種生活無論是甚麼人都沒法長期撐下去吧。」說時，奈特微笑著。路易斯看著那笑容，心裡萌生出一種被理解的感覺。「今天見你自己受不住溜出來了，便想著這會是一個好機會，讓你放鬆一下。」

一聽到「放鬆」二字，路易斯登時一縮：「我不能休息的，直到完成那些報告之前都不可以……」

「我明白你想催谷自己，做得更好、更快，但有時候逼得太緊，反而會事倍功半。」說時，奈特輕輕拍了拍路易斯的肩膀，著他放鬆。「事情剛上手，是需要時間學習和習慣的。驅使自己努力是好，但也記得要留一些休息的時間。」

奈特的話，令路易斯心裡暖暖的。一直以來，他對奈特的印象是個神祕、看不清意圖的劍士，但在這一刻，他突然覺得眼前人是可以信任的。那些話，像是前輩給後輩的鼓勵，又似是兄長給弟弟的的勉勵。奈特的一番話，令路易斯感覺到自己的努力被認同了。

「這是你的經驗談嗎？」路易斯問。

「算是吧，以前我也經歷過類似的階段，當時也有人對我說過相似的話。」奈特輕輕一笑：「你已經很努力的了，今天過後繼續往前進吧。」

路易斯沒有回應，只是輕輕微笑，並點頭。愁眉不展了差不多一個星期，現在他終於可以像平時的他一樣，暢快地笑起來。

「既然問題解決了，那麼我們喝點茶再回去吧，茶有助人放鬆心情的，」見路易斯終於眉開眼笑，奈特也放下心頭大石。他笑了笑，再次提出到茶室去，並指著路易斯那件破舊的斗篷，打趣地說：「不過你可能要脫下這件斗篷，不然一定沒法進到茶室去的。」

「那麼頭髮呢？要變回去嗎？」路易斯立刻脫下斗篷，問。

「要是變回去了，彼得森便會知道你去過哪裡。要解開術式嗎？」奈特捉弄地輕笑，說時，他還故意裝著要舉手幫路易斯解除術式。

「不要！」路易斯連忙阻止他。

在外面玩了大半天，奈特和路易斯總算願意回到威芬娜海姆城堡。他們協議好，一回到城堡便立刻各自回到自己的房間去，假裝甚麼都沒發生過一樣。路易斯躡手躡腳，小心地回到書房去。書房一個人也沒有，但正當路易斯要裝著沒事地回到桌前坐好時，彼得森卻突然出現在他身後。

「路易斯大人！」彼得森一臉憂心，看到路易斯時如釋重負。他仔細地打量眼前的主子，確認他完好無缺才終於放心：「你到底去哪裡了？我在城堡裡一直找不到你，還以為是不是發生甚麼事了……」

「呃，我剛剛到了外面散步，沒告訴你，抱歉。」路易斯抓著頭髮，不好意思地道歉。「以後不會的了。」

說完，未等彼得森反應過來，路易斯便走到書桌前坐下，把今早那些被自己擲到桌上，已經皺巴巴的報告攤平，一言不發，仔細閱讀。

「路易斯大人？」彼得森有點不可置信。他猜到自己的主子是因為受不住壓力而偷溜出去，但為什麼只過半天，主子就好像變了個人似的，居然願意主動乖乖地看公文了？

路易斯沒有理會他，只是在確認手上公文的內容無誤後，拿起羽毛筆簽名，同時吩咐：「今天的晚飯我在這裡吃便行，還有，給我倒一杯濃的茶，可以提神的那種。」

看樣子，路易斯是打算工作到午夜了。彼得森完全不懂得該如何反應，直到路易斯揮手著他出去，才半醒半呆地離開。

確認彼得森走後，路易斯小心翼翼從褲袋裡取出今天奈特買給他的長劍扣針。他把扣針抱在手上仔細欣賞一番後，再將它放到書桌上的一個顯眼位置，讓自己在工作時可以常常看到它。

曾經，這個扣針代表路易斯和兄長們一同相處的回憶；今天，它在少年心中多增了一重意義。

奈特的一番話令路易斯對自己多了些自信。也許他只是在滿足他人的願望，或許他的能力還有很多可以改善的地方，但他確實是在嘗試用自己的力量，走自己的路。

休息了一天，是時候繼續努力。

再看扣針一眼，路易斯輕輕笑了。

不用焦急，我定能做到的。

後記－Nachwort－　接續－CONTINUATION－

相隔兩年，《劍舞輪迴》的第二本實體書終於面世了。雖然推出第一本的時候就已經有推出第二本的計畫，但在準備第二本實體書時，心裡還是有一份感動的。

《劍舞輪迴》Vol. 2的內容承繼Vol. 1，更仔細描寫不同陣營之間的角色對立、成長和情感上的交錯。相比起卷一，Vol. 2的文戲比較多，就算有武戲，都主要是兩大主角愛德華和路易斯的練劍場景，未有舞者之間的戰鬥。也許會有讀者想問，主線不是「八劍之祭」嗎？為什麼大家都不打架，走去結盟，以及聯姻？別擔心，祭典全長四個月，時間那麼多，當然要先養精蓄銳啊。而且戰鬥這回事，不只是有檯面上的，檯面下的戰鬥也不容忽視，其吸引之處不輸前者。

Vol. 2的編寫，無論在初稿，以及實體書版本的修潤過程都比Vol. 1更長。多支線的長篇故事對我來說是新鮮的嘗試，如何清楚地交代不同角色在不同時間點的內容也是一大挑戰。而且Vol. 2的內容牽涉了不同角色的心理問題，例如愛德華對父親的愛恨、他對夏絲妲的憧憬愛慕、路易斯和奈特，以及他和父親之間的衝突、諾娃的夢魘和成長，還有夏絲妲和回憶中的艾溫之間的愛恨，揣摩這些感情花了我不少時間。老實說，在起初的故事大綱裡，並沒有打算花那麼多的篇幅描寫角色們的內心。但在書寫故事期間，我想到，一個人追求某些目的，必然會跟他的一些心理因素有關，那麼要突顯主題，就要從角色的心理入手，再者我一直都很想書寫關於家庭成員如何影響一個人成長的內容，因此便有了愛德華和他父親，以及路易斯一家的家庭關係設定。除了角色心理上的描寫，Vol. 2的政治元素也比Vol. 1為多。亞洛西斯皇帝和臣子間的矛盾和衝突看似跟故事主線無關，但其實是一個重要的背景鋪墊。安納黎的政治角力跟「八劍之祭」之間的關係，在之後的故事內容會揭露更多。

繼承Vol. 1的傳統，本書也收錄了一篇未曾在網上公開的番外〈休息—REPOSE—〉。〈休息—REPOSE—〉的一部分內容來自被刪減的第七迴內容。我在修稿時留意到，現有的番外篇主要都是以愛德華一方為主，以路易斯作主角的番外篇少之又少。既然奈特正寄住在路易斯的家，如果寫一篇二人出行的故事，不會很有趣嗎？本來我沒打算寫那麼長的，但寫著寫著，就變成現在大家看到的模樣了。

本書的封面設計繼續以「歐洲古籍」作主題設計。深藍色是主角愛德華的代表色。為了在設定上展現他認真、沉著的個性，相比起卷一封面的華麗，卷二的封面更著重於簡潔和氣魄。

Vol. 1和Vol. 2實體書的出版日期相差那麼久，其中一個原因是工作太忙，抽不出時間修稿，但說到底還是作者在時間管理上的過失，對此我十分抱歉。現在《劍舞輪迴》的網上版已經開始更新Vol. 4，因此如無意外，Vol. 3的實體書將會在二〇二一年推出。

夏絲妲和艾溫之間到底有過怎麼樣的過去？在諾娃惡夢裡要追殺她的黑影身分是誰？亞洛西斯又因為甚麼事想找愛德華？而路易斯和布倫希爾德之間的關係會如何進展？

以上問題的答案，都會在Vol. 3為大家解答。

這次的後記沒有問答，但還是會有設定後話。

1.第五迴（02）出現的精靈之森和萊茵娜湖，長年大霧的設定靈感源自阿瓦隆。

2.第五迴（03）登場的安凡琳城堡，靈感源自德國的新天鵝堡。新天鵝堡有六層高，而根據原本的計畫圖，四樓是客人房間。很可惜的是，新天鵝堡從未完成，所以我在安凡琳城堡裡，把客人房間安排在四樓，算是把這個未完成的幻想延續下去吧。

3.第五迴（03）初次登場的兩位女僕莉諾蕾婭和卡莉雅納莎，她們的名字源自不同的寧芙。

4.第五迴（03）提及到安凡琳城堡的內庭裡建有溫蒂娜宮（Palas Undina）、兀兒肯大廳（Vulcanus Hall）和西爾雲莉觀景樓（Sylventris Belvedere）。其實還有兩座未有提及，就是代表土精靈的諾謬教堂（Gnomus Chapel），以及作為城堡象徵的以太塔（Aether Keep）。「Palas」是德文，指中世紀城堡裡擁有皇座廳／大廳的建築物，換言之就是整座城堡裡最重要的建築物。「Sylventris」在拉丁文裡意為「森林」，有說是風精靈「Sylph」一字的來源之一。而「Vulcanus」意為「火」或「火神」。至於「Belvedere」，它是觀景樓的意思，可以建在建築物的上蓋，或者成為獨立的建築，後者例子是維也納的美景宮。

5.第五迴（06）提及的新年布甸參考了西方傳統的聖誕布甸。焗薯和肉派也是英國慶祝聖誕的傳統食物之一。

6. 第五迴（08）登場的威芬娜海姆城堡大廳樓梯，靈感來源自倫敦聖潘克拉斯萬麗酒店舊翼大樓梯。

7. 第六迴（01）出現的豐收節市集，靈感源自德國的聖誕市集。

8. 第七迴（02）提及的肉餡餐包，原型是俄羅斯的肉餡餐包「Pirozhki」。

9. 第七迴（06）裡提及，艾溫稱呼夏絲妲的別名「莉璐琪卡（Lenochka）」，此名字是取夏絲妲（Hacienda）裡「Cien」的近音「Len」而構成的別名。因為北境人在設定上參考了俄羅斯，所以這個別名也用俄羅斯人的方法設計了。

10. 第八迴（01）裡首次提及，安納黎南北本為兩國的設定，靈感源自波希米亞王國和奧匈帝國的歷史。

11. 第九迴（03），紅髮者被大眾歧視的設定，源自英國長遠以來對紅髮者的歧視。以前的英國人的確覺得紅髮者是惡魔之子、是被詛咒的，直到現在仍有不少紅髮者被欺凌的個案。

12. 愛德華（Edward）和艾溫（Edwyn）兩個名字的連結在於兩者的暱稱都可以是艾德（Ed）。本來我有想過讓夏絲妲或諾娃稱呼愛德華為艾德的，但還是覺得叫愛德華比較好聽，所以便沒有這樣做了。

13. 番外篇〈野餐—PICNIC—〉裡提及的甜點——紅蘿蔔蛋糕、肉餡批、鬆餅、海綿蛋糕、蘋果批等，都是真實存在的英國傳統甜點。而櫻桃酒蛋糕的原型是黑森林蛋糕，是德國南部黑森林地區的一種傳統甜點。

14. 作為特典送出的兩張明信片，描繪內容分別是愛德華、夏絲妲、諾娃三人在木屋裡吃早餐，以及第五迴（03）裡路易斯和布倫希爾德在森林約會的場景。第一次嘗試請兩位畫風不同的畫師繪畫插圖，希望大家喜歡。

《劍舞輪迴》Vol. 2的成書，是很多人一同努力而成的成果。首先我想感謝負責編輯校稿的筆言，感謝你對Vol. 2提出的不同編輯意見。另外，也想感謝經手的秀威出版社聖翔編輯，謝謝你協助設計、排版、發行等一切事宜。另外也想感謝角色人設繪師A子，插畫明信片特典繪師Deme和羊尾柑香茶，謝謝你們願意接受我的委託，你們美麗的畫為我提供了不少靈感和支持。最後，我想感謝每一位支持此故事的讀者們。雖然說起來很老套，但真的，沒有你們，這本書是不會成功面世的。

正如上面所說，Vol. 3的內容開始會有更多的衝突，除了是檯面上的，也有檯面下的。《劍舞輪迴》的所有內容正於Penana首發更新，同時也在艾比索、原創星球這兩個平台上連載，如果想先行追看的話，不妨到這些網站繼續追看故事，同時也可以到臉書專頁「劍舞輪迴 Sword Chronicle」獲得關於故事的最新資訊，以及不時公開的一些設定。另外，最近我在Penana開展了訂閱計畫，如果大家有興趣每個月用一個下午茶的價錢支持我繼續創作，不如來我的Penana作者頁面訂閱我吧。

附上Penana的《劍舞輪迴》連結二維碼，方便各位追文：

時移世易，能夠自由書寫的空間越來越細，但我還是會繼續寫下去。希望我們以後仍然能夠在茫茫書海中相遇。願大家平安。

Setsuna，寫於二〇二〇年十一月二十日

國家圖書館出版品預行編目

劍舞輪迴 = Sword Chronicle / Setsuna著. --
臺北市 : 獵海人, 2020.12-
冊；　公分
ISBN 978-986-99523-3-0(第2冊 : 平裝)

857.7　　　　　　109019903

劍舞輪迴 Sword Chronicle Vol.2

作　　者／Setsuna
封面設計／Setsuna
編　　輯／筆言
出版策劃／獵海人
製作銷售／秀威資訊科技股份有限公司
114 台北市內湖區瑞光路76巷69號2樓
電話：+886-2-2796-3638
傳真：+886-2-2796-1377

出版日期／2020年12月
定　　價／450元